学生必知的外国文化知识读本

学生必知的西方文学常识

赵沛林 ◆ 编著

吉林人民出版社

图书在版编目(CIP)数据

学生必知的西方文学常识 / 赵沛林编著. -- 长春：
吉林人民出版社, 2012.7
(学生必知的外国文化知识读本)
ISBN 978-7-206-09212-1

Ⅰ.①学… Ⅱ.①赵… Ⅲ.①外国文学 – 青年读物②
外国文学 – 少年读物 Ⅳ.①I1-49

中国版本图书馆CIP数据核字(2012)第149502号

学生必知的西方文学常识
XUESHENG BIZHI DE XIFANG WENXUE CHANGSHI

编　　著:赵沛林
责任编辑:卢俊宁　　　　　　　　封面设计:七　洱
吉林人民出版社出版 发行(长春市人民大街7548号 邮政编码:130022)
印　　刷:鸿鹄(唐山)印务有限公司
开　　本:670mm×950mm　　　　1/16
印　　张:14　　　　　　　　字　数:170千字
标准书号:978-7-206-09212-1
版　　次:2012年7月第1版　　　印　次:2023年6月第3次印刷
定　　价:48.00元

如发现印装质量问题,影响阅读,请与出版社联系调换。

目录
CONTENTS

CONTENTS
目录

前　言

　　窗外，下着2008年的第一场春雨。又一个世纪初的初春到来了。我想，既然每次社会进步的先期运动及其结果迟早会在后来的历史中显现出来，那么，20世纪初，中国社会发生了推翻封建王朝的资产阶级革命，使中国社会挣脱了封建王朝的桎梏，最终走向了社会主义道路，文学在当时打了先锋，功不可没。而今又当世纪初，历史的呼唤似乎并未停歇，我们的国家正致力于现代化建设。面对文学的使命和世界文学遗产，我们该如何继承？如何借鉴？

　　想到东、西方社会此起彼伏的发展图景，以及人们日益将关注的目光从物质力量转向精神力量，我不由得出一个结论：中国的21世纪将是一个东方历史智慧和西方现代精神相结合，从注重经济建设发展到更加注重精神文化的世纪。总之，若以为现代化过程只是设法创造极大的物质丰裕就够了，那是极大的误解。毕竟，人的实践能力完全是由心理能力所决定的，物质的力量也要由精神力量来支配。因而有理由认为，中国社会在史无前例地发展自己的现代化过程中，最严峻的挑战乃是文化面临的挑战。

　　外国的文学遗产，既然是文化中的精华，我想再重提这样几点想法。

　　第一，外国文学之所以受到我们欢迎，表明她原本与人类的共同本性相近，与意识形态相远，可以极大地超越国界。真正伟大的文学一定是东、西方流行，全人类共享的。因此，我们有理由更加赞赏那些艺高才胜而又襟怀开阔的作家作品。

　　第二，人们都知道，一个民族的文学繁荣要得到国际的横向交流和纵向的历史借鉴的支援。因而，对于我们的精神需要和审美需要，我们同样要拿出与创造物质财富同样巨大的创造精神，遵循积极严谨的扬弃手段和科学辩证的学习态度，克服对文学的简单甚至庸俗的功利做法，以建设发达的文学艺术，发挥出文学的巨大感染力量，以推动社会进步。

第三，纳博科夫在他的《文学讲稿》中曾经一再强调风格的重要，似乎不无忽略思想之嫌。但事实上，风格确实具有重大的艺术意义，这是我们克服曾经统治中国文坛的政治化、阶级化倾向是极其必要的思维方式。如果说以往我们曾过分强调了政治标准，那么现在我们倒应该强调这样两个标准：人类和自然的和谐共处；以研究自然规律的科学精神对待社会现象的阐述。这两者的结合必定将为新世界观和新历史观的形成发挥支撑作用。

本书的内容安排从古今外国文学的领域选取最有代表性的作家作品，依照东方在前、西方在后、俄苏和美洲单列的方式，试图为您展示一幅外国文学历程的全景画面和里面的精华部分。针对具体作家作品采取相应、合理的方法加以介绍阐释，力图与学界普遍接受的观点相一致而不另起炉灶，以便您获得真正的学识和愉悦。

艺术的神性、未知性、趣味性，它的反对理性解析的自足性，以及敏锐的预见性，依附在原始祭司、巫师、先知和现代文学家艺术家身上，当前的艺术边缘化既是先前对艺术的庸俗化，目前对艺术的商品化的结果，也是理论界将思想与实践分裂、设置意识形态障碍的结果，如何克服传统的文以载道倾向与现代的文以营利倾向，即克服封建主义文化形态和资本主义文化形态的固有弊端，扬弃各种非现代形态的文艺论，实是我们文学工作者的重要任务。

有人说，文学是将人类从偶然性中拯救出来之物。那么人类面临的偶然性既源于自然，更源于社会和自我，它们时刻在窥伺和威胁着我们。但只要我们在人与自然的大环境中更加敬畏天成的奥秘，更加遵循自然与社会选择的规律，更加珍惜人的艺术创造和审美追求，就必定能克服现代苦闷的危机，让我们的生活受到美的熏陶，让我们的生命浸润到天国般的喜悦。

东方神话世界

如果穿越时间隧道，回到几千年甚至上万年前的人类社会，我们就回到了奇妙的神话时代。在东方，我们寻找最丰富最古老的神话传统，首先看到的就是色彩斑斓的苏美尔-巴比伦神话。

由于农业文化是人类神话时代的最后一个时期，因此，和农业文明相关联的创世神话就成了人类初期保留最完整的神话遗产。而创世神话中最典型的内容，恐怕就是反映着原始本体观念的宇宙创造和包含着道德或宗教教训意义的大洪水神话了。

苏美尔-巴比伦的古王国文明始自公元前3500年前后，早在那之前，这一地区的神话传说就已相当发达了。苏美尔-巴比伦人认为宇宙分为3层：天上是神的世界，地上是人的世界，地下是鬼魂的世界，天地三界分别由大神主管。苏美尔-巴比伦人的神话属于典型的原始多神教范畴，每个城邦都有自己的保护神，每个人也有自己的保护神。神的谱系中重要的神祇有：乌鲁克的保护神——天神阿努，尼普尔的保护神——大气之神恩利尔，埃利都的保护神——水和智慧之神埃阿等因城邦势力强大而普遍受到崇拜的大神。此外比较重要的神还有月神南那、太阳神舍马什、爱和生育丰收女神伊南娜(又名伊什妲尔)、畜牧和丰产神坦木兹、冥界女神埃雷什基迦尔等。他们都居住在自己的"家"——各自的神殿中。

"埃努玛·埃立什"是苏美尔-巴比伦著名的创世神话，是世界上已知

最早的创世神话。该神话记录在7块远古泥版文书上，约有千行，生动地描述了宇宙万物的诞生、神的谱系和人类的起源，是众神之战和神死化身故事合成的创世神话。"埃努玛·埃立什"大意为"当在……之上时"。诗歌首先描述了宇宙之初的一片洪荒，诸神的诞生：

上界，天尚未命名，
下界，地尚无称谓之名，此时，
只有他们原初之父阿普苏，
和生养他们全体之母蒂阿马特，
他们的水(淡水和咸水)合为一体
……

诸神在那混合之水中被创造出来。

男神拉赫木与女神拉哈姆从混合之水中现出身影，又创造了胜似他们的安舍尔和奇舍尔；安舍尔和奇舍尔又生下儿子阿努……就这样，一代代神祇在大河两岸诞生了。可是就像人们说的，有人的地方就有矛盾。后来神界爆发了两次大战。小辈神的喧嚣打破了以往的宁静，也激怒了老辈神阿普苏：

他们的做法使我感到厌烦，
白天不得安宁，夜里不得安眠，
我一定要铲除他们，阻挠他们的为所欲为，
直到恢复宁静我们才能安睡。

蒂阿马特则不同意："我们自己命名的东西为何要毁坏，我们要宽和一些。"可是阿普苏依然坚持己见。洞察一切的埃阿知道阿普苏要毁灭众神，就用强大的咒语使阿普苏入睡，然后杀死了他。埃阿在阿普苏(淡水神)之上建起自己庄严的住所。他的妻子达木奇娜便在此生下了马杜克。马杜克具有强大的神性：

> 四只眼睛，四只耳朵，
>
> 嘴唇一动，火就燃烧起来，
>
> 四只耳朵都很大，
>
> 眼睛同样也能看透万物。
>
> 他在众神之中身材最高，他的姿态超群！
>
> 他的四肢出奇地长，身材出众地高。

阿努造的四重风和溪流又扰乱了蒂阿马特(咸水神)的安宁，一些坏神趁机鼓动她为死去的阿普苏报仇。蒂阿马特便造出毒蛇、火龙、蝎人、海怪等11种怪物，提拔她的儿子金古做总指挥，授以"众神之王"的天命，并定为自己的"唯一老伴"。蒂阿马特手牵着怪物们的缰绳出动了。

埃阿找到祖父安舍尔商量退兵之计，安舍尔先是鼓励埃阿前去劝降，但埃阿没等接近蒂阿马特，就吓得退了回来。安舍尔只好召集众神商量起兵，但他们"缄口不言，默默地坐着"，担心自己的性命，不敢出征。这时，埃阿心生一计，让儿子马杜克去请安舍尔镇压叛乱。其实马杜克蛮有信心，他没有请安舍尔出征，却提出要拯救众神，让安舍尔把统帅大权交给他。

安舍尔见众神拿不出主张，只得促使众神授予了马杜克所要求的天命。马杜克也在众神面前显示了自己的威力。他一张口，天上十二宫星座就消失了；他一发命令，它们又出现了。众神一片欢腾，立即交给他"权

杖、宝座、王服和打垮敌人的无敌武器"。马杜克带上弓、三叉矛、网，将闪电放在自己的面前，携带无敌的风和洪水，乘上了暴风雨的战车出发了。只见他身着铠甲，头罩灵光，手拿解毒草药，口念强大咒语，奔向了蒂阿马特喷火的地方。

金古迎头遇到马杜克，立刻被马杜克的神威吓破了胆，他步态踉跄，慌忙逃窜。这时蒂阿马特跳出来责骂马杜克，马杜克也谴责她的不义之举。他们先展开咒语大战，接着便斗在一起。马杜克撒出大网套住了蒂阿马特，又向她放出恶风，蒂阿马特本想张开大口把风吸入，不料狂风劲吹，她竟无法再闭上嘴。只见她的腹部越胀越大，马杜克趁机用枪刺破她的肚皮，用箭射穿她的心脏，捆绑起来杀死了她。蒂阿马特一死，她的党羽立刻四散奔逃，可是他们已被包围，就连金古也被活捉了。

马杜克先杀掉了金古，接着便动手建造天地。他毫不留情地用三叉矛敲碎蒂阿马特的头盖骨，割断她的血管，分割了她的尸体：

> 他像剖干鱼似的将其劈成两半，
> 将其一半扯起，作为天拉满四周；
> 将其加上门闩，部署看守，
> 命令他们不许其水分外流……

随后，马杜克把十二宫星座分配给与之形体相似的诸位大神，将一年确定为12个月，每月分3旬星座，并将每天分成了夜与昼，让月神夜里放出光辉。马杜克还建造了大地：

> 他将蒂阿马特的头固定住，
> 在上面筑了山，

开掘泉眼使水流成河。

把她的两肋造成幼发拉底河和底格里斯河的源头，

在她的乳房上建起特别壮丽的山，

为涌出丰富的清水，他开掘巨大的水源

……

他将她的半个尸体拉满四周巩固大地，

他将天地创造完成，

将它们的接头用力系紧。

马杜克又把金古戴的天命"塔布雷特"作为最高礼物献给了阿努，把蒂阿马特创造的11个怪物囚禁起来，并依照它们的形态造像，立于阿普苏门前作为永志不忘的证据。

"埃努玛·埃立什"反映了两河流域居民对天地万物形成的想象与理解，但经后人加工，"君权神授"的思想也极为突出。马杜克原本是巴比伦的地方神，随着城邦地位的提高，他才逐渐变为诸神之王。祭司集团正是以此神话，极力宣扬巴比伦国王就是马杜克亲自任命的统治万民者。巴比伦王国的《汉谟拉比法典》就把埃努玛·埃立什立为经典，每年新年之际都要全文诵读。

东方各民族的创世神话各有千秋，例如古埃及开天辟地的神话讲道：在那洪荒的一片混沌之中，出现了第一个神——努，她是远古的水，没有知觉和生命，却是一切生命的源泉。拉在努的体内孕育成形，升出水面，给大地带来了光和热。拉环顾四周，一无所有，于是他拥抱自己的影子，马上孕育了一对孪生兄妹，他把孩子从嘴中吐出，哥哥舒就成了头戴鸵鸟毛的空气之神，妹妹泰芙努特则成为狮子模样的雨露云雾女神。舒和泰芙努特结合又生下一对孪生兄妹：大地之神盖伯和天空女神努特。他们出世

学生必知的西方文学常识

时紧紧抱在一起，父亲舒不得不把自己置身于他们中间将努特托起，这才使天和地分离开。

太阳神拉一昼夜数易其形，早晨他被称为克卜利，人身蜣螂首；中午他是隼首人身，头顶一个盘绕眼镜蛇的日轮；傍晚他叫阿顿或阿蒙，是完全的人身或牡羊首人身。拉每天都要乘船在太空巡行，早晨从远古的水中升起，从东到西沿着风平浪静的天河穿过苍穹。奥西里斯和伊西斯的儿子何鲁斯为船掌舵。傍晚拉从日落的玛努山进入冥界，随着太阳的西沉而死去，他没有生命的躯体躺在船中央，由众神守护着开始了由西向东的航行，掌管着夜间12个小时的12位夜女神为拉导航，指引着航船顺利通过冥界12个黑暗王国；每一个王国的边界上都有一个城垣高耸、巨蛇把守的门楼，城头遍插锐利的尖矛，谁都无法通过——只有拉到来时烈焰才会消失，门才被打开，暮舟平安通过。冥河的两岸蛰伏着许多拉的敌人，其中最危险的杀手是一条硕大无朋、吼声雷鸣的巨蛇阿比伯，它每天盘卧在第六王国河中的沙滩上，吞进河水中的一切——每当航船接近它时，它就围住拉的身体，伫立在船头的伊西斯高举手臂，诵念使阿比伯丧失活动能力的咒语，随后从船上跳下两个勇士沙勒克和达苏夫，他们紧紧捆绑住阿比伯，并用尖刀刺杀它。航船终于逃过这一劫难，继续向前，那不死的阿比伯也恢复常态，准备着明晚的再一次袭击……

以上神话包含着古埃及人对日出日落、月亮圆缺、星辰隐现等自然现象的神话式理解，也记录了人类诞生、神界争斗与人类对灾难的回忆，成为远古人类开辟生存道路的生动写照。

古希腊神话采薇

古希腊神话，是西方最早的原始文学遗产，也是西方文化的源头，长期以来深受世界人民的喜爱。但是，这个影响广阔、内容璀璨的神话宝库，不仅是人类神话中几乎最年轻的分支，而且最初还是在东方神话的影响下形成并流传开的。

古希腊神话讲道：在天地之初，只有开俄斯神，她是一片无边的混沌，没有形体。在她的周围，只有无边的水神俄刻阿诺斯，那里也是她的女儿尤律诺姆的居所。

开俄斯就是万物之母，她为了改变自己的混沌状态，便和一条奇大无比的蛇奥菲恩相结合，生出了厄洛斯，就是最早的爱神。

后来，尤律诺姆在她父亲身上跳舞，结果把天空和大海给分开了。她还给自己造成了可以漫步的大地，让那些仙女们、复仇女神们，还有数不清的生灵在大地上生存繁衍。

在这些生灵中，有大地女神盖娅、天神乌拉诺斯，也有黑沉沉的深渊塔尔塔洛司。盖娅和儿子乌拉诺斯结合，就生出了12位提坦巨神，他们是最古老的人格化神灵，力大无敌，特别是那位蛮勇的天神克洛诺斯。此外还有时光女神瑞亚、光明神许佩里翁、美惠神忒娅、智慧神科俄斯、月神福柏、大洋神俄刻阿诺斯、海神忒提斯、星宿神克利俄斯、预言神伊阿佩托斯、法令神忒弥斯、记忆神莫涅摩绪涅。

　　神话叙述道：天神乌拉诺斯恐其后代推翻自己的统治，于是将众神囚禁于地母之下，地母盖娅愤而协助克洛诺斯阉割了乌拉诺斯，提坦众神遂拥立克洛诺斯为众神之主。与此同时，黑暗和黑夜生出了光明、白昼、命运、死亡、睡眠等神，还有数以千计的山林河海等神降生。

　　然而克洛诺斯也怕遭到父亲的命运。便将瑞亚所生诸神吞入腹中，最后瑞亚用襁褓中的石头骗过天神，才使幼子宙斯得以在克里特出生长大。后来，在老辈神的帮助下，宙斯设计使克洛诺斯喝下一种液体，使他呕吐出了被吞入的儿女。宙斯联合众神，向提坦神攻击，终于赢得了胜利，并在奥林匹斯山上建起了新的神国。奥林匹斯神系以12位显赫的神灵为主，他们是：天神宙斯，天后赫拉，太阳神阿波罗，战神阿瑞斯，匠神赫淮斯托斯，信使神赫尔墨斯，海神波赛冬，智慧女神雅典娜，爱神阿芙洛蒂忒，猎神阿尔特弥斯，农神得墨忒尔，灶神赫斯提娅。古希腊神话中最美妙的故事大多和他们有关。

　　古希腊神话是怎样传下来的呢？生活于公元前8世纪的荷马和生活于7世纪的赫西俄德都是传播神话的功臣。前者创造的《伊利亚特》和《奥德赛》两部史诗不仅是西方最早的文学作品，而且是神话传说的集大成者；后者谱写的叙事诗《神谱》则是西方专门记录众神谱牒行迹的最早著作。如果说荷马乃是集体作者的代名词的话，那么赫西俄德则是西方历史上第一个姓名可靠的诗人了。除了这两个来源，古希腊大量的文艺作品和历史、哲学等文献也是神话遗产的重要记录者。

　　古希腊神话虽属创世神话，但其中仍保有更古老的自然神话和图腾神话的痕迹。因为现存的神话中到处闪现着这些更早的神话因素。例如，在前奥林匹斯神系之前，古老的提坦神和他们的前辈神大多都处在混沌未开状态，而他们的形象也往往就是自然力的化身，如大地、天空、深渊、星宿等，直到和高度人性化的社会过程相结合，神话才变得高度社会化，众神也显现出了高度的人格化特征。因此,古希腊神话属于典型的多重隐喻系统。

这种多重性首先体现在对自然的隐喻。根据神话,希腊先民认为世界的本原是虚空,世界从无到有,而生命从水上生出以及天地开辟的想象,则带有东方色彩。古希腊人还认为,万物的分合都是古老爱神的作用,天上下雨,是雨水爱上大地;四季轮转,是冥神掳走了春神。古老的自然形态的巨神多半是在厄洛斯的操纵下结合并繁衍的。直到人格化的众神不再承认这古朴的方式,才从塞浦路斯的海里诞生了掌管人间爱与美的阿芙洛蒂特。

再如神话对社会生活的隐喻。从乌拉诺斯到克洛诺斯再到宙斯,每一代老辈神都遭到了小辈神的反抗,最终被推翻,这和原始社会形态的演变、原始群落中的基本冲突都是吻合的。这一过程也体现着新生力量战胜老朽力量的规律,特别是氏族部落内争夺族长酋长地位的情形在远古时期是普遍存在的。

当然,古希腊神话中最生动的还是关于奥林匹斯山上众神的故事。就拿宙斯和普罗米修斯之间的冲突来说吧,就是西方社会家喻户晓的既有教育意义又令人感动的故事。普罗米修斯是提坦神伊阿佩托斯之子,是众神中最有智慧的神之一,被称为"先知者",因此,他掌握着一个秘密,即宙斯的统治将受到一个人与神所生的英雄的威胁。宙斯逼迫他说出这一神秘的命运,但遭到了拒绝,因此宙斯对他深怀仇恨。普罗米修斯不仅对宙斯的专横统治不满,而且还造就了人类,与神争夺荣耀。他深知上天的种子就蛰伏在泥土里,于是,他用河水和上泥土,按照天神的模样捏成了人体。为了让这泥塑获得生命,他从各种动物的心里取出善恶的特性,塞进了人体。又请来他的朋友雅典娜,让她给人体吹进了灵魂之气,使人体变成了活人。于是,我们人类便被造成了。

可是,最初的人类懵懂无知,一无所能,繁衍虽多,却悲惨而可怜地

活着和死去，普罗米修斯看了深感遗憾。于是，他教导人类如何采凿山石建造房屋，如何烹调草药医治疾病，如何冶炼矿石打造器物，如何观测星辰、航海、打鱼、驾驭牲畜。总之，他把一切必要的能力都传授给了人类。不过，他给人类最大的福利，却是把天火盗取来交给了人类，从此人类才战胜了黑暗神的压迫，走出了恐怖之谷。可是，宙斯对他所做的一切却极其不满，特别是对他戏弄自己的行为更是刻骨仇恨，因此他决定严惩普罗米修斯，以儆众神。

他命令火神赫淮斯托斯带上两个大力神，把普罗米修斯押解到辽远蛮荒的高加索山上去，用铁镣把他钉在高高的山石上，再让自己的神鹰每天飞去啄食他的肝脏。为了人类和众神的尊严，普罗米修斯每日忍受着苦难，他的鲜血把高加索山下的土地也染成了紫红的颜色。但是，宙斯的暴行并没有吓倒普罗米修斯，他在高山之巅向着上苍怒叱宙斯的虚伪和残暴，呼唤神国和人间的正义，让正义的声音传遍了天下。这位人类的创造者和保护者最后终于被他所创造的人和神所生的大英雄赫拉克勒斯所拯救，得到了自由。

古希腊神话丰赡华美，意蕴绵远，但其最突出也最有益于人类发展的鲜明特征却是它的神人同形同性同宗，即神与凡人形体相似，性情无殊，皆与希腊人血缘相关。不同的只是神不老不死，秉有异能，这一形式特征具有重大的意义，它使神与人的关系相对自由，并无悬殊而不可逾越的鸿沟，更无凛然无犯的威势，希腊社会乃至后来的西方社会结构都受到了这一特征的陶冶与塑造。而且，由于神人性情相似，神在灵与肉、理智与欲求之间也表现出协调的特点，因此人对神的模仿便有利于人格的和谐发展。

希腊神话的群众崇拜基础是广泛而比较自由的，这就为它具备吸纳审美的艺术精神和人本的哲学精神提供了有利条件，因此它对后世希腊文化的繁荣功不可没。

大英雄赫拉克勒斯

　　古希腊神话除了关于神的叙述，还包括关于神和人结合后所生的英雄们的传说。这些传说丰富多彩，在希腊乃至整个西方都是家喻户晓的，如大力士赫拉克勒斯的12件奇功，已经成了西方英雄主义的象征。

　　赫拉克勒斯是宙斯骗取太林斯城邦的王后阿尔克墨涅后所生的儿子，长大后，他为宙斯的诺言所累，必须为阿果斯的国王欧律斯透斯效力12年，完成国王交给他的12件艰巨的苦差，然后才能长生不死。他的第一件苦差是消灭涅墨亚狮子，当赫拉克勒斯遇到那头猛狮后，先射了一箭，当他发现那狮子并不为利箭所伤时，他就赤手空拳折断了它的脖子。

　　赫拉克勒斯的第二件苦差是杀死勒尔那沼泽中的九头蛇许德拉，它是巨怪泰丰和厄喀德那的后代，它的9个头中有1个是不死的，赫拉克勒斯斩下它的9个头，把那颗不死的头压在了一块巨石下面，铲除了这一祸害。

　　赫拉克勒斯从欧律斯透斯那里接受的第三件苦差是把刻律涅亚山的一头牝鹿活捉到迈锡尼来。那头牝鹿长着金鹿角，是女猎神阿尔忒弥斯的圣物，赫拉克勒斯本不想伤害它，可是他没有别的办法赶上狂奔的牝鹿，最后只好射伤它的蹄子，才将它活捉。

　　赫拉克勒斯受命完成的第四件苦差是活捉厄律曼托斯山上为害四方的野猪。它也是女猎神的圣物，赫拉克勒斯在出猎的途中遇到了马人福罗斯，

受到了他的款待。福罗斯为他打开一坛本属于马人集体的陈年美酒，结果众马人发现后一齐赶来，围攻赫拉克勒斯，赫拉克勒斯在反击马人时，一直将他们追击到智慧马人、希腊众多英雄的导师喀戎那里。赫拉克勒斯不知就里，在追杀中射伤了曾经教导过他的喀戎。因为他的箭头是用九头蛇的毒汁浸泡过的，所以喀戎无法痊愈，最后竟死在了他的学生手里。

　　第五件苦差是在一天之内清洗完厄利斯国王奥吉亚斯的奇大无比的牛圈。赫拉克勒斯并未说明自己的使命，只向奥吉亚斯提出，如果他能在一天之内将豢养着 3 000 头牛、牛粪堆积如山的牛圈清除干净，国王就得将 1/3 的牛送给他作为报酬。奥吉亚斯根本不相信赫拉克勒斯有如此神力，于是爽快地答应了，赫拉克勒斯让国王的儿子费琉斯当证人，然后赫拉克勒斯就将两条河流的水引进了牛圈。但奥吉亚斯事后竟拒绝付给赫拉克勒斯报酬。

　　赫拉克勒斯的第六件苦差是要杀死一种吃人的鸟类，它们为害一方，并用羽毛为箭时常伤人。赫拉克勒斯手持从雅典娜手里得到的一副铜钹，敲得那些大鸟不得安宁，扑打着翅膀飞出隐匿的树林，赫拉克勒斯乘机射杀了它们。

　　第七件苦差是把克里特的魔牛米诺陶活捉并押送到欧律斯透斯面前。据说那米诺陶是波赛冬带来的，赫拉克勒斯来到克里特，向国王米诺斯讨要魔牛。米诺斯告诉他，他只能亲自去征服米诺陶，赫拉克勒斯并不犯难，果然制服了米诺陶，将其押送到欧律斯透斯面前后才放其归去。

　　赫拉克勒斯完成的第八件苦差是捉到色雷斯的吃人的牝马，第九件是把阿玛宗女人国女王希波吕忒的腰带献给欧律斯透斯的女儿，第十件是夺取厄律提亚岛的巨人革律翁的牛群。当然，他都成功地完成了这些苦差。

　　欧律斯透斯要求赫拉克勒斯做的第十一和十二件苦差是补偿先前无效的两件苦差的，其一是偷取大地女神盖娅当年在赫拉"嫁给"宙斯时赠送给赫拉的金苹果。那些保管金苹果的仙女们住在世界的最西边，都是夜晚女神和提坦神阿特拉斯的女儿，她们并不可怕，可怕的是帮助她们看守金苹果的不死巨龙拉冬，它长有100个头，从不睡眠，忠于职守，令偷窃者无机可乘。赫拉克勒斯说动背负大地的阿特拉斯去为自己偷窃，自己暂且替他背负沉重的大地。阿特拉斯早已被身上的重负压得痛苦不堪，巴不得有人代劳，哪怕一刻也好，于是答应了赫拉克勒斯的请求。他潜入赫拉的果园，诱骗巨龙拉冬睡去，躲过仙女们的监视，偷了3只金苹果。

阿特拉斯拿着金苹果回来，竟想让赫拉克勒斯永远替自己承受大地的重负，不再将他换下来。赫拉克勒斯看出了他的心思，便机智地让阿特拉斯暂时替自己一下，以便自己的姿势更舒服些。阿特拉斯不知是计，就接过了重负。结果他只得眼巴巴地看着赫拉克勒斯拾起地上的金苹果，若无其事地扬长而去，任他怎样抱怨诅咒也是枉然。至于金苹果的下落，当然，赫拉的宝物是无人敢窃为己有的，欧律斯透斯将它们献在雅典娜的祭坛上，但雅典娜并未接受，而是将它们送回了赫拉的圣园。

赫拉克勒斯完成的最后一项苦差是将冥界哈得斯的守门狗刻尔柏路斯带到人间。那只狗有3个头，1条龙尾，口吐毒涎，浑身以毒蛇为皮毛。赫拉克勒斯事先来到阿提卡的厄琉西斯，在那里学习了进入冥界所需的神秘知识，然后才赶到伯罗奔尼撒的泰那戎城，从那里下到了冥界。在冥界，赫拉克勒斯向冥王哈得斯讨要刻尔柏路斯，哈得斯早已听到过他的事迹，于是对他说，只要他不靠任何武器就能征服那只三头狗，就允许他将狗带走。于是赫拉克勒斯便徒手搏击那恶狗，任凭刻尔柏路斯的龙尾抽击自己的身体，也决不放松扼住它的双手。最后，赫拉克勒斯终于制服了它，将它押解着从特洛曾的出口回到了大地。赫拉克勒斯将三头狗给欧律斯透斯看过以后，又将其带回到冥界。

完成了这12件大事，赫拉克勒斯才最终摆脱了欧律斯透斯的奴役，开始了自己自由的生活。

人类最早的史诗

古巴比伦史诗《吉尔伽美什》是世界上迄今为止最古老的史诗，代表着苏美尔-巴比伦古代文学最高成就。这部史诗载于12块泥版，共3 500行。史诗的主人公是乌鲁克国王、大英雄吉尔伽美什，他非人非神，众神创造了他完美的身躯，并赋予他美貌、智慧、勇敢，使他具有世人无法具有的完美品质。"吉尔伽美什"一名在《苏美尔王表》中有记载，因此可以初步断定他是真实历史人物和乌鲁克城池的建造者（约公元前2700年），关于他的故事早在公元前2世纪中叶的苏美尔时代就已在两河流域广泛流传。在巴比伦阿卡德时期，经过吸收各种以他为主角的单篇叙事诗，逐渐集结定型。

史诗的情节，现在研究者们一般把它分为4个部分。

第一部分叙述吉尔伽美什在乌鲁克城的残酷统治以及吉尔伽美什与恩启都之间的关系。吉尔伽美什在史诗中出现时是乌鲁克城的统治者。他凭借权势，抢男霸女，强迫城中居民为他构筑城垣，修建神庙，使得民不聊生，因而激起了贵族和居民们的愤怒。诗中描述道：苦难中的人们祈求天上诸神拯救自己。天神们听到他们的控诉，便令大神阿鲁鲁创造一个半人半兽的勇士恩启都来与吉尔伽美什抗争，以分散其精力，使人们得以喘息。

恩启都初为草莽中的野人，不闻教化，孔武有力，日夕与野兽相处。后来在神祇的引导下具有了正常人的智慧和感情。当他听到吉尔伽美什的恶行后非常气愤，立即到乌鲁克城找吉尔伽美什较量。两人经过激烈的搏斗，不分胜负，于是互相敬佩，结拜为友。这部分虽有对吉尔伽美什的赞美成分，但主要是谴责他的残酷统治。

第二部分叙述吉尔伽美什与恩启都结交后为民除害，成为被群众爱戴的英雄的过程。在他们创造的许多英雄业绩中，最突出是战胜杉树林中的怪人芬巴巴和杀死残害乌鲁克居民的天牛。吉尔伽美什因此得到了百姓的敬佩，赢得了伊什妲尔的爱情。

史诗在这里成功地刻画了保民英雄的形象。他们具备了英雄时代最典型的英雄特征——为民而战，不惜献身。吉尔伽美什和恩启都首先征伐远方杉树林中可怕的妖怪芬巴巴。那妖怪"一张嘴就是烈火，吐一口气就置人于死地"，干尽坏事，还幽禁了爱神伊什妲尔。恩启都甚至不敢前往，而吉尔伽美什却义无反顾，在凶兆已现的情况下毅然前往。在吉尔伽美什的祈求下，太阳神舍马什对着芬巴巴的眼睛吹起了大风。两位英雄趁机砍杀了他，并救出了爱神。伊什妲尔一见到英俊魁梧的英雄，就毫不掩饰地命令道："请过来做我的丈夫吧，吉尔伽美什！"然而她遭到了对方的严词拒绝和尖刻奚落："你不过是个冷了的炉灶，是那使主人的脚挤疼的鞋子，你对所爱过的哪个人不曾改变心肠？"爱神恼羞成怒，请求天神阿努造了一头巨大的天牛，下世猖狂为害；另外还处罚乌克鲁连续7年物产歉收。吉尔伽美什与恩启都又一次通力合作，英勇战斗，杀死了硕大无朋的天牛。这一部分实际上是史诗的核心部分，它描写生动、细腻，富于英雄主义激情。可是在这以后，史诗的格调就转为低沉了。

第三部分描写吉尔伽美什为探索人生奥秘而进行的长途远游。吉尔伽美什和恩启都因杀天牛而得罪了天神，他们受到了伊什妲尔的父亲、天神安努的惩罚，即他们两人当中"必得死去一个"。天神让恩启都患上致命的疾病，离开了人世。挚友的去世，使吉尔伽美什悲痛欲绝，同时也使他

充满了对死亡的恐惧。他回忆过去与恩启都一起战斗的岁月，不禁百感交集。面对着残酷的现实，吉尔伽美什感受到死亡的可怕，特别是由神主宰命运的威胁。于是他怀着探索"死和生命"的目的外出游历，决心到先祖乌特·纳比西丁那里去探寻永生的秘密。他在长途跋涉、历尽辛苦后，终于找到了乌特·纳比西丁。乌特·纳比西丁向他讲述了人类经历大洪水的灭顶之灾，但自己一家得到神助而获得永生的经过。

显然，乌特·纳比西丁获得永生的秘密对吉尔伽美什毫无用处，因为再也不可能有这种机遇了。面对吉尔伽美什的请求，先祖只得透露给他一个秘密，使他得到了返老还童的仙草。可是那仙草在吉尔伽美什沐浴时又不幸被蛇盗走（所以蛇是可以永生的）。吉尔伽美什最后只得万分沮丧地回到乌鲁克。

第四部分记述吉尔伽美什同恩启都幽灵的谈话。吉尔伽美什回到乌鲁克城以后，日夜怀念亡友，他在神的帮助下，与恩启都的幽灵见了面。他请求亡友把"大地的法则"告诉他，然而恩启都的回答却带着十分浓重的感伤情调。诗中写道：

[我的身体……]，你心里高兴时曾经
抚摸过的，
早已被害虫吃光，[活像]一身陈旧的外衣。
[我的身体……]，你心里高兴时曾经
抚摸过的，
早已为灰尘充斥。

（《吉尔伽美什》）

这种悲观的人生虚无、屈从命运的宿命观点，同前边高昂的英雄气概形成了鲜明的对照。

《吉尔伽美什》无论在思想上、在艺术表现上都取得了很大的成就。它通过比较原始的但却引人入胜的故事情节的描述，反映了古代两河流域居民同自然暴力以及社会暴力进行斗争的某种情景，颂扬了为民建立功勋的英雄和英雄行为，在一定程度上表现了古代巴比伦人认识自然法则、探索人生奥秘的斗争精神，有很大的历史意义和认识价值。

史诗把神话世界与现实世界做统一的理解，因而自然地赋予人以神的特性，赋予神以人的感情，显示出一种早期浪漫想象的特点。无论是天上的诸神，还是人间的吉尔伽美什和恩启都，都各有超人之处，但也有各自的不足。虽然说吉尔伽美什是神赐的出身，神性居多，但也无由达到永生。即便是煌煌女神，也曾丢人现眼地遭到地上国王的拒绝。可见史诗流传的时代，众神的地位已发生动摇，原始的生命意识已被破坏，而经验意识、人生悲剧意识却已经深入人心，因此才会功成身退去寻找不死之道。

重友谊爱生命是吉尔迦美什最富于人性化的特征。挚友的永别使吉尔伽美什悲痛欲绝。他从好友的死亡中体验到生命的脆弱，也预见到自己的未来，但他不甘心如此了结一生。为了更改由神把持的生死簿，他踏上了艰辛而渺茫的求索之路，追寻那永不凋谢的生命之花。吉尔伽美什因此成为人类文学史上最早探索生命奥秘的英雄之一，成为探索未知精神的化身。

最后，在史诗的总体评价上，我们须得承认，在如此古老的时代，城邦领袖的英雄作为得到如此生动想象与刻画，得到如此热情的描绘与讴歌，是高扬的集体精神和英雄精神的表现，这精神为巴比伦人在古代历史舞台上长久地进步和影响做出的贡献是不容忽视的。尽管史诗带有浓厚的神秘宿命色彩，但在一定程度上却反映了真实的历史过程，特别是反映了人的较高水平的自觉。在巴比伦时期的泥版以及石刻中，许多是以吉尔伽美什的传奇故事为题材的，说明该史诗不仅有很高的文学价值，而且也有重要的史学价值。

作为民族史诗的《圣经》

　　圣经，又称圣著，是世界阅读量最大、译本最多、译次最多的著作。泛称的《圣经》包括旧约、新约、次经和伪经，被纳入严格意义《圣经》中的教典称之为正典，没被纳入的教典，则称之为"次经"或者"伪经"。

　　旧约《圣经》原文大部分为希伯来语，因而又称希伯来《圣经》，是犹太教经书，记述内容为大约自公元前1300年至前100年间希伯来人的神话传说、古代历史和宗教生活等，包括各个时代的重要典籍，是犹太民族的百科全书。

　　新约《圣经》是在旧约《圣经》基础上编著的，基督教称希伯来圣经为旧约，构成基督教《圣经》的前一部分，与新约《圣经》一道作为基督教经书，但基督教显然更看重新约。新约《圣经》内容包括自基督之诞生至公元125年间的基督教创始者的事迹、基督教发展过程和基督教重要典籍。

　　次经是德国神学家马丁·路德（Martin Luther1483-1546）整理翻译《圣经》时，从旧约《圣经》中剔除的部分，路德认为这部分经典没有希伯来文经典的依据，是根据希腊文整理的，所以将其剔除，但他认为这些典籍是"有益的读物"。目前基督教中只有天主教、东正教、英国圣公会和普世圣公宗等教派使用次经。

　　伪经是犹太人在旧约《圣经》及次经外所列的文学作品，但被罗马梵蒂冈判定其内容与《圣经》相违背。例如著名的多马福音及腓力福音等。但伪经毕竟与外典不同。

新旧约《圣经》皆视上帝为万物之上的最高力量，无论上帝现身与否。事实上，《圣经》并不像中世纪神学中常见的那样，致力于定义上帝或证实上帝的存在，而是致力于见证上帝在历史中的显现，在新约中，则同样重视基督的生平和早期教会的发展。

学者们视《圣经》不仅为重要的宗教著作，而且是伟大的文学著作。《圣经》包括多种文学形式，如书信、故事、法律、预言、祈祷、歌曲、颂诗、情诗、历史、史诗等。

希伯来旧约含24部书（基督教旧约将其中若干部书再分，成为39部），分为3种类型:律法书、先知书、圣著，希伯来圣经一词Tanakh是3部类书的首字母：Torah，Neviim，Ketuvim的合称。

基督教则将旧约分为4部分：律法书、前先知书、后先知书、圣著。

律法书（The Law 或 Pentateuch）一名出自希腊语"五本书"和"Torah"二字之合意，为最早收入正典（Canon）中者，共5部（即《创世记》《出埃及记》《利未记》《民数记》《申命记》），今仍有撒马利坦会犹太教派（Samaritans）只接受这一部分为《圣经》。

先知书（Prophets）分为前先知书、后先知书，依据的是在圣经中的排序。先知在英雄时代的以色列人政治和宗教生活中，往往充当预言者、教化者和思想者的重要角色。

前先知书有4部：《约书亚记》《士师记》《撒母记》《列王记》。叙述以色列人定居迦南直至公元前587年或586年巴比伦人沦陷耶路撒冷时期的历史内容，主旨是要显示上帝的力量。

后期先知书亦有4部：《以赛亚书》《耶利米书》《以西结书》《12小先知书》。《以赛亚书》收有多人训诲，以赛亚约生活于公元前700年，另一

先知亦名以赛亚约生活于其后200年，早期先知诸如耶利米和以赛亚等重在号召人民悔罪而坚信上帝，晚期先知如以西结和后以赛亚之辈，则教诲巴比伦囚之责，希求上帝宽宥犹太人，许之返国。

圣著（Writings）含11部不同著作，即《诗篇》《箴言》《约伯记》《雅歌》《路得记》《耶利米哀歌》《传道书》《以斯帖记》《但以理书》《以斯拉记》《尼希米记》（含历代志上、历代志下）。它们是最后收入正典的著作。其中《雅歌》（Song of Songs）是牧歌集，《耶利米哀歌》5首哀悼耶路撒冷的陷落，余者有历史书和智者书或哲学书。其中《约伯记》探讨上帝之不可知的本质及对人的考验，《传道书》多为对人生的悲观讨论。

有证据表明，旧约《圣经》的产生同古希伯来文献、律法传统与西亚同类文化（包括美索不达米亚法典、埃及智者文献、迦南诗歌等）有关系。公元前犹太学者已探讨律法书之起源，有些学者认为"摩西五经"（The Books of Moses）出自摩西之手，但五经本身并未说明摩西为作者。有些学者认为律法书起于口传文学，而于大卫王之时（约公元前1000年之后）记录下来。但迄今尚无文献记载希伯来《圣经》究竟如何产生，其线索仍需从经文中寻觅。

新约含27部4类著作：福音书、使徒行传、书信、启示录。4部福音书（Gospel意为goodnews）最先出现，作者被早期教会推为基督使徒马太、约翰和门徒马可、路加。今人存疑。

四福音书各有侧重，例如，马太福音：视基督为立法者，告诫基督徒及教会如何行事；马可福音：显示基督作为救主战胜灾厄；路加福音：视基督为全民之救主；约翰福音：集中讨论基督的神性。

学者多认马可福音为最早，写成于公元前70年罗马占领耶路撒冷时。马太、路加福音稍晚出，约翰福音最晚出，约当公元90年前后，每一福音最初仅流行于某一特定地区。

使徒行传（The Acts of the Apostles）续路加福音，作者为同一人，述及教会早期情况，最初场景在耶路撒冷，基督复活后使徒聚会于此，叙事止于罗马，被囚的保罗作为教会第一个传道师向犹太人传道。

书信（Letters）计21札，含有部分最早新约著作。其中13篇称出自保罗，8篇称普通书简，多出自教会其他领袖。保罗书记录了其传道经历，其中大部约写定于公元50-60年代。普通书简约直至公元125年方写完，内容是讨论最初二、三代基督徒所面临的问题。

启示录（Revelation）作者名约翰，与福音作者也许非一人。此书初为致亚洲七教会之书信，对上帝之胜利、通过基督战胜邪恶和死亡作了象征表现，其描绘出自一系列上帝通过天使传给作者的未来景象。

新约的发展从无到有。早期基督教徒广泛口传对基督教训、事迹和殉难的记忆，延续了数代。迟至第二代教会，才开始写下耶稣事迹。新约作者起初并未打算写出基督教圣经，早期基督教会圣经即希腊文的希伯来圣经，但公元1世纪后，基督教信仰的不同见解促使教会写出了新约《圣经》，它用《圣经》的权威来反对不可接受的宗教见解。教会还有意保存耶稣生平殉难事迹的文献以供后世教徒之用。

《圣经》是古代希伯来人的文学作品集成之作。所谓希伯来《圣经》文学，是指最初以希伯来文写下的《圣经》中包含的文学性作品。犹太人文学大致可以分为三个时期。第一期是古代希伯来语时期，大约从公元前12世纪至公元前2世纪，约1000年间的文学，曾经编订犹太教的《圣经》，后来基督教称为《旧约全书》。在这一时期所用的语言是巴勒斯坦口头语言，起初称为"圣经希伯来语"（创作《圣经》作品时期的活希伯来语），后来演变为"弥希拿希伯来语"（解释《圣经》时期的希伯来语或希伯来法典的语言——书面语言）。

第二期是公元200年至1880年前后的文学。与西方社会的中世纪和近

代相仿佛。这一时期希伯来语发展成为书面文字或文言文。作者也用其他语种写作。这时期的希伯来文学中心在地中海地区，继而转至西北欧、中欧与东欧，19世纪中叶以后移至美洲。

第三期是19世纪末期以后。这一时期的特点是希伯来语恢复为口头语言，其文学中心逐渐移到巴勒斯坦，可视为以色列现代文学时期。

在希伯来《圣经》的所有作品中，很少有直接描写男欢女爱场景的，即使写到了，也往往持谴责、否定的态度，而《雅歌》则从正面热情讴歌了淳朴炽烈的爱情，成为希伯来文学的一枝奇葩。

《圣经》中的神话传说、历史叙事以及故事等叙事文学手法精湛、含义深远，弥足成为人类文化的原始要素，传之久远。次经中载有大量传记性甚至史诗性内容，在真实历史生活的背景下，运用艺术表现手法，刻画出一系列爱国保民的先驱形象。《马卡比传》记录了犹太人民前仆后继反抗异族统治的事迹，具有史诗的悲壮风格；《犹滴传》中的主人公犹滴则以自己的美貌蒙蔽敌人，以勇敢和谋略铲除敌酋，使战局转危为安，为拯救民族立下显赫战功。

希伯来民族以人记事、以事记人的传统源远流长，凭借着高超的、雄健的、连祷诗一般的传记笔法，塑造了从亚伯拉罕、雅各到摩西等不朽形象，其历代族长的形象像一条不断的历史链环联系着民族传统，鼓舞着这一民族力争上游的斗争生活。

《摩诃婆罗多》的魅力

印度最古老的文学遗产是四部吠陀本集，但其最高成就却是成为印度思想文化源泉的两大史诗《摩诃婆罗多》(The Great Epicofthe Bharata Dynasty)和《罗摩衍那》(The Way of Rama)。

吠陀文学是文学的早期形态。在当时看来它达到了相当高级的文学水平，但属于未发育完全的文学。到了奴隶制时代，印度文学开拓了三方面传统，形成了三个方向。一是《摩诃婆罗多》式的恢弘结构的叙事，包罗着综合的，特别是说教的内容。二是《罗摩衍那》作为"最初的诗"所开辟的长篇叙事诗的道路。三是佛教文化影响下的寓言故事，多为下层平民所喜爱。

印度大史诗《摩诃婆罗多》共分18篇，约有10万颂（双行为一颂）。它的内容庞杂，兼容并蓄，像一部大百科全书，其中包含不少非文学的成分，所描写的俱卢大战约发生于公元前13世纪至公元前10世纪的北印度。史诗讲述了转轮王婆罗多的后代——"伟大的婆罗多族"的事迹，是一首气势宏大的婆罗多英雄赞歌。

相传《摩诃婆罗多》的作者是毗耶娑（广博仙人，约生活于公元前3世纪），也有人说他是史诗的加工者，甚至是史诗中的重要人物。但问题的究竟却无从确定。史诗的成书年代约在公元前4世纪至公元4世纪之间，名称也经历了从《胜利之歌》到《婆罗多》，再到《摩诃婆罗多》的演变，

对其做出加工增饰的人应该无法计数。《摩诃婆罗多》的故事情节如下：

象城的福身王爱上了一位绝色美女，在保证不干涉她的任何行为的前提下，两人结为夫妻。美女先后生育了7个亲生儿子，又先后把他们扔进恒河。在她要扔第8个儿子时，福身王忍无可忍，起而干涉了。她这才告诉他自己是恒河女神，因接受8位被仙人诅咒的神仙之托（他们因偷了仙牛而得罪了极裕大仙），下凡来做他们的母亲。按照诅咒，以前那7个仙人已经升天，最后这个叫天誓的男孩却要久留人间，说罢便带走了孩子。

福身王在恒河女神走后净心绝欲，治国太平。后来在恒河边与曾是爱妻的恒河女神相遇，重获已成为神童般的天誓，当即将其立为太子。不料过了许久，国王把持不住，又爱上渔夫之女贞信。渔夫提出要求，必须由女儿生下的儿子继承王位。福身王因有儿子天誓，无法答应。

天誓得知后却愿为父王做出最大牺牲，发誓永葆童贞，由此得名毗湿摩，即"立下可怕誓言又能坚持到底的人"。贞信生下花钏和奇武两子，他们都没有留下子嗣就去世了。贞信提出以当时的习俗和法典都认可的借种生子法来延续香火。因毗湿摩坚守童贞的誓言，贞信太后就让自己出嫁前和一位仙人所生的儿子毗耶娑（即作者）担此重任。毗耶娑先后和奇武的大王后生下先天失明的持国；与二王后生下般度；与大王后的宫女首陀罗生下维杜罗。

般度长大后继承了王位。持国娶甘陀利为妻，生下以难敌为长子的一百个儿子——俱卢族。般度娶妻贡蒂和玛德利，但因受到仙人诅咒，惧怕死于交欢而禁欲。他同意两个妻子借种生子。贡蒂婚前就曾用仙人的咒语，召请太阳神同她生了迦尔纳。现在她先后召请了正法之神、风神和神王因陀罗，依次生了坚战、怖军和阿周那。马德利也用此法召请双马童，生双生子无种和偕天。他们就是号称般度五子的般度族。

般度死后，持国执政。般度五子和持国百子一起学艺，时有摩擦。持国指定成年的坚战为继承人，难敌不服，设计陷害他们。让贡蒂和般度五子居住于易燃紫胶宫，指使人放火，般度族从预先挖好的地道逃往森林。

般遮罗国王为女儿黑公主举行选婿大典，般度五子乔装前往。阿周那挽开大铁弓，射中目标，赢得公主。从此黑公主成为般度五子的共有妻子。难敌发现般度族还活着，大为恼火。但持国决定召回般度五子，分给他们一半国土。般度族建都天帝城。此时阿周那娶了黑天的妹妹妙贤，生下儿子激昂。

坚战举行王祭。被邀请做客的难敌嫉妒般度族的兴盛，提出与坚战掷骰赌博。结果坚战输掉王国、兄弟和妻子。难敌当众羞辱黑公主，怖军发誓要杀死他。最后持国出面干涉，答应黑公主的请求，释放坚战兄弟。不久，难敌说服持国召回他们，再次赌博。坚战又一次成为输家，被流放到森林12年。

在流放的最后一年，黑公主曾被信度王胜车劫走，又被坚战兄弟及时救回。般度族流亡期满回国后，难敌拒不归还他们的领地，双方矛盾进一步激化。最后在婆罗多的两支后裔之间，终于爆发了惨烈的俱卢大战。经过18天昏天黑地的恶战，双方将士血染沙场，致使许多英雄遇难，几乎毁灭了整个雅利安民族。

俱卢之战，是整个史诗的中心画面。史诗的核心内容、基本精神和英雄风采，都在这一画面中得到了展现。从逐天的战斗描写中人们至今仍可真切地感受到那惊天地泣鬼神的历史时刻：

大战第一天，般度、俱卢双方的军队摆开阵容。阿周那对这场同族自相残杀的战争产生疑虑，黑天以《薄伽梵歌》开导鼓励他。

在毗湿摩担任统帅的前9天中，双方战将都有伤亡，胜负难分。第9天夜里，坚战五兄弟和黑天决定直接去向毗湿摩本人求教。毗湿摩指示他们躲在束发身后杀死他。因为束发前生是女子，今生原来也是女子，后来与一个药叉交换性别才变成男子。毗湿摩认定束发是女子，发誓不与他交战。

第10天阿周那躲在束发身后，用箭射倒毗湿摩。双方战士停止战斗，聚集在毗湿摩周围。毗湿摩的身体并未着地，因为他满身中箭，像躺在箭床上一样，他让阿周那用三支箭支撑起他垂下的头。他说要一直躺在箭床上，直至太阳移到赤道北边。

德罗纳接替毗湿摩担任俱卢族统帅。在五天大战中，难敌的妹夫胜车杀死阿周那的儿子激昂。阿周那为儿子复仇，杀死胜车。迦尔纳杀死怖军的儿子瓶首。德罗纳杀死黑公主的父亲木柱王和毗罗咤王。

面对不可战胜的德罗纳，般度族采纳黑天的计谋：怖军杀死一头与德罗纳的儿子马勇同名的大象，高喊马勇死了。德罗纳听到喊声，询问素以诚实著称的坚战。而坚战欺骗他说马勇确实死了。德罗纳以为儿子真的战死，万念俱灰，放下武器，打坐入定。猛光趁此机会，砍下德罗纳的头。

迦尔纳继任俱卢族统帅。第一天双方都无重大战绩。第二天沙利耶答应担任迦尔纳的御者，但在战车上不断辱骂迦尔纳，致使迦尔纳心慌意乱。在战斗中怖军摔倒难降，撕开他的胸膛喝血，为黑公主报了仇。迦尔纳在与阿周那决斗时，他的战车的一只车轮脱落，另一只陷入地下。迦尔纳请求阿周那遵守武士法规暂停战斗。而阿周那听从黑天指使，拒绝迦尔纳的正当要求，用箭射死了他。

沙利耶继任俱卢族统帅，大战进入第18天。经过激战坚战杀死沙利耶。难敌收拾残军，由他本人担任统帅。但他挽救不了败局，俱卢族全军覆灭。难敌与怖军决斗，两人势均力敌，难分胜负。黑天指使阿周那暗示怖军违反战斗规则，用铁杵猛击难敌腹部以下，终于打断难敌的大腿。怖军战胜难敌。

俱卢族马勇等三位战士会见垂死的难敌。发誓要灭绝般度族。难敌任命马勇为统帅。

夜间马勇等3人潜入酣睡的般度族军营，杀死包括猛光和黑公主的5个儿子在内的全部般度族将士。黑天和坚战五兄弟因不在军营而幸免于难。马勇向难敌报告夜袭成功的消息，难敌欣慰地死去。

本是同根生，相煎何太急，婆罗多的俱卢族在俱卢大战中失败了，它的另一支——般度族取得了胜利。但是面对着尸骨如山、血流成河的俱卢之野，寡妇们在哀哭，坚战也陷入了深深的自责。垂死的老族长毗湿摩向他传授治国的训诫，却不足以平息他的哀痛。为了告慰亡灵，坚战举行了盛大的马祭，并为所有的战死者举行葬礼。

得胜的坚战做了国王，持国决定到森林隐居，后死于林火。坚战指定般度族唯一后嗣——阿周那的孙子、激昂的儿子环住为继承人，然后率妻、弟前往天神居住的须弥罗山。在登山途中他们先后升天。坚战在天国见到黑天以及俱卢和般度两族其他死者。婆罗多的子孙经历了轰轰烈烈的尘世生活后，都在天堂获得了永恒的生命。伟大的婆罗多之歌也在人间流传不息。

史诗的中心事件"俱卢大战"，实际上是古代印度列国纷争的艺术反映。史诗鲜明的道义观念不仅决定了战争的结局，同时也是评判人物的尺度。作为英雄不仅要英勇善战、智慧过人，还必须有高贵的品德，即所谓遵照正法。那么什么是正法呢？公元前后成书的《摩奴法论》规定：符合《吠陀》中敬畏神明的思想及《法典》中对行为的各种规范、遵循圣哲的人生道路和个人的生活情趣的思想言行就是正法。它是人们的正确思想和行为的最高标准，是正义和法律，是宗教和教义。

古代印度两大史诗就是正法的形象体现：表明天道、天理在人世间的推行。当人间的正法受到破坏时，天神就要下凡来重建正法，恢复人间新秩序，于是毗湿奴化作罗摩和黑天现身。在俱卢大战中黑天只不过是阿周

那的驭者，然而他却是大战的真正指挥者和战局的驾驭者。他从精神上武装坚战和阿周那，甚至亲自上阵。战后，躺在林中的黑天被猎人误以为是野鹿而射杀，作为毗湿奴化身的黑天完成了下凡的使命归天了。

在《摩诃婆罗多》中，正法的光辉集中地聚焦在坚战的身上：颂扬坚战的公正、谦恭、仁慈，谴责难敌的贪婪、傲慢、残忍，表现了人民拥戴贤明君主的理想。坚战在受到不公正的对待时总是宽大容忍，避免伤害他人。少年时代与持国百子相处时就善于忍让；难敌先后两次邀请他掷骰赌博，他为了遵守传统礼节，没有拒绝；在长期流放中他忍受着亲人的埋怨指责，信守诺言，没有报复难敌；他以德报怨，劝说弟弟解救被俘的难敌，相信他们105个兄弟是一家；大战前夕他也曾做出最大让步；大战后追悔的自责掩过了胜利的喜悦。不过我们还应该看到，即使在正法的光芒下，坚战也是有瑕疵的。作为正法的代表，坚战在大战中多次采用非正法的狡诈计谋。与其说这是正法的困惑，不如说是逼真地反映了一位政治家的韬略和手段。

大史诗的艺术魅力除了来自思想和智慧方面的源泉，还出于它所显示出的宏伟的叙事结构、鲜明的英雄形象。由于这两个特点，大史诗成了后代印度文学无尽的故事源泉，而英雄们的品德理想和印度教文化价值观念则成了后代印度人民的道德风范。

东方古剧明珠《沙恭达罗》

迦梨陀娑是中古印度最伟大的诗人、剧作家，公认的梵语古典文学大师。他大约生活在公元330-432年之间，处于从奴隶社会鼎盛阶段向封建社会过渡的笈多王朝。他的作品公认的有7部：2部长篇叙事诗《罗怙世系》、《鸠摩罗出世》，1部长篇抒情诗《云使》，1部抒情小诗集《时令之环》，3部戏剧《沙恭达罗》、《优哩婆湿》和《摩罗维迦和火友王》。

代表迦梨陀娑诗歌创作最高成就的，是号称印度第一首抒情长诗的《云使》。抒情主人公是财神俱比罗的奴仆、半人半神的药叉，因为玩忽职守，被流放到南方森林，忧伤地消磨一年的孤独时光。当雨季来临时，多情的药叉恳求一片飘向北方的雨云作传递感情的使者，带去对娇妻的深切怀念，并带回爱人平安温馨的回音。长诗实际上就是诗体的两地书、炽热深沉的爱之歌。《云使》共115节，460行，分为《前云》、《后云》2篇。前者写情中之景，后者抒景中之情，景不呆板，情不繁滞，前后呼应，形成完美的艺术整体。

迦梨陀娑的七幕戏剧《沙恭达罗》是印度戏剧文学的珍品。该剧全名《凭表记认出的沙恭达罗》，共分7幕，古代时即在印度广泛流传，被译成各种印度方言。逮于近代，该剧又首先为迦梨陀娑赢得世界声誉。1789年，《沙恭达罗》的英译者威廉·琼斯称迦梨陀娑为"印度的莎士比亚"。歌德亦曾在诗中写道：

倘若要用一言说尽——

春华秋实，大地天国，

心醉神迷，情意满足，

那我就说：

沙恭达罗！

席勒也说："在古代希腊，竟没有一部书能够在美妙的女性温柔方面，或者在美妙的爱情方面与《沙恭达罗》相比于万一。"这出戏剧的剧情如下：

英俊的国王豆扇陀外出打猎，无意中走进一片净修林，巧遇清纯可爱、秀色天成的沙恭达罗，她是王族仙人桥尸迦与天女弥那迦的女儿、净修林干婆仙人的义女。两人一见钟情，互相爱慕，以干闼婆方式结合(青年男女凭互相誓愿而结成的婚姻，为《摩奴法典》规定的8种结婚方式之一)。婚后国王启程返京，临别时将刻有自己名字的一枚戒指送给她作为信物。沙恭达罗因思夫心切，于心不在焉时怠慢了路过的仙人，不料仙人竟对她发出了诅咒。

朝圣归来的干婆很赞同义女的选择，不久即派人护送怀孕的沙恭达罗去京城寻夫。因仙人的诅咒应验，国王果然不再认识沙恭达罗。她想用戒指唤起国王的记忆，却发现珍贵的信物已经丢失。她羞愤交加，严词指责国王无情无义。就在沙恭达罗走投无路之际，一道形似女人的金光闪现，沙恭达罗的生母把她搭救到了天上。

后来一个渔夫打鱼时在一条鱼肚子里发现了那枚戒指，豆扇陀见到它便恢复了对沙恭达罗的记忆，更犯上了"沙恭达罗病"，沉浸在无比的悔恨和思念之中，尚无子嗣的他更牵挂沙恭达罗腹中的生命。这时他接受天神因陀罗之请来到天界，战胜了恶魔阿修罗。归途中他意外地在仙山遇到了儿子婆罗多，并找到了失散多年的沙恭达罗，一家人终于团圆返回京都。

整个戏剧场面中最突出的是自然和宫廷的对比。作者出色地为人物设计了优美的活动环境，充满诗情画意，营造了半人间半仙境的奇妙氛围。它们既是一幅幅写意的水墨画，又是人物性格、情节发展的依托。净修林远离尘世，荡涤污秽，人与自然、人与人单纯和谐的关系直接影响到沙恭达罗的性格形成。宫廷人际关系极为复杂，豆扇陀性格的矛盾得到了合理的解释。超自然、超社会的金顶仙山摆脱了一切人间的束缚和污秽，男女主人公在此团圆，表现出作者的理想和浪漫的构思。在这三种环境描写中，静修林的描写无疑是最富于诗意和人格化特点的。自然的一草一木都带有灵性，人物和自然水乳交融，相映成趣，达到了美学理想中的最高境界。这是全剧诗性特征的最重要基础。

剧本结构严谨，起承转合衔接得天衣无缝，无懈可击。剧情起伏跌宕，环环相扣，步步推进。围绕着沙恭达罗的有情和豆扇陀的无义的主要冲突，经历了定情结合、仙人诅咒、遗忘被弃、戒指的丢失与复得、重逢团圆等情节，由喜到悲，再由悲到喜，如行云流水一般一气呵成，体现了和谐统一的美学风范。在情节的构思方面，作者突破了大史诗中对这一故事的限定，增加了仙人诅咒和遗失戒指的情节，这样一来，就将男女主人公的爱情生活故事赋予了一种强烈的道德色彩，告诫人们不可因私情而废公义，忽视修行之人。通过这个丢戒指的情节，戏剧内容做了大幅度的转折，和后面的离弃和斥责以至升天相对比，引起观众强烈的同情，从而创造了东方特别欣赏的怜爱美，令古今共叹，念之唏嘘。

沙恭达罗是印度文学史上至清纯至美好的女性形象。她的降生原本就带有悲剧色彩：王族仙人桥尸迦修炼期间，天神派弥那迦天女前来破坏，

于是就有了这个女儿。父亲因为功力受挫，迁怒于孩子而把她遗弃，这样她才成了干婆仙人的义女。

在剧中，她是一个有定性又有丰富性的形象。从一个天真的少女成为幸福的新娘，再到无辜的弃妇，最后以成熟的母亲形象出现在仙界。她的性格是发展变化的，但她善良质朴、注重感情、真诚坦率的特点一直都非常突出。

美丽温柔的沙恭达罗是大自然清纯的女儿，是一朵娇艳的净修林之花，散发出清幽迷人的田野芳香。她在青山绿水、鸟语花香中长大，清纯的大自然培育了她纯洁真挚的感情心理，使她与周围的人、与草木虫兽亲密无间，情深意长。

美好的自然、艰苦的修道生活也造就了沙恭达罗刚柔相济、坚韧不拔的性格。初见豆扇陀时，她惊惶羞怯、娇态可掬，但她对爱的向往又是那么强烈，毅然以身相许。她虽不是叛逆的新女性，但也绝不是顺从的奴隶。她不像悉多那样婉顺、柔和、屈从、容忍。当希望之藤被折断后，陷于绝境的她眼睛发红，弯眉耸立，樱唇像给霜打了一样在颤抖。她敢于据理抗争，怒斥负心的国王是个骗子："你引诱我这天真无邪的人。""卑鄙无耻的人！你以小人之心度君子之腹。谁还能像你这样披上一件道德的外衣实在却是一口盖着草的井？"后来国王向她表示忏悔，她又宽厚地原谅了他。

从这些特征来看，沙恭达罗还饱满地保留着印度古代妇女的真实、诚挚、含蓄和刚直的个性，这些从自然而单纯的古代生活中培育出来的性格特征对于越来越远离其时代的人们来说，引起的审美感受会越来越强烈，也是合乎逻辑的。

与沙恭达罗形成对比的是，豆扇陀的形象具有明显的两面性。经过作者理想化的处理后，他首先是个开明君主、古代英雄、痴情的情人、忏悔的丈夫，他"不图安逸日日夜夜辛勤为民"；他可以辅佐天神战胜恶魔；他的求爱庄重而恳切；他失去记忆后再见到令他心动的沙恭达罗时，依然能够自持，避免"因抚摸别人的妻子而陷于不义"。他恢复记忆后发自内心的追悔与哀哭也让人感动。这些表现都是他的正直善良一面。而且为了表达自己的（或观众的）理想和保持作品的暖意，作者还特意描写到了团圆的结局，但是他的刚愎自用、背信弃义行径已经在人们心里留下了阴影，他和沙恭达罗之间原本就不深挚不牢固的感情联系（例如海誓山盟之类）在真正的戏剧冲突到来之际（观众在自身的人生经验中自会预感到这些或类似的冲突），必然会取崩决之势，于是地位之间、等级之间、观念情愫之间的冲突就在所难免了。当然，这种人物之间、道德观念之间的冲突，在场景上也得到了烘托，静修林和宫廷的对比为戏剧冲突提供了最悬殊却最合适的背景。

迦梨陀娑在剧中热烈地赞美人间的欢乐，歌颂美好的爱情。善于把握人物的内心世界，尤其擅长表现恩爱夫妻生离死别的无限哀伤，婉转含蓄的抒情、温柔敦厚的写意给人以纯美的享受。从他的笔端流淌出的梵文，淳朴而不枯槁，流利而不油滑，雍容而不靡丽，严谨而不呆板，开创了清新俊逸、诗情画意的文风，成为了印度文学史上空前绝后的典范。

迦梨陀娑是最早获得最广泛世界声誉的印度作家之一。在中国，700年前西藏学者就把他的《云使》译为藏文，建国后他的《沙恭达罗》、《优哩婆湿》和《云使》也已有出版。他的作品18世纪末曾风行欧洲，1956年世界和平理事会还推荐他为世界文化名人，举行了隆重的纪念活动。

日本文学瑰宝《源氏物语》

　　日本文学在平安时期(794-118)出现了物语（小说）创作的高峰，有女作家清少纳言的《枕草子》、路原道纲母的《晴终日记》以及《竹取物语》、《落洼物语》、《伊势物语》等。镰仓(1185-1336)和室町(1336-1599)时期是"英雄时代"，这时期占主导地位的是武士物语文学，代表作品为《平家物语》。在诸多物语作品中，紫式部的《源氏物语》堪称首屈一指。

　　物语文学的产生，是日本文学史的一个重大转折，是文学大势由抒情诗向小说发展的重要里程碑。它标志着继神话传说与和歌之后，日本文学又一大的飞跃。同时，物语文学也帮助日本文学确立了在世界文学史中的地位。在公元9世纪至12世纪，世界各国小说创作像日本那样发达的并不多见。

　　紫式部的《源氏物语》约创作于11世纪初叶的日本，是日本第一部长篇小说。作者紫式部（约978-1014）本姓藤原，因其父藤原为时曾任"式部丞"，称之为藤式部。由于《源氏物语》中的紫姬为世人传诵，所以又称她为紫式部。作家出身于家学深厚的中等贵族家庭，父母的祖上都出自当时的豪门藤原北家，且诗人辈出。她天资聪颖，因自幼丧母，随父习汉诗文，对白居易的诗有很深的领悟，其父辄以她不是男孩为憾事。22岁时，紫式部嫁给比自己大20多岁的藤原宣孝，为第4个妻子，生女儿贤子。2年后丈夫病逝，紫式部携女寡居。5年后，紫式部以文名入宫任一条天皇的中宫彰子的女官，为她讲解汉诗文，并开始了《源氏物语》的写作。她半生舛蹇，晚年孤寂，疾病缠身，对人生体味不可谓不深。

紫式部生活的时代正值摄关政治的鼎盛时期，此时大贵族藤原本家与皇族世代通婚，这种"政略婚姻"已持续了200多年。藤原氏（主要是藤原北家一支）争相把自己的女儿嫁给天皇，将来生下儿子，可以立太子，做新天皇。而皇上的外祖父就可以登上摄政、关白的宝座，独揽朝纲，甚至左右天皇的废立。一时间，藤原各家对"外戚"的名分趋之若鹜，互相倾轧。最后，藤原氏的摄关政治被平氏的幕府政治所取代。

为了使自家的女儿在后宫立于不败之地，藤原氏网罗天下的名门才女做女官，伴女儿入宫。当时藤原道隆的女儿定子与藤原道长的女儿章子在后宫争宠对立，后定子死于难产，章子得势。定子的女官有清少纳言，章子的女官就是紫式部。集结于后宫的女性知识群体，使这里变成了文化社交的沙龙，获得了家庭以外丰富的生活储备和观察问题的新视觉。

紫式部就在这样的背景下，写尽了藤原氏利用女儿攫取权势的细微之处，浸染了日本广大妇女的辛酸血泪，并通过摄关政治中的源氏情史，揭示了贵族颓废萎靡的精神衰败的过程。紫式部的其他作品还有《紫式部日记》以及收录了128首和歌的《紫式部集》。

《源氏物语》是紧密围绕主人公光源氏的一生展开描写的：

桐壶天皇与深受宠爱的桐壶更衣生了一位皇子，因这孩子俊美无双、容光照人、聪明绝世，故称"光君"。3年后出身寒微的更衣郁郁而终。天皇考虑到光君将来缺少外戚政治靠山，将他降为臣籍，赐姓源氏，即光源氏。光源氏12岁时，与左大臣的女儿葵姬政治联姻，但他并不喜欢落落寡合的葵姬。他爱慕年长他5岁、貌似母亲的继母藤壶妃子，与她交往后生下一子。光源氏又追求空蝉、六条妃子和夕颜。18岁时，他收养了年仅10岁的紫姬，因为她长得酷似姑母藤壶妃子。4年后葵姬生下儿子夕雾，不

久死去，紫姬被立为正夫人。这时光源氏与丑女子末摘花有染，失望后依然供养着她。源氏22岁时，桐壶帝让位给右大臣女儿所生的朱雀帝。右大臣摄政掌权，源氏和左大臣失势。藤壶削发为尼。在右大臣的迫害下，源氏自贬须磨。在明石道人的撮合下，源氏与其女明石姬结合，生有一女。两年后，源氏与藤壶妃所生之子冷泉帝即位，右大臣失势，源氏时来运转。他回京后建立六条院，将与他有过来往的女性都迁入其中。后来源氏先后将自己收养的已故六条妃子的女儿及他和明石姬所生的女儿送进皇宫，分别成了冷泉帝、今上天皇的皇后。这样源氏当上两代天皇的外祖父，做了太政大臣，享有绝顶的荣华。

退位的朱雀帝将14岁的女儿三公主下嫁给源氏，引起紫姬的不满。后三公主与柏木有私情，生下儿子薫君。事情暴露后，柏木病死，三公主出家。紫姬也在忧病中死去。源氏心灰意冷，烧毁了与所有女人的来往书信，出家为僧，52岁辞世。

薫君长大后因出身问题而顾虑重重，消极厌世。先后追求八亲王的两个女儿，未果。最后爱上他的庶女浮舟。浮舟因感情的痛苦投水自尽，被救活后出家为尼。

审视小说的形式特征，最突出的是规模宏伟，人物众多，场面多变，结构严谨。全书情节涉及4个朝代3代人，历时70余年，出场人物达431个。全书54帖（卷），以源氏和薫君先后为主角，统贯情节、人物和主题，在表现生活的广度和深度方面，一时无出其右者。

另一个特点是，小说对人物内心的描写占据着显著地位。细腻而精湛的人物心理描写成了描写人物事件的基本方法。作品还大量描写山水人物，利用自然景物和时令变易烘托人物心灵的微妙变化，情景交融，心物相关，产生了强烈的艺术效果。

作品在艺术描写上的主要成就，是对贵族阶级尤其是贵族男子们的心理活动的精微细腻的写照，主人公光源氏是颇为成功的平安朝贵公子典型。贵族文化的教养才情与贵族阶级的空虚荒淫在他身上均得到深刻的表现。他不仅相貌俊美，风流倜傥，且多才多艺，多愁善感。但是在当时的朝廷里，他却只有精神上的压抑和空虚。他在宫廷斗争中，由于母亲出身低微而受牵连，成为牺牲品；在婚姻方面，葵姬本非所爱，却只能接受。他在17岁时便感到了"人世之痛苦"，产生了"不想再活下去了"的念头，可见其精神生活的压抑。而限于他所能够利用而且容易利用的解脱方式，他所寻求的精神出路只有两条：一是在贵族妇女尤其是少女中寻找生命的安慰和价值的寄托，二是以"参禅悟道"平息内心的抑郁。事实上，他的生存环境时刻启发他、诱惑他踏上这两条路，使他似乎有了能进能退的出路，而其中暗藏的绝境却不是他一时能够察觉的。因而他在生活中成了一个似乎没有理想、没有追求的玩世者。

然而，他在寻求情感寄托的同时，又不可避免地遭到命运的捉弄。在作者笔下，源氏是一个心地善良、精神世界较为丰实、讲究情操道德的人，对女性有情有义，是一个博爱主义者，和他交往的妇女，虽然大多是因为他的引诱才和他私通，使得几乎所有的宫中女性都如百鸟朝凤似的爱上了他。那些贵族女性也似乎因为他的存在而得到了雨露阳光。他使继母在不和谐的夫妻生活中获得了新的爱情，他使被人玩弄的夕颜有了一个被人尊敬的生活，使空蝉在恪守妇道的岁月中尝到了"太息一般"的爱情，使被人遗忘的末摘花出离贫困，位及荣华。他甚至兴建宅院，将所有妻妾笼在自己的羽翼之下，可是仿佛鬼使神差一般，他的多情还是在客观上造成了她们的不幸结局。他使葵姬因被冷落而夭亡；使夕颜、藤壶于惊吓恐惧中死去；使六条妃子和紫姬在嫉妒的煎熬中死去；他的奸宿使空蝉失去宁静而遁入空门。他的缠绵女色到头来不啻一番饮鸩止渴。

光源氏对此不幸也曾有过痛苦，他一方面认为"世间女子个个可爱"，

是自己的同道，对她们怀有强烈的情欲，认为"洞房花烛虽然好，不及私通趣味浓"，另一方面又为自己给她们带来的厄运深感愧疚，无法摆脱生活的悖谬。

这时，问题便出现了。这些艺术上的特点——宏大的结构、细腻敏感的心理展露在经过渲染的情境里，主要人物完整的生命踪迹，以及最重要的人物之间的情感纠葛和遭遇对比，无疑是为了最终揭示人物的命运，揭示人物命运的根由，而他们的命运又无一例外地近乎宿命的虚寂，这一切都是怎样出现的？又是围绕着什么出现的？欲揭开小说近于永恒的魅力的谜底，似乎不能回避这个问题。

光源氏的命运是一系列社会因素促成的。首先，他的独特处境是他的情感追求和生命需要（往往是他个人觉察不到的）、他的初衷和他的行为结果、他的自我需要和他人期求以及别人的自我需要和他的期求之间的普遍对立。他的无法解脱的压抑，转变成难以平息的宣泄，环境的默许和男性比女性更为强烈的性驱力推动他投入情感的放纵和宣泄，然而他的欲求是和贵族女子们的保守倾向相冲突的，而这些女子的保守倾向又是她们在特定环境里采取的不可改变的生存方式，他光源氏要不断地得到新的刺激和宣泄渠道，而每一个女子又都是有限的，倾向于守成的，这就无法躲避注定的冲突了。

其次，贵族集团，包括它的每个成员，都处在受制约的环境里，贵族社会存在着普遍的不自主（例如受到阶级规范和等级规范的制约），而光源氏的独特处境更加重了这种不自主，所以，他的命运比其他人更突出地体现着普遍的、类似于异化的对立性，这种本是个人和社会、他人、自我的对立性在具体的人生历程上就会显现悲剧性的命运。

最后，如果把光源氏看做一个主动的影响因素，那么和他交往并受其影响而铸成各自命运的女子则表现出了另一种意义，她们的不幸显然是在双重意义上造成的，一个是环境因素，特别是光源氏的因素，一个是她们自身的因素。在小说中，每个人和社会的冲突都以私人交往，特别是情感交往的方式决定了独特的个人命运，而这命运又是从始因方面几乎无法预见出的。这就是小说中的人物，也许包括作者本人也难以察觉的"总体命运"无意识活动的结果。

所以，孤立地指责光源氏在感情、肉欲上的放荡和在政治上的无为，只是揭发了结果，而无助于说明问题的原委，发掘到畸态人生和没落社会的根底。至于作者在写他追逐女人、取悦皇上等行为时流露出的欣赏和同情，写他有善心无善为，写他华美多才，写他善良软弱等等，虽有幽怨而并无洞见和批判，则是作者为贵族文化所熏陶，为自身无意识的男性崇拜所驱使，是不宜苛求于作者的地方。

民间故事《一千零一夜》

　　阿拉伯文学在历史上最初指阿拉伯半岛人民的文学，以后指阿拉伯帝国的文学，即中古时期的阿拉伯文学。阿拉伯近代和现代文学则为阿拉伯各国的文学。阿拉伯文学主要的成就是诗歌和散文。它大致可分为4个发展阶段，即伊斯兰教的真主穆罕默德尚未降生，阿拉伯人未受天启的蒙昧时期（475-622），以盖斯为首的7位"悬诗"诗人是其中最优秀的代表；伊斯兰时期（622-750），它的重要标志就是伊斯兰教的诞生和艾赫泰勒、法拉兹达格、哲利尔诗坛"三杰"等；阿拔斯王朝时期（750-1258），以阿拉伯散文的一代宗师、波斯裔作家伊本·穆加法著译的寓言集《卡里莱与笛木乃》、史诗《安塔拉传奇》《一千零一夜》为代表；以及土耳其人统治时期(1258-1798)，此时阿拔斯王朝灭亡，阿拉伯文学开始逐渐走下坡路。

　　《一千零一夜》的引子很有名：相传国王山鲁亚尔发现王后与奴仆嬉戏调笑，一怒之下杀了她。为了报复，虐杀成性的国王每天娶亲，翌日清晨就将新娘杀掉。3年后才貌双全的宰相之女山鲁佐德为使无辜的姐妹免遭涂炭，自愿嫁给国王。夜晚她讲一个商人与魔鬼的离奇故事，正讲到关键之处，东方欲晓。国王想知道故事的结局，只好推迟杀期。就这样山鲁佐德连续讲了1001夜（"一千零一"是阿拉伯人极言其多的习惯用法），并生下了3个王子。当她讲完全部的故事时，恳求国王免去一死。国王终于被感化，立她为皇后，并令史官记下她所讲的一切。这就是脍炙人口的阿拉伯民间故事集《一千零一夜》（又名《天方夜谭》）的缘起。犹如一步踏上山巅，望出去无限山川，这小小的引子牵出了后面134个大故事，大故事中又套着小故事，共计200多个故事，立刻将人引进了一个神奇妙化、超凡绝俗的烂漫新天地。

所以说，"没有第一夜，便没有《一千零一夜》"，可见这美丽聪明的山鲁佐德的第一夜格外重要。它像一条无形的线，串起了后来一千个日夜的明珠，众多纷杂的故事立刻灵活而稳定地融进了井然有序的整体，充分显示了这种民间文学常用的"框架结构"的功能。这种大故事套小故事，环环相扣，绵绵接续，时而陡起高潮、时而勾起悬念的艺术形式，固然由来久远，但在这部故事集中发挥了最卓越而出色的效果。

一般认为《一千零一夜》的手抄本出现在8世纪中叶的阿拔斯朝前期(750-850)；16世纪在埃及基本定型，1835年在埃及刊印出公认的善本。书中的故事主要有三个来源：一是印度和波斯源头，它的基础是波斯古代故事集《一千个故事》。二是伊拉克源头，即10-11世纪以巴格达为中心的阿拔斯王朝的流行故事。三是13-16世纪埃及麦马立克王朝的故事。可以说，《一千零一夜》是印度、波斯、阿拉伯-伊斯兰文化相融合的产儿，属于广大的欧亚非的每一个角落。

故事采用的语言是经文人加工过的民间语言，晓畅明白、丰富生动。讲述者多用比喻、象征、幽默等手法来增添感染力。有人还说："没有诗歌的《一千零一夜》，犹如没有太阳的白昼。"充分肯定了书中约一万行诗歌的作用，诗文并茂，相得益彰，给故事带来隽永的诗意。

雅俗共赏的《一千零一夜》集中地体现了民间艺术创作的重要特征。它的故事体裁丰富，有神话传说、童话寓言、格言谚语、奇闻轶事、冒险传奇、道德训诫、历史掌故、幽默笑话等，基本上囊括了民间故事的基本形式，妙趣横生、令人爱不释手。作品既有具体精细的写实，又有瑰丽多

彩的想象，并以浪漫主义的奇情异想为特色：遮天蔽日的神鹰，屋子大小的鸟卵，海岛一般的大鱼，大山一般的妖怪；魔力无边的阿拉丁神灯，戒指、宝珠、拐杖、头巾、飞毯、魔床等法宝；擦一擦宝贝，巍峨的宫殿拔地而起；念一念口令，巨大的山门自动开启；动物变形，人神婚配……书中丰富多彩的想象俯拾皆是，令人神思翩跹。

在这个美妙的世界里，每个人都可能得到神奇的力量，可以上天入地、揽月逐日，实现所有人生的梦想，忘掉所有俗世的烦恼，享受所有生命的渴求。这就是这部作品的妙处，也是它不灭的灵力。一个故事，一段传说，有了这样的神力，也就有了自己的价值。所以，这部故事书首要的品格，是它的解放想象、鼓舞性灵的伟力。《古兰经》是严肃的、制约的、企盼的，《一千零一夜》是幻想的、放任的、实现的；一个漫游在草原、出没于旷野的游牧民族，多么希望在单调的地平线上出现一些涌动的生命，多么希望沉寂的心海随时搅起欢乐的波澜，生活中缺少这一切，《一千零一夜》给了他们这一切，《一千零一夜》是驼铃声中的歌，是帐篷里的灯，是游牧人相遇的问候，是天穹下奔波中的孤独者的方舟。

《一千零一夜》不光是神奇，它从各个不同角度生动地再现了中世纪阿拉伯帝国的社会生活画面。作品的主题多样，涉及社会政治、宗教道德、经商冒险、恋爱婚姻等领域。生活方面众多，囊括帝王将相、才子佳人、富商大贾、市井百姓、匠人士兵、农夫渔翁、奴婢乞丐、歌伎舞女、强盗窃贼、僧人巫婆、神仙精灵、妖魔鬼怪等三教九流不一而足……人的灵魂现出了形体，神鬼的精气附上了人身，从中可见日常的风俗，也可见日常见不到的哲理，这是一个思想的源泉，一个经验的园地。

讴歌劳动人民的纯朴善良和聪明才智，表达人民大众对现实的不满和对美好生活的憧憬，揭露统治阶级贪婪丑恶的本性，体现了光明必定要战胜黑暗、善良终究要战胜邪恶的积极乐观的道德理想，是《一千零一夜》

的主导思想。

难能可贵的是，作品并没有停留在只是反映民众的疾苦上，而是把矛头指向了统治者哈里发。在《死神的故事》中，国王想让别人做他的替身，死神却斩钉截铁地拒绝了："我是专门为你而来的，现在我非叫你离开这些你平生搜刮、剥削来的财物不可。"死神对国王的最后审判，有力地鞭笞了这些死有余辜的封建暴君，成为人民意志的执行者。在《渔夫和哈里发的故事》中，夸张地反映了哈里发的淫威和渔夫的惶恐。渔夫哈里发明白要保住自己的一百枚金币，就需"养成经得起鞭挞的习惯"，于是他开始练习使劲地鞭打自己。讲述者别具匠心地也为渔夫起名为"哈里发"，表达了对君主尊号的极大蔑视，这种敢于犯上的鲜明立场只能来自民间。阿拉伯人一直把《一千零一夜》视为"一面纤尘不染的明镜"，正是就它的道德教训的意义，而非写实的意义来说的。

《一千零一夜》中也不乏描摹追寻者足迹的故事。对物质财富的追求集中地体现在阿拉伯商人航海经商的题材中。《辛伯达航海旅行的故事》通过航海家辛伯达和脚夫辛伯达的鲜明对照，反映了当时人们的价值观：勇于进取、精明能干的商人受到普遍尊敬。辛伯达出生在富商之家，从小受到发财致富、投机冒险的教育。他从不满足现状，人生的目的只有一个：发财、发财、再发财。他头脑灵活，经验丰富，意志顽强。7次航行中九死一生：4次翻船落水，3次流落荒岛，先后遭受了风暴、巨鹰、巨蟒、巨人、妖怪的袭击，最后都能化险为夷。冒险的酬劳是巨额财富，辛伯达晚年过上了富比王侯的优裕生活。当然应该看到，商人的唯利是图、损人利己的特点在他的身上也非常突出。尽管如此，辛伯达作为积极发展海外贸易的商人的典型，代表了阿拉伯帝国上升时期奋发有为、百折不回的进取精神，"去吧，勇往直前，宇宙间到处有你栖身之地"，这就是追寻者辛伯达的豪言壮语。

学生必知的西方文学常识

　　由于时代的局限，《一千零一夜》也不可避免地混杂有剥削阶级的腐朽思想和群众中的落后意识，保留了一些封建的糟粕。例如笃信命运的宿命思想、歧视妇女的说教等，但这些瑕不掩瑜的微疵已经显得不足道了。

伊朗高原的鲁拜之花

　　伊朗高原远在旧石器时代就有人类居住。公元前3000年中期，中南部出现了最早的国家——埃兰，后为亚述帝国所征服。公元前7世纪中叶，西北部的米底脱离亚述而独立。公元前550年，米底王国的阿契美尼德贵族居鲁士建立波斯王朝。史学界把波斯王朝建立到阿拉伯穆斯林大军征服伊朗(前550-651)称为伊斯兰化以前时期，即三大王朝统治时期。它们是阿契美尼德王朝(前550-331)、阿什康王朝(司马迁《史记》称其为"安息"，前230-224)、萨珊王朝(224-651)。在第一、二王朝之间是希腊人统治时期，而651年至当代称为伊斯兰化以后时期。

　　萨珊王朝的统治者热衷于振兴波斯文明，迎来伊朗文化的高峰。但是阿拉伯人的入侵使萨珊的文化典籍遭到一次浩劫，保留下来的只有二三成。从此伊朗进入一个多灾多难的时期，先后处于阿拉伯人、突厥人、蒙古人的侵略统治下，直到16世纪初叶的萨菲王朝才重新统一了波斯。

　　在阿拉伯哈里发统治时期，伊朗在政治上丧失了独立地位，伊斯兰教取代了伊朗的祆教，成为伊朗人民主要的宗教信仰。伊朗的语言文学也受到阿拉伯文化的广泛影响。由于伊朗人民不断举行起义和上层统治集团日益扩大其政治势力，至9世纪末，伊朗实际上已经摆脱了阿拉伯人的统治，建立了许多地方政权。东北部霍拉桑地区的萨曼王朝(875-999)的统治者较其他地方政权的君主更注意保护文人和提倡文学创作。波斯文学史上第一

个著名诗人鲁达基(850-941)就曾任萨曼王朝的宫廷诗人。

在萨曼王朝统治后期，一支突厥人的首领玛赫穆德于998年建立了伽色尼王朝（998-1186）。翌年另一支突厥人兴起并消灭了萨曼王朝。此期出现了大诗人菲尔多西，他与鲁达基的诗歌都属于"霍拉桑体"，这种诗体盛行于9世纪下半叶到11世纪上半叶的东部地区，语言朴实，不事雕琢，叙事简明，通俗晓畅，很少使用阿拉伯语汇和科学术语。菲尔多西的英雄史诗《列王纪》（又译《王书》）是波斯文学的瑰宝，标志着中古波斯文学黄金时代的开始。10—15世纪是波斯文学的空前繁荣时期。素有诗国之称的波斯，涌现了许多杰出的诗人，菲尔多西、海亚姆、萨迪及哈菲兹等人都是享誉世界的伟大诗人。

公元9、10世纪之交，在伊朗的霍拉桑地区出现了一位聪慧过人的神童。他8岁能诵《古兰经》，精通音律，善诗能赋。人们为他的才华所感动的同时，又悲叹命运对他的不公，因为孩子生来就是盲人。然而这位盲童日后成长为波斯文学史上第一位伟大的诗人，他就是鲁达基（850-940）。

鲁达基创作勤奋，作品颇丰，善用波斯诗歌的所有形式，被后人尊为"波斯诗歌之父"。可惜的是他的诗歌传下来的只有2 000行左右，并以短诗居多。现存较长的诗有《酒颂》和《暮年》。后者概括描写了诗人从早年的春风得意到晚年的穷困潦倒，可以说是当时封建文人命运的写照。

在鲁达基的人生经历中，最重要的事件莫过于与萨曼王朝的关系。早年他的才华和诗名不胫而走，得到统治集团的赏识，被萨曼王朝的第三任国王纳赛尔召入王宫，做了一名宫廷诗人。萨曼家族重视文学，有成就的诗人在他们的呵护下，生活条件都非常优越。

作为一名得宠的宫廷诗人，鲁达基既围绕帝王生活而创作，又注意以优美的诗句、确凿的道理去打动国王，达到劝谏的目的。诗人关心下层人民的疾苦，为贫富不均的现实而悲叹：

这些人桌上摆满了肴肉和精致的杏仁糕，
那些人却饥肠辘辘，连大麦饼也都难弄到。

也许正是由于这样的民主思想，最后导致了诗人处境的巨变。宫廷诗人的命运完全依赖于君王瞬间的好恶，鲁达基的才华并没有换来进出王宫的永久通行证。《暮年》写到诗人离开宫廷后拄杖行乞的凄凉晚景：

如今时过境迁，我改变了模样，
四方行乞，伴我的只有手杖与饭囊。

在宫廷颂诗、叙事诗之外，鲁达基以创作短小的抒情诗著称。在御用文学之外，他得以更好地发挥自己的才干，更自由地抒发属于自己的内心世界。他的抒情诗大部分采用双行诗体和四行诗体，感情浓烈，寓意深刻，风格明快，语言生动，韵律和谐，成为后代诗人学习的典范。如抒写爱情的魅力与甜蜜：

情人的亲吻，如同盐水——
喝得越疯狂，渴得也就越强烈。

同黑眼睛的她在一起，你就有乐趣，
整个世界——也就同瞬间的梦幻相似。

如勾勒情人的娇美：

她一揭开遮掩她那两朵郁金香的面纱，
太阳与月亮就含羞地把披纱垂在自己的脸上。
我要把她那柔如绫罗的下巴比做苹果，
可是吐着沁人麝香的苹果哪个国家都没见过。

如倾诉爱人的别愁：

啊，我葱郁的青松，离别似狂风肆虐呕哮，
要将我生命之树连根拔掉。
如若你不生就波纹滚滚的秀发，
我怎会心醉神往把性命轻抛。
凭我这贱躯残命怎配动问，
一吻你如玉朱唇价值多少？
熊熊的烈焰会把我的心儿烧焦。

经历过荣华富贵巅峰和贫穷没落低谷的诗人，留给后世很多脍炙人口的哲理诗篇，发出诗人作为生活见证者的高亢、开朗、乐观声音：

时光流逝，新生的转眼陈旧不堪，
老朽的一朝又恢复鲜艳的容颜。
多少荒冢野岭曾是繁花似锦的花园，
而葱郁的园林顿时又是荒凉一片。

过去的已经过去，何必追悔，
未来的尚未到来，无须惆怅。

你要快乐地迎接未来，

无须回首往事而悲哀。

任凭乾坤翻覆，风云万变，

将酒来，这一切我都视若等闲！

波斯古老的诗歌体裁四行诗，又名"鲁拜"或"柔巴依"。鲁拜是阿拉伯词汇，意为"四个一组的"。鲁拜诗的形式短小，便于抒情，易吟易记。诗歌意象优美，意境深远。现存的最早鲁拜诗出自鲁达基，后经海亚姆之手四行诗已臻于完备。

鲁达基的诗歌标志着达里波斯语诗歌开始走向成熟，他与以后的大诗人菲尔多西，共同开创了波斯诗歌中朴实明快的霍拉桑风格，因而无愧于"波斯诗歌之父"的称号。

献给神的诗篇《吉檀迦利》

罗宾德拉纳特·泰戈尔（Rabindranath Tagore，1861-1941）是印度孟加拉语诗人、作家、艺术家、社会活动家，生于加尔各答市一个具有深厚文化教养的家庭，父亲是著名的宗教改革家和社会活动家，6个哥哥也均献身于社会改革和文艺复兴运动。

泰戈尔自幼厌恶正规的学校教育，靠家庭教育和刻苦自学度过少年时代，1878年去英国学法律，后转入伦敦大学攻读英国文学并研究西方音乐。

泰戈尔一生共创作了50多部诗集，12部中、长篇小说，100余篇短篇小说，20余种戏剧，还有大量有关文学、哲学、政治的论著和游记、书简等。此外，他还是位造诣颇深的音乐家和画家，曾创作2 000余首歌曲和1 500余帧画（水彩居多），其中歌曲《人民的意志》被定为印度国歌。

在60余年的艺术生涯中，他继承了古典和民间文学的优秀传统，吸收了欧洲浪漫主义与现实主义文学的丰富营养，在创作上达到炉火纯青的地步，取得了辉煌成就，成为一代文化巨人。1913年，"由于他那至为敏锐、清新与优美的诗；这诗出之以高超的技巧，并由他自己用英文表达出来，使他那充满诗意的思想业已为西方文学的一部分"，获诺贝尔文学奖。英国政府封他为爵士。

1884年至1911年，泰戈尔担任梵社的秘书，逐渐形成了民族民主的世界观。从1891年起，他住在西莱达经管父亲的地产，目击农村的凋敝和农民的穷苦，开始关注社会主义思想。1890年起也是泰戈尔创作的旺盛时期，他最重要的作品是他从1891年起连续在他主编的《萨塔纳》杂志上发表的60多篇短篇小说。它们深刻地反映了现实，揭露了社会上的不合理现象，同时塑造了许多不幸的妇女的形象。其中抨击嫁妆制的《还债》、揭露种姓制的《素芭》、抨击寡妇自焚陋俗的《摩诃摩耶》、反对童婚和歧视妇女的《练习本》和描写寡妇悲惨生活的《是活着，还是死了》，都是很优秀的篇章。

1901年起，泰戈尔一边在自己创办的学校里教学，一边陆续发表了诗集：《回忆》（1903）、《儿童》(1903)和《渡船》(1905)，还创作了两部长篇小说：《小沙子》(1903)和《沉船》(1906)，这些作品歌咏人生美德，揭示封建道德规范与新的民主思潮的冲突，也反映了古老的家庭生活方式的瓦解。

泰戈尔的诗歌创作是他一生的锦绣，是近代印度的霓霞，其中包含的美的形体和美的思想是极其丰富的，这里只就他的诗歌代表作诗集《吉檀迦利》作一简略评说，而且依循的只是这部诗集中的诗句。

首先是诗人的剖白，是诗人对所仰慕、所追求的神的倾诉，这也是诗集命名的根由。"吉檀迦利"在孟加拉语和印地语中都有"献歌"的意思，是献给神的歌。诗人敬仰的神是神秘的，她无形无迹，又近在咫尺，她悠远难求，又无处不在，她在一切事物里，在一切生命中。诗人心中的神不是寺庙里或神龛中的神，诗人献给神的歌也不是通常的颂神诗，而是歌唱生之律动的"生命之歌"，是关乎诗人超越自己生命的绝对追求的歌。诗人在这些歌里表达了将自己的生命与自然生命合一、将有限的生命与无限的生命统一的渴望，这种渴望不是虚妄的，而是充实的，它的依托就是诗人对祖国前途、对人生理想的探索追求和不懈奋斗。

十七

我只是在等待着爱，最终要把我自己托付在他的手里。

诗人持泛神的观念，因此把自己的生命托付给永生的神和永恒的爱。
这句诗令我们想起耶稣在橄榄山和十字架上留下的话。

四

我生命的生命啊，知道你生气勃勃的爱抚

抚在我的四肢上，我一定努力使我的躯体永远

保持纯洁。

知道你就是点亮了我心灵里的理智之灯的

真理，我一定努力把一切虚伪从我的思想里永

远排除出去。

知道你在我内心的圣殿里安置了你的座位，

我一定努力把一切邪恶从我的心里永远驱逐出去，

并且使我的爱情永远开花。

知道是你的神威给我以行动的力量，

我一定努力在我的行动中把你体现出来。

诗人之所以唱出圣洁的歌曲，是因为不断举行心灵的祭献，不断净化
心灵的殿堂，因为不然就无法迎接神的到来。

十

这是你的足凳，最贫贱、最潦倒的人们生活的地方，便是你歇足之

处。

　你歇足在最贫贱、最潦倒的人们中间，我竭力向你鞠躬致意，
　可我的敬意达不到个中深处。
　你穿着破破烂烂的衣服，走在最贫贱、最潦倒的人们中间，
　骄傲可永远到不了这个地方。
　你同最贫贱、最潦倒的人们之中没有同伴的人做伴，
　我的心可永远找不到通向那儿的道路。

　诗人的歌不是唱给枯萎的心灵的，诗人心中的神也从不光顾荒芜的山岬，相反，诗人只愿自己的歌唱到活生生的心灵里，只愿自己脚步追随神的身影，走到最卑微的人群中去。诗人的生命，就像我们至今仍然听到印度大地上到处传唱他的诗歌那样，真的已经活在了神的国度。

　三十
　我独自上路，去赴我的约会。
　可这在寂静的黑暗中跟着我的是谁呢？
　我靠边走，躲开他，然而我摆脱不了他。
　他昂首阔步，扬起地上的尘埃；
　我每说一句话，他都添上他的大叫大嚷。
　他是我自己的小我，我的主啊，他不识羞耻；
　然而我却羞于和他一同来到你的门口。

　诗人是矛盾的，就像我们每个人一样，时时受到小我的纠缠，但诗人羞于带着小我，且深为这小我而痛苦，这是诗人和我们的不同。诗是将人的灵魂提升之物，因为诗人总是追求美和真。

九十五

我跨过此生的门板之际，当初是不知不觉的。

是什么力量使我在这茫茫无际的神秘中开放，

犹如一个蓓蕾，深更半夜在森林里开花？

早晨我看到光明，我立刻感到我在这世界上不是个陌生人，

那无名无形的不可思议者，

已凭借我亲生母亲的形象，把我抱在怀里。

就是这样，在死亡之际，这同一个陌生者，

将以我一向熟悉的面目出现。因为我热爱此生，

我知道我将同样热爱死亡。

母亲让婴儿离开右乳的时候，婴儿就啼哭，

可他转瞬之间又从左乳得到了安慰。

人们说，不会生的人不会死。从对神的祭献，到对自我的鞭策，到对生活的领悟和价值的判定，到对神的迫切期求，到对祖国和人类的美妙憧憬，最后是把生与死统一为一体，把用宇宙中最普通的土造的人和宇宙统一为一体，把生命的一滴水和生命的洪流融汇为一体。生命和诗歌，就这样融化在一起。

我们也许不会再有诗人的那份纯净，但我们不会不追求那份纯净，那是在《园丁集》《飞鸟集》《新月集》，在诗人所有的诗集中不断歌咏的主题。这个主题往往通过儿童的形象传达出来。我们欣赏诗人的风格，就是认同诗人的人格。诗人的泛神意识、爱国意识、人文意识、自然意识、世界意识，是苦难和启蒙中的印度所需要的，也是世界各民族长久需要的，因此诗人才受到各国人民的喜爱，才得到亚洲获得诺贝尔奖第一人的殊

荣。

　　泰戈尔诗歌艺术的魅力离不开他创造性的诗歌语言，包括他的比喻和意象。在他的诗中，常用的比喻是人民最熟悉最亲近的事物，阳光，大地，溪水，花朵，小草，雨露，果实，农人，儿童，妇女，旅人，房舍……人民和自然浑然一体，人中的自然与自然中的人浑然一体。我们从诗人笔下的自然中感受到人格，也从人的形象，特别是儿童的形象中认出自然，在这一切中见到神。

诗王荷马

在西方文学史上，对于荷马其人存否的争论，形成了文学史上长久未决的"荷马问题"。与此相关的，还有一个史诗的史实性问题，以及史诗的形成过程问题。不过，无论荷马其人存在与否，英雄时代乃至其后很久曾经存在着荷马式的游吟诗人，则是众所公认的事实。

语源学的研究表明，荷马史诗形成的上限应是公元前1000年前后，下限应不晚于公元前7世纪。通常认为较具体的史诗形成期是公元前9至公元前8世纪。而此时已距迈锡尼文明消亡200-300年之久了，这个期间希腊没有通行的字母文字（迈锡尼线形文字B已经随其文明一道消亡），因此很可能是形成史诗口头传统的时代。

关于历史上真实发生的特洛伊之战的实质，古今学者提出过不同的说法，其真实内容可以大致地论定为：希腊人为扩张势力范围和掠夺奴隶财富而假名誉之由向特洛伊人的征讨，特洛伊人在奢华娇纵之后鼓余勇以死卫护既定秩序和利益。

两部荷马史诗的故事梗概是：公元前12世纪初，希腊的迈锡尼城邦联盟和小亚细亚的特洛伊城邦联盟之间发生了一场历时10年的大战。战争的起因是特洛伊的王子帕里斯在奉命出使希腊、途经斯巴达时，趁斯巴达国王墨涅拉俄斯外出未归，诱拐了他的妻子——宙斯和勒达所生的全希腊最美的女子海伦。

这次事件的背景还有个传说，起初希腊的密尔弥多涅斯国王、大英雄珀琉斯和海神特提斯结婚时，在对奥林匹斯山众神发出邀请时忘掉了争吵女神厄里斯，厄里斯出于愤慨，在他们的婚宴上丢下了一个"引起争吵的金苹果"，上有"献给最美丽的女神"字样。天后赫拉、智慧女神雅典娜和爱神阿芙洛蒂特为得到它发生了争执，宙斯便让她们到特洛伊附近的伊得山去找牧羊人帕里斯定夺，结果帕里斯回绝了赫拉许给他的权力和财富，也回绝了雅典娜许给他的智慧和作战胜利，唯独接受了阿芙洛蒂特许他以世上最美丽的女人为妻的诺言，把金苹果判给了她。

帕里斯本是由于神谶不祥而被抛弃的特洛伊王子，后来他的身份得到承认，回到了王宫。他的行为激起了希腊英雄们的愤慨，于是，墨涅拉俄斯会同他的哥哥、迈锡尼国王阿伽门农发动了 10 万之众的各地联军，乘坐 1 000 余艘战船，杀奔特洛伊。

在史诗《伊利亚特》所描写的临近战争尾声的几十天里，双方发生了空前惨烈的大会战，由于阿伽门农在释放阿波罗神庙祭司的女儿、平息阿波罗愤怒一事上，同希腊主将阿基里斯发生严重争吵，阿基里斯拒绝出战，结果使希腊军遭受重创。直到阿基里斯的挚友帕特洛克罗斯被杀后，阿基里斯才痛悔不迭，与阿伽门农言归于好，重新参战并杀死了特洛伊主将赫克托耳，史诗就是在赫克托耳的葬礼场面中结束的。

赫克托耳死后，特洛伊又相继得到了新的援军，但并没有根本挽救败局。最后还是帕里斯借助被阿基里斯激怒的阿波罗的力量，一箭射中阿基里斯的脚踵，使阿基里斯箭毒发作而死。希腊军眼见取胜无望，幸赖奥德修斯设计了木马计，才里应外合攻破了固若金汤的特洛伊，屠城而归。

史诗《奥德赛》则接续上述情节，叙述了特洛伊战争结束后，希腊联军主要将领之一奥德修斯历险返乡的过程。10 年的漂泊和多次险遇，奥德修斯从东地中海飘零到西地中海，他和同伴逃过了巨人的魔爪，摆脱了食

莲人的忘忧果的诱惑，又险些被女巫瑟西变成畜类，在游历过冥府、见到已故的亲友后，奥德修斯的船队又经历了海妖塞壬、卡律布狄斯的磨难，由于他的部下在一个岛上宰杀了太阳神赫利俄斯的牲畜，原已对希腊人不满的宙斯便大放雷霆，击沉了他们的航船，奥德修斯的战友全部葬身大海，只有他一人抱住沉船的龙骨漂流到了神女卡吕普索的岛上，卡吕普索强留他同住了7年，幸亏雅典娜借助宙斯的权威，让卡吕普索放归了思乡不已的奥德修斯。

奥德修斯离开后又流落到一个叫法雅西亚的城邦，善良的阿尔基诺斯国王款待他一番后送他回到了故里。他的妻子珀涅罗珀此时已被众多的求婚者纠缠了数年，家业也遭到了恶徒的糟蹋，人们都以为他再也不会回来了。奥德修斯在雅典娜的帮助下，巧妙设计，精心筹划，终于在儿子和忠实奴仆的协助下杀掉了趁火打劫的求婚者，全家人得以幸福团聚。当然，史诗到此就结束了。

从两部史诗本身来看，很显然，这两部史诗的题材是大不相同的，一个是战争，一个是历险，但它们都表现了部落时代英雄们率领民众创下的业绩，显示了强烈的英雄主义精神，以及一个民族处在生死存亡的关键时期的"生活内容"。也正因为史诗予以表现的这个时期（在希腊，是"迈锡尼时代"的后期）希腊人的活动焕发出一种空前活跃的主体力量，他们第一次在神祇们的陪伴下登上了自觉行动的历史舞台（修昔底德称此前尚无"整个希腊共同行动的记载"），两部史诗才获得了深刻的历史内涵和高超的艺术魅力。

"阿喀琉斯的愤怒是我的主题，只因这惹祸招灾的一怒，使宙斯遂意如心，却带给阿开亚人那么许多的苦难，并且把许多豪杰的英灵送进哈得斯，留下他们的尸体作为野狗和飞禽的肉食品。诗歌女神啊，让我们从人间王阿伽门农和珀琉斯之子伟大的阿喀琉斯的决裂开始吧。是哪一位神使得他们争吵的?"

从这一怒,引起了一个相互消长的结构模式:希腊军由于内讧,导致了战场上的失利,阿基里斯恨不能特洛伊人得胜,好给阿伽门农一个教训,战事也确如他所愿,特洛伊人趁机反攻,一直打到希腊人的壁垒,不久又杀掉了阿基里斯的密友帕特洛克罗斯,阿基里斯经过痛苦的观战和丧友的悲哀,意识到了自己拒绝出战的错误,他和阿伽门农和解后重上战场,希腊军立即转败为胜,直到杀死了特洛伊统帅赫克托耳,为最后胜利奠定了基础。可见希腊军经历了一个由胜而败而再胜的过程;而特洛伊方面,则与此对应,经历了一个由败而胜而再败的过程,与希腊军互为消长。于是,一个制约这一模式的组织性因素——个人利益和集体利益、协作不力和凝聚有力的冲突——显现出来,希腊军先是陷入、后是克服了这个冲突,而特洛伊人则始终没有克服帕里斯带来的瓦解作用和松散联盟带来的作战失控,以致赫克托耳最后孤军对敌,死在枪下。所以最后的葬礼不啻是对特洛伊的失利之处的一曲挽歌。再者,由于特洛伊军存在上述一切不利之处,所以连神灵也显出了倾向,宙斯放弃了对特洛伊的保护,使得天平发生了倾斜。

由此可见,对比(主要是情节和人物的对比)的结构模式明确无误地显示出了他的主题:虽然存在着个人私欲的、厌战的、分裂的危机,但是如果能够克服它们而不是被它们所克服,就能够赢得战争的胜利,反之就将遭到失败(在木马计的情节上更能见出这个结论)。荷马正是在战争的场面里熔炼这一主题、塑造主宰沉浮的英雄并歌颂他们的美德和才能的。这种显而易见的对比模式可以简要地描述为:

希腊联军:内讧——希腊军大败——主战派占上风——和解——共同对敌;

特洛伊军:乘虚而入,特洛伊军大胜——协作不力——赫克托尔孤军

陷敌；

结论自然是：个人利益与整体利益的一致关系，以及这种关系对后来战争胜负的决定性作用。

英雄主义和贪生怕死、集体主义和个人意志、好战精神与反战情绪的对立在史诗中形成了冲突。集体主义的胜利，歌颂军事民主制度，反对破坏行为构成了荷马史诗的主题。史诗艺人站在可以意识到的希腊民族立场上，以"阿基里斯的愤怒"和希腊联军失败来表现英雄的威力和希腊军的顽强，同时表现特洛伊人的激怒和反击，其中对英雄力量的赞美是与时代精神相符的。

总之，这种对比的描写展示了大战中双方进行的各种力量的较量，暗示了不仅是战争，更主要是英雄对于两个民族的生死攸关的意义。

《奥德赛》在艺术结构上有所不同。它虽然总体上是顺叙，但是明显地采用了追叙手法，而且两个平行的线索——特勒马克斯寻父和奥德赛返乡——又是大半分开处理的，只是在史诗的尾部才合为一处，把两个主题——寻求生活的砥柱和维护创立的家业——合并为惩罚不义之徒，显示英雄禀赋的正义和智慧勇武。这两个分开处理的线索上，寻父的线索显然是为返乡的线索作铺垫的，它要显示出奥德赛的归返是多么的紧迫，命运的波折是多么作弄人，而英雄的智慧勇敢又多么讨神的欢喜，在拯救家国的过程中又是多么重要。

这种重要性在奥德赛历险过程中得到了充分体现，我们看到，他所处的世界已经比《伊利亚特》的世界更复杂、更多彩，也更加险恶。除了自然的风险，还有显然是人类的威胁，独眼巨人的吞噬，忘忧果的诱惑，基尔克的变幻术，海神和太阳神的愤怒，特别是莱斯特律戈涅斯人的无端赶杀，都是部落冲突的表现，奥德赛的狡诈善变正是这种时代的产物。这样的时代里的这样的冲突，无疑起因于争夺财富和资源，无疑要伴随着个人利欲的盘算，于是如何维护住法度、纪律、权威和统一意志，就首先成了生存的主题，于是我们看到，由于破坏这些价值，奥德赛的部下全部丧生，他本人也吃尽苦头，而他回家后的复仇不仅正是为了维护这些价值，而且正因为贯彻了这些价值才取得了胜利。至于这些价值的合理性如何，马克思主义经典作家曾作出过评说，它既是残酷的，又是必然的。

可贵的是，史诗在精彩地描绘奥德赛历险的过程中，显示了希腊人在当时的实践活动的深度和广度，使人们在意识到他们的历史进步的同时看到了他们的朦胧的历史意识的成长——奥德赛召会亲友亡魂、谈论生死两界的情节生动地表达了这种意识，它标志着希腊人已经来到了自觉的历史进程的门槛前，未来的辉煌已经露出了微曦。特别具有暗示意义的一个细节——更堪称"荷马式象征"的绝笔，我们不妨把它引在下面，作为本文的结束，好让我们领略它独特地召唤着一个海上民族的历史回音：

> 待你到家后，你会报复他们的暴行。
> 当你把那些求婚人杀死在你的家里，
> 或是用计谋，或是公开地用锋利的铜器，
> 这时你要出游，背一把合用的船桨，
> 直到你找到这样的部族，那里的人们未见过大海，
> 不知道食用掺盐的食物，
> 也从未见过涂抹了枣红颜色的船只和合用的船桨，
> 那是船只飞行的翅膀。
> 我可以告诉你明显的征象，你不会错过。
> 当有一位行路人与你相遇于道途，
> 称你健壮的肩头的船桨是扬谷的大铲，
> 那时你要把合用的船桨插进地里，

向大神波塞冬敬献各种美好的祭品，

一头公羊、一头公牛和一头公猪，

然后返回家，奉献丰盛的百牲祭礼，

给执掌广阔天宇的全体不死的众神明，

一个个按照次序。

死亡将会从海上平静地降临于你，

让你在安宁之中享受高龄，了却残年，

你的人民也会享福祉，

我说的这一切定会实现。

（荷马《奥德赛》）

　　总之，荷马史诗的启蒙意义是无法估量的。如果从西方社会的思想启蒙和人格解放的历程来说，造就了荷马史诗的英雄时代大体要算发动的时期。在广阔的世界疆域中，英雄们史无前例的历史活动展现出深刻的历史变革意义。人（当然是英雄们）第一次有了与神分庭抗礼的表现，人的内在自主意识的觉醒和成长不仅开拓出前所未有的新的生活领域和生活内容，而且逐渐地促成了后来被称为主体性的新的本质，人终于走出了自身同自然、同对象世界那种浑然不分的时代，进入了一个主体和客体逐渐显露出清晰的真实关系的新的历史范畴。

　　从这个意义来看，荷马等史诗艺人对诸神所做的人格化的，甚至是大不敬的描写（如《伊利亚特》中宙斯和赫拉的争吵，《奥德赛》中阿瑞斯和阿芙洛蒂特的偷情等）委实具有重大的启蒙意义。希腊社会后来实现的各种重大的历史进步，不能不说和这一启蒙有着渊源的关系。

第十位缪斯

　　萨福约生于公元前613年，卒于公元前570年，关于她的生活几乎没有留下什么可靠的资料，至今人们关于她的生平仍存有争议。她曾被柏拉图称为"第十位缪斯"。她生于希腊的列斯保岛的埃来所斯或米提利尼的一个显贵之家，她的父亲斯卡曼得罗尼穆斯据说是位富有的酒商。她的长兄继承了父业，做了酒商，另一个哥哥，名叫拉利科斯的，担任着米提利尼居民家中的斟酒人的职业，依据神圣仪式的传统，这一职业的地位颇为显赫。

　　萨福生有一女，名叫克蕾丝，是随萨福的母亲的名字而起的，这是当时的习俗。有些文献记载她的丈夫是位有钱的商人，名叫科库拉斯，他死的时候，萨福35岁。萨福大部分时间生活在列斯保岛上，但也曾有一个时期被流放到西西里岛，流放的原因可能是她的家庭所参与的政治冲突。虽然她留下了很多和其他女性相爱的痕迹，但据说她也同样有自己强烈爱恋的异性爱人，其中包括同样生活在列斯保岛的大诗人阿尔凯奥斯。传说她因为得不到一个名叫伐昂的男子的爱情回报而投海自尽，但学者们通常对此持有疑义。

　　然而她却并不是一位只有爱情的诗人，她是勇敢的反抗者。她否定那些否定女子爱的权利的男子，否定民主派为推翻她所隶属的贵族派而实行的暴政（她因此而遭放逐），甚至有时也否定神。

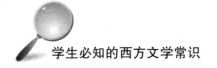

　　萨福在生前的遭遇，按照希腊的传说，是不幸的，她站在那些被正统道德家所审判和迫害的悲剧天才的行列里。她在她的作品里被焚烧，被砸碎，就像传说中的俄尔甫斯一样。但是正如萨福传记的作者埃狄斯·默拉说的那样，即使人们能够像撕碎神的肉体一样撕碎一位诗人的作品，也无法扼杀她的声音。

　　公元前7世纪的列斯保岛是一个文化繁荣的地方，萨福大部分时间生活在岛上，但也曾周游过希腊各地。由于在家庭中从事政治活动，她曾经遭到过放逐，其间生活在西西里岛。她的诗名也是在放逐期间传播开来的。在西西里岛的叙拉古，她曾经得到过隆重的礼遇，这从人们为她建立的雕像中可以得到证明。

　　萨福历来被人们称为琴歌手，她的诗歌都是和着琴声歌唱的，而且她自己作曲，创新韵律，给今人留下了"萨福体"的诗体。她对诗歌艺术的创新不仅在于技巧的方面，也在于整体风格方面，从而推动了希腊新抒情诗体的发展。具有重大意义的是，这种新诗体一改以往仰赖缪斯等众神的启迪召唤的格调，焕发出舒展个人情怀的风采。她的诗歌往往以第一人称抒发感情，表达爱情和爱情的失落带给自己的感受，可以说她是希腊最早用第一人称写诗的诗人之一，这就表明她已直接参加到了弘扬个人主体意识的诗歌新潮流中，并以别开生面的大量诗作划出了一个文学的，也许还是人类思想史上的新时代。

　　萨福的诗歌风格说起来很简单，无非就是情思生动热烈，细节耐人寻味，描写直截质感，旋律优美自然，特别是她的那些表现爱情、思念和沉思的诗歌。在内容方面，萨福的诗歌大多是写给自己所爱的女性朋友的（她的诗常因涉嫌同性恋而遭到后世的查禁焚毁，现代女同性恋者则将其视为光荣的先声），而且她们大多是到她那里学习文艺的学生。她教导她们，爱慕她们，为她们而写情诗。当她们最终离开海岛，远嫁他人时，她常为她们谱写婚礼歌。尽管如此，她的诗歌在当时并未引起人们的非议，只是到了比较晚近的时代，她的诗歌才遭到拒斥和扫荡，可见在古代，女性之间的爱情并未成为众矢之的。到了20世纪，萨福的影响空前地扩展开来，她的名字几乎成了同性恋的代名词，英语中的"同性恋"和"萨福式（爱情、艺术、个性）"两个词都是从她而起的。

萨福在古代的影响又是如何呢？在她活着的时候，列斯保岛的货币上就印着她的形象，柏拉图更是将她从一位琴歌诗人抬爱到文艺女神缪斯的地位，雅典政治家梭伦（他本人就是位诗人）在听了萨福的诗歌后也想跟从她学习，因为"学而后死亦心甘"。

萨福的诗歌虽然没有留给我们全貌，但是从她和其他古希腊诗人的比较中，从尚存的鳞光片羽中，我们就可真切地体会到她那看似琐屑和平凡的诗歌语言中包含的重大意义：

致安德洛默达
那村姑已迷住了你的心智，
穿一身乡村常见的农装，
她从不曾将粗陋的裙裾，
轻快地提到脚踝之上。

这一片段描写的是一位乡间少女的本真的魅力，她仿佛刚刚在我们面前满是雨水和泥泞的道路上走过，她穿着粗朴的农家布衣，毫无装饰，她不留心路旁的目光，也从不为顾惜衣装或忸怩作态而提起裙裾，因为她从来没有那种"感觉"，只给那些因为温软的生活而变得脆弱了的心灵带来一种震颤和粗犷。这是一种多么自然天成的生活和美啊！在这个少女身上，没有和天地相分离的东西，没有和自然相抵触的东西，她是自然的一

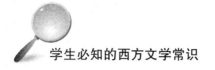

部分，是自然的精灵。这是和那种贵族的、做作的、矫情的东西格格不入的，也是后者所无法比拟的，因而也是美的最高境界。

萨福的诗有很多这样的杰作，表面是写人的行动，写生活的现象，用意却在内心价值和美的表现。然而，萨福最感人的诗作，还是以她自己的第一人称和第一感受写来的诗。这些诗里跳动着诗人的活的、有生气的心，涌动着诗人切肤的情感，使任何一个时代的读者都为之心动，都感受得到她的生命。因而，这是不因时代和种族的暌隔而永葆生机的艺术。

> 我看他恰似天神
> 翩然坐在你对面
> 聆听你呢喃软语
> 笑声欢快
>
> 激荡起甜蜜回响
> 我胸中方寸难敛
> 只消看到你脸庞
> 令我哑然
>
> 周身唯有情如火
> 枯舌道不出缱绻
> 双眼再难见天光
> 耳走雷电
>
> 更兼汗如雨滂沱

面色如纸气息奄
只觉得死神将至
头昏目眩

她的诗不时轻微地触及到爱情的各个方面，它的审美和社会交往的快乐，它的苦痛掺杂其间的甜蜜，它的渴盼与悔恨，还有在适当场合对阿芙洛蒂忒的几次祈祷。对自然的敏锐观察也不时在诗中闪现：

她现在置身吕底亚的女子之间
照耀着玉貌花颜
就像白天飞逝后，月出天边

用她粉红的纤指使群星隐退
并将她无边的清辉
铺上苦咸的海潮和繁花的原野

萨福的诗歌和其他同时代诗人的作品相比，显然是开辟了一个新的方向，带来了一种新的文化潮流，这个方向和潮流就是对人的主观精神和主观情感的关怀和抒发，就是人的自主意识的觉醒，就是古希腊人的自觉主体的诞生。如果说在她之前，希腊诗歌中占据突出地位和优势数量的诗歌是着眼于城邦生活和集体意志的话，那么从萨福开始，一种新的、显示着个人的内在世界的独立和觉醒的特别是有着丰富的感情内涵的诗歌登上了人类审美文化的舞台，而且为后世抒情诗的发展提供了有益的风范和借鉴，指出了正确的方向。

萨福的影响历经时代而不衰，其意义大抵体现在三个方面：其一，她

的创作成就辉煌，无愧于最早的留下名字的女诗人，也是女性文学的发轫者；其二，她的作品不仅影响了罗马时代的诗人，也广泛地影响了后来包括中世纪诗人在内的历代诗人；其三，她的爱情倾向早已暗示了作为异性冲突产物的同性恋文化的发展，使她成了女同性恋者的偶像和抒情导师。萨福在生前便很有预见地说过："我想将来会有人记起我们的。"于今看来，她留给后人的又岂止是"记起"呢？

精巧隽永的伊索寓言

　　人们通常把伊索看做是古希腊最早的寓言集的作者，归于他的名下的寓言作品有200篇左右。他是一个传说中的人物，在古代，人们就曾试图找到确切证据来证明伊索的存在，结果是众说不一。

　　最早对伊索的记载见于希腊历史学家希罗多德的《历史》，希罗多德在书中谈到一个色雷斯女人时说道：

　　她是一个色雷斯人，是萨摩司人海帕伊斯托波里斯的儿子雅德蒙的女奴隶。她又是和写作寓言的伊索在一起的奴隶，因为他也是雅德蒙的人。这一点的最主要证据是，当戴尔波伊人遵照着一次神托所的命令，作出多次的声明请对伊索之被杀而要求赔偿的任何人到他们那里去的时候，则除了只有前者的孙子，另一个雅德蒙之外，并没有任何人这样做。因此，伊索当然也就是雅德蒙的奴隶了。

（希罗多德《历史》）

　　按这一说法，伊索是公元前6世纪小亚细亚地方的一个奴隶；此外，普鲁塔克(公元1世纪罗马传记家)说他是小亚细亚城邦吕底亚的国王的谋士；还有人说他来自色雷斯(今马其顿共和国一带)，所以作品有小亚细亚风格；一本古埃及传记说他是萨摩司岛(小亚细亚)的奴隶，从他的主人处

得到了自由，后来到巴比伦为其国王来库古斯解谜，死于希腊的得尔菲。也有意见认为，伊索只是一个安到动物寓言集上的名字而已，"伊索的故事"就代表了"寓言"。

通常的意见认为：伊索很可能是历史上的真实人物，似乎是奴隶出身，但他聪明机智有才能，善于讲说寓言或编纂寓言(通常古老的寓言总是人民群众的集体创作)，他的活动在小亚细亚留下了痕迹，后来因在特尔斐(希腊神托所)亵渎神灵(寓言思维是不敬神灵的)而被当地人所杀，神托所为平息人怨而公布赔偿。

最早的《伊索寓言集》是公元前4世纪一个名叫狄米特利斯·法拉柔斯的人编辑的，但公元9世纪后这个本子就失传了。现在通常采用的是公元1世纪的菲德鲁斯版本。

寓言的两个基本要素就是"一个道理或一条人类行为准则"和"动物像它们所代表的人一样说话、行动"（M·H·阿伯拉姆《简明外国文学词典》）。我们不妨把它们称作寓言的"寓意"和"情节"。使这个"寓意"借助人的理解力从情节中产生出来的中介，是自然和人之间相对应的理喻关系。

伊索寓言在一般结构上是巧妙地借助了寓意、情节、理喻关系这三个因素的。例如下面这一则：

神使赫尔墨斯是主神宙斯的亲生子，也是宙斯的亲信和信使，掌管着上传下达神旨、奉差办事、商旅吉凶甚至鸡鸣狗盗等事务，好像奥林帕斯山上的不管部长。

管的事多了，自然以为权限很大，有时还打着宙斯的名义胡作非为。瞧，他这不又私自下山，打探人间对他的看法去了么？当然，他的目的是要证实一下自己的"良好感觉"，以便心安理得地"骄傲"一下，安享人间的祭祝之礼。

他所调查的对象是一位卖雕像者，赫尔墨斯当然要先问宙斯像多少钱一尊，又问赫拉像的价钱，大约是当时的妇女们地位较低，总想像赫拉声严厉色地干预宙斯那样去干预自己的丈夫吧，所以尽管宙斯是众神之主，卖价却不抵赫拉。不过赫尔墨斯倒觉得，宙斯夫妇各卖一元钱左右，未免太受世人轻视了，所以脸上露出讥讽的微笑。他接着看见了自己的雕像，觉得自己的职权既重且广，又主管商业，这商人给他的卖价(相当于评价)定在宙斯夫妇之上。可是动问之后才晓得，自己的雕像竟然分毫不值，只配作添头。得，他的心里一定是不太好过，多情反被无情恼，说不定过后还要报复一下这个卖主呢。

(伊索《赫尔墨斯和雕像者》)

这故事的教训是讽刺那些"爱慕虚荣、自视甚高、其实并不被重视的人"。这一题旨是怎样得出来的呢？

神和人是两种存在，希腊人把神看做"不死的"主宰，把人看做"必死的"受摆布者，于是人要敬奉神灵、讨好神灵甚至尽量显得谦卑以博得神的同情关怀。所以赫尔墨斯自信神灵会大受尊重，自己更受尊重，不过这都是以前的事情了。他哪里知道，随着世界的沧桑巨变，人们对神灵的看法和态度已经大不如以往了。若说眼下的人们对宙斯夫妇还心存稍许敬畏的话，他赫尔墨斯则早已无人理睬了。这就产生了一种讽刺意味的反差——自己把自己看得很重，别人把自己看得很轻。这不正是某些不谙时务、自命不凡、向往虚名而不尚实际的人的写照吗？这就是这篇寓言的理喻关系，它妙在恰切的对比和生动的讽喻，无论是角色的选择还是矛盾的处理，都与温和的讽喻相适应，没有过火，也无不及，神的虚荣正如人的虚荣，故可以神讽人；神和人的关系正如顾客和卖主的关系，所以现实用意很深。这也是希腊众神与人同形同性的特点造成的。

理喻关系是一则寓言能否成功的关键。这里的神和人的交往若是换成

人和人或神和神的交往，寓意就会立即消失，至少变得索然无味。可见理喻关系，也就是情节和寓意的配合，或者说情节中具有对立对比意义的要素的结构安排，是寓言的灵魂。

伊索寓言常用神灵或动物的形象代表人，这等于把人间情势做了处理，使寓言中的神灵和动物人格化，所以寓言同模仿现实的作品相比较，既简化了背景、增添了轻松情趣、避免了读者和作品角色距离过近造成的沉重感，又可更生动、更精练、更准确、更机智、更有哲学概括性地揭示人间的经验和道理。可见寓言既寓教于乐，又极其精致，且包含深邃的哲理，包括寓言在内的所有艺术门类里都含有寓言的因素，而寓言也无形地隐伏在所有艺术中。

伊索寓言还具有自己独特的外部特征。首先是寓言产生的基础。寓言的使命是以感性和理性高度统一的形式昭示新的哲理(它们可能存在很久，但未受到注意)，伊索寓言就是古希腊人处于理性勃发、感性未泯、新事物层出不穷时代的产物，中国的庄子寓言也是如此。当然，社会等级的对立、私有制的出现、权利的压迫所带来的复杂社会冲突和道德伦理矛盾，也为寓言的产生和发挥讽喻教训作用提供了必要的条件。

伊索寓言还得益于民间传播方式。无论古今，规模性的寓言创作主体总是人民大众，寓言家只是做了整理升华的功夫，所以寓言可以说是个人智慧和集体智慧联合创造的结果。

更何况寓言不像其他艺术，它尤其需要自由的社会和文化环境。因为它要揭示真理，道出真相，破除虚伪，大胆辛辣地宣泄人民的情绪，畅快淋漓和幽默机智是不可或缺的，所以，伊索寓言又是活跃的思想自由的标志。

最后需要提及的是，伊索寓言有着高度的民族共通性，如《开玩笑的牧人》就和我国家喻户晓的《狼来了》一模一样。各民族寓言包括不同的世界观和道德经验教训，可能相互不同，但古代寓言中反抗剥削压迫和神权压制则往往代表普遍的劳动者的要求，体现着历史的进步方向。

古希腊悲剧名家巡礼

古希腊戏剧是古典时代希腊文学中的最高成就，在世界戏剧史上代表一种完整的戏剧形态。

公元前 7 世纪的希腊，每逢祭祀酒神狄奥尼索斯的节庆期间，参与庆典的人们都要在一个"被酒神赐予通神能力"的男子领导下高唱酒神祭歌，这种酒神祭歌和那种严肃庄严的阿波罗颂歌有很大的不同，它是即兴的、粗犷的、群众性的歌唱。到了公元前 6 世纪，酒神祭歌已形成自己的群众基础，也有了比较杰出的创作者。一位名叫阿瑞翁的列斯保岛诗人在科林斯谱写这些庆典歌曲，并为之设计了不同的歌名，在科林斯的狄奥尼索斯庆典上进行正规的演唱。雅典的公民意识和政治热情居希腊之首，因而为仪式转化为戏剧提供了内在动机和历史内涵。希腊戏剧为此也被称为"城邦的花朵"。

古希腊戏剧无论在形式上还是在内涵上都经历了一个变化过程。在埃斯库罗斯（前 525-456）的手里，悲剧有了一系列进步，他加入了第二演员，改进了布景和服装，起用了雄大的场面（50 人歌队、战车、花毡、游行的发明），使戏剧的表现力大增。他的戏剧多采用三联剧结构，风格庄严、崇高、夸张、雄壮，写神和英雄的行动，创作倾向比较鲜明，一生写了大约九十部戏剧，今传世者有七部悲剧，即《波斯人》《乞援人》《七将攻忒拜》《被缚的普罗米修斯》《阿伽门农》《奠酒人》和《复仇女神》（后

三者合为《俄瑞斯特斯》三部曲）。

作为祭司之子，埃斯库罗斯是信奉家族诅咒和因果报应的。他相信命运是一种人类所不能把握和洞察的力量，冥冥之中总有这样的力量在主宰着人的生死福祸，不管人的力量多么强大，也难于逃脱命运的摆布。而因果报应就是命运的特殊呈现方式。但人不应当在命运面前无所作为，人应该选择行动的自由、秉持行动的意志。这就是希腊人典型的命运观念，基于这种观念创作的悲剧由此被称为"命运悲剧"。在埃斯库罗斯所有的传世作品中，我们都可以听出神秘命运的悲壮之音。

《俄瑞斯特斯》是埃斯库罗斯的代表作，上演于公元前458年，全部得头奖。全剧充满着阴森、血腥的气氛。故事的背景是：

珀罗普斯之子阿特柔斯和堤厄斯忒斯兄弟有隔阂。堤厄斯忒斯诱奸了阿特柔斯的妻子，阿特柔斯为报仇，假意和解并款待对方。但他把堤厄斯忒斯的两个儿子暗中杀害，用他们的肉做成了筵席。后来堤厄斯忒斯的第三个儿子埃癸斯托斯替兄报仇杀死了阿特柔斯。阿特柔斯的长子阿伽门农为父报仇又杀死了篡位的叔父堤厄斯忒斯。三部曲的故事情节就在此基础上展开。

《阿伽门农》的剧情表现的是，麦锡尼国王阿伽门农为夺回弟媳海伦，远征特洛伊十年，终于凯旋归来，携女奴卡珊德拉回到王宫。王后克吕泰涅斯特拉布下盛大场面迎接丈夫，她当众剖白，誓言对阿伽门农的爱情历久弥坚。她请阿伽门农下车，踏上绛红色的绣毯回宫。阿伽门农怕亵渎神灵，不愿在豪华的地毯上走过，但在妻子的坚持下，他让步了。

克吕泰涅斯特拉又喝令卡珊德拉下车，卡珊德拉仿佛嗅到了血的气息，她向长老们宣布了阿伽门农和自己的命运，然后昂然进宫受死。少顷，宫内传来了阿伽门农的惨叫，长老们慌作一团，连忙商量怎么办，这时，宫门大开，阿伽门农和卡珊德拉尸体横陈，王后走出来宣布，是她乘国王洗澡之机杀死了他。她要为失去的女儿复仇，用阿伽门农来献祭（后者曾杀死女儿以换取出征时的顺风）。她说她是无罪的。最后，长老们告诉克吕泰涅斯特拉及其情夫埃癸斯托斯，"恶有恶报"天理不移，只要俄瑞斯特斯回来，他们就将付出代价。

《奠酒人》的故事发生在几年之后。俄瑞斯特斯在斯特洛菲俄斯（福喀斯的国王）家中长大成人，在好友皮拉德的陪伴下回到了麦锡尼。他们来到阿伽门农墓前行了祭奠，不期遇到了俄瑞斯特斯的姐姐厄勒克特拉也带领女奴来墓前奠酒，姐弟相认后，俄瑞斯特斯告诉姐姐，阿波罗命令他为父亲复仇，否则将遭受祸患，性命不保。厄勒克特拉也鼓励俄瑞斯特斯，杀死母亲，为父报仇，重振王室。

俄瑞斯特斯化装成送信人，来到王宫，向克吕泰涅斯特拉报告了从福喀斯带给王后的噩耗，说她的儿子俄瑞斯特斯已死。克吕泰涅斯特拉闻讯，既为失去骨肉而悲伤又为除去隐患而喜悦，她派人把埃癸斯托斯找来商讨此事。埃癸斯托斯只身走进宫中，被俄瑞斯成斯杀死。克吕泰涅斯特拉此时才认清真相，只得请求儿子原谅自己，但阿波罗的神谕提醒了他，他鼓足勇气，亲手杀死了母亲。

俄瑞斯特斯弑母后失魂落魄，到皮托去寻求阿波罗的庇护和净罪。这时，复仇女神已经向他追杀过去。

在《复仇女神》中，俄瑞斯特斯向阿波罗求援，阿波罗为他举行了净罪礼，指示他去雅典寻求雅典娜的保护。在雅典，复仇女神控告俄瑞斯特斯弑母，俄瑞斯特斯辩护说自己是遵从阿波罗的神谕，为父报仇。雅典娜挑选最正直的公民，组成了战神山法庭，审理此案。在法庭上，复仇女神坚持认为夫妻之间没有血缘关系，妻子杀死丈夫是无罪的，儿子杀死了母亲就应受惩罚。前来听审的阿波罗认为母亲对子女没有权利，母亲不是子女的缔造者，子女是属于父亲的，他以雅典娜的出生为例，说明人可以没

有母亲。

陪审员开始投票表决，表决结果竟是有罪无罪的票数一样多。这时，雅典娜投下了关键性的一票，俄瑞斯特斯被判无罪。复仇女神恼羞成怒，抗议雅典娜和阿波罗践踏古老的法律。雅典娜则好言安慰她们，劝她们改恶从善，答应她们以后永享雅典丰美的祭品。复仇女神商议之下，同意和解，于是她们也有了庙坛，成为善心女神——欧墨尼得斯。

这部悲剧的内在逻辑表明，以血缘为基础的原始亲子关系已经崩溃，让位给了以契约为基础、以家国为功能夫妻关系，血缘无由选择，而婚姻却出于意志，因而代表着理性。除开私情的因素，王后出于血亲关系而杀害丈夫，显然破坏了国家生活的秩序。这就说明了为什么老辈神要惩罚俄瑞斯忒斯，而阿波罗、雅典娜这些代表智慧和道德自觉的晚辈神要维护丈夫和法度的权威，为俄瑞斯特斯寻求开脱。

古希腊悲剧在索福克勒斯（前497-406）手里达到了完善的形态。如加入第三个演员，增加了对话，剧情更为复杂，性格更为丰满，引入惊恐动作（如自杀、流血等），改变三联剧为独立剧，发明转台，改进服装音乐，刻画当代性格（如《俄狄甫斯王》），结构精湛，风格简洁有力，含蓄优美。完整存作有《俄狄甫斯王》《俄狄甫斯在科洛诺斯》《安提戈涅》《埃阿斯》《俄勒克特拉》《菲洛克忒特斯》和《特拉喀少女》七部。

索福克勒斯的悲剧代表着古希腊悲剧的典型形态。在形式上，戏剧结构严整有序，跌宕起伏，戏剧冲突安排得紧凑而匀称，既是有机的又是完整的。正是在这一点上，亚里士多德才认为他的悲剧结构最合理。在内容上，他的戏剧已从埃斯库罗斯式的英雄崇高风格转向个人化的、理性主义的风格，个人和体现神意的命运，和体现国家意志的法度尖锐地对立着，而戏剧的倾向显然是在个人一边。这样一来，索福克勒斯就只在形式上以神和英雄的故事为素材，但实际上已把凡人创造的戏剧还给了凡人。

悲剧《俄狄甫斯王》是索福克勒斯的代表作之一。表现的是王子俄狄甫斯因神谕有杀父娶母之灾而逃亡，途中猜破了狮身人面女妖斯芬克斯的谜语，解除了忒拜人的灾难，又适逢忒拜国王新死，遂被拥戴为国王，娶了前王妻子为王后。多年后，忒拜遭了瘟疫，变得一片荒凉。俄狄甫斯从阿波罗的神示中得知：由于杀害前任国王拉伊俄斯的凶手仍未受到惩处，才导致了这场灾难。于是狄浦斯向忒拜的长老们宣布法令，要严惩杀害拉伊俄斯的凶手，而且知情者都应告发，不得隐瞒。然而，在俄狄甫斯的穷究之下，却查明真凶竟是他本人，他在逃亡途中与人械斗时杀死的老者就是自己的生身父亲和前任国王。在厄运的打击和深重的罪恶感压迫下，俄狄甫斯发现自己的母亲兼妻子伊俄卡斯忒已经吊死。他从她身上摘下两只别针狠狠地朝自己的眼睛乱刺。他满面鲜血，走出王宫，走上了自我放逐的道路。目睹俄狄甫斯的悲剧，长老们最后得出结论：一个人没跨过生命的界限、没有得到痛苦的解脱之前，就不要说他是幸福的。

索福克勒斯在这部悲剧中着重表现了个人在不可逆转的命运中积极抗争的精神，明知不应为、不可为而为之的勇气。在如此残酷的命运面前，俄狄甫斯勇于负责，自承其咎，他所表现出来的过人的勇气和惊人的毅力显示了人的尊严。

欧里庇得斯（约公元前485-406）的作品主题丰富（涉及神性与人性，原始崇拜，自然法，妇女，两性关系，家庭，奴隶），具有社会问题剧雏形，刻画普通人形象，擅长心理分析，激情更为动人。亚历山大里亚的学者们在公元前3至2世纪整理他的作品及其剧目时，发现有七十八种剧作可以归在他的名下，今存完整剧作十八部，即《美狄亚》《阿尔刻提斯》《海格立斯的儿女》《希波吕托斯》《安德洛玛克》《赫卡柏》《请愿的妇女》《特洛伊妇女》《海伦》《伊非戈涅娅在陶洛斯人中》《俄瑞斯特亚》《伊翁》《疯狂的海格立斯》《俄勒克特拉》《腓尼基妇女》《伊菲戈涅在奥

里斯》《酒神的伴侣》和《独眼巨人》。

希腊悲剧到了欧里庇得斯手里，虽在形式上已十分完美，但诗人为了表现独特的内容，仍然独辟蹊径，开拓了写实手法与心理描写等一系列新的方向。这些形式方法的运用都是和他特定的戏剧内涵结合在一起的。

例如，欧里庇得斯的剧作标志着"英雄悲剧"的终结。他首先采用日常生活为题材，剧中人物与他那个时代的普通人相去不远。所以索福克勒斯说他自己的人物是理想的，欧里庇得斯的人物则是现实的。欧里庇得斯的作品大部分写于雅典与斯巴达内战期间，因此反映出雅典政治、经济危机。欧里庇得斯还拒绝接受戏剧结构的严格束缚，其戏剧布局多有大胆的尝试。他所处理的主题之杂多，反战与好战，男女两性和婚姻，国家民族的命运，战争屠杀和奴隶，希腊人和蛮族，原始信仰和国家法律，人性的畸形和理性，远非前代作家所能比拟。

《美狄亚》是欧里庇得斯最感人的悲剧之一。故事发生在英雄时代的科林斯。美狄亚得知她的丈夫伊阿宋要抛弃她另娶科林斯国王克瑞翁的女儿后，就饮食不进，流泪不止。保姆领着美狄亚和伊阿宋所生的两个儿子前来告诉美狄亚，说克瑞翁要把美狄亚和两个孩子一起驱逐出境。两个孩子刚进屋，立即从屋内传出美狄亚愿孩子和父亲一起死掉的诅咒。

科林斯的妇女们听到美狄亚哭闹，都去向保姆探问。美狄亚出来后对她们说，在一切有理智、有灵性的生物当中，女人最不幸；她们用大笔嫁妆买来一个丈夫，丈夫反会变成她们的主人；男人在家里烦了，可以出外散心，女人却只能待在家中。正说着，克瑞翁带着侍从来到美狄亚面前。他怕美狄亚加害他的女儿，命令美狄亚立即带着两个儿子离开科林斯。美狄亚一再请求允许她留下来，都遭到克瑞翁拒绝，最后只求得一天宽限。美狄亚决心利用这一天为自己报仇。

伊阿宋回来后假意哄劝美狄亚说，再娶公主是为了保护美狄亚母子。

美狄亚则怒骂他的无耻和忘恩负义。当初，伊阿宋为了得到金羊毛，从家乡阿耳戈乘快船到黑海岸边的科尔喀斯。依靠深爱他的公主女儿美狄亚的帮助，征服了魔兽，取得了金羊毛。美狄亚背井离乡，随伊阿宋到希腊后，又设计为伊阿宋报了杀父之仇。

伊阿宋拒不接受美狄亚的恳求，也不承认美狄亚的谴责，美狄亚被迫实行了自己的复仇计划。她让保姆把伊阿宋找来，假装向他认错，请他转求克瑞翁，不要驱逐两个孩子。为此，她让两个孩子捧着一件精致的袍子和一顶金冠，作为礼物给克瑞翁的女儿送去。过了一会儿，保姆领着两个孩子回来并告诉美狄亚，新娘已经高兴地亲手接受了礼物。保姆离开以后，美狄亚想杀死自己的儿子，一看到他们明亮的眼睛，心又软了下来。但她想，应该亲手杀死自己的孩子，免得仇人侮辱他们。她的心情由于激烈的斗争而痛苦不堪。这时，报信人跑来报告美狄亚，克瑞翁和他的女儿都已被美狄亚害死。原来，美狄亚的礼物上都浸了毒药，克瑞翁的女儿穿上袍子，戴上金冠以后，金冠上很快就升起火焰。克瑞翁的女儿被活活烧死。克瑞翁闻讯，跑去抱住女儿的尸体痛哭，也被那件袍子粘住，再不能脱开，最后在女儿的尸体旁死去。美狄亚听了这个消息，便鼓足勇气，提剑向屋里的两个儿子走去。

伊阿宋惦记着自己的两个儿子，想使他们免受克瑞翁的亲族之害。他带领仆人赶来时，美狄亚带着两个孩子的尸体，乘龙车出现在空中。伊阿宋咒骂美狄亚，要求让他埋葬儿子的尸体，但他未能如愿，痛哭不已。美狄亚对他说："到你老了再哭吧！"随即乘龙车飞去。

这出悲剧对美狄亚由遭受迫害到奋起复仇的描写，塑造了一个勇于反抗绝情丈夫和蛮横王权的异乡女子的形象。美狄亚面对伊阿宋的美妙托词不寄任何幻想，直截加以痛斥，而且她还不是一个蛮妇，而是有勇有谋，即使复仇的手段过于残忍，毕竟完全达到了自己的目的。这是一个希腊艺

术中最强硬的女性形象，她身上可怕的复仇力量使她成了文学史上一个典范，也成了一个提示男权和一切野蛮力量的警钟。

应该承认，这一自觉的同时又是野蛮的复仇，是希腊妇女自主意识的表现，反映出希腊妇女问题的尖锐和妇女地位发生变迁的前兆，是雅典社会乃至全希腊发生全面危机的结果。在欧里庇得斯身上，尽管我们已经看到了悲剧艺术衰落的最初迹象，但是更能看到他对人与人之间的冲突、国与国之间的冲突的密切关注，历史证明欧里庇得斯所作的艺术探索，不仅达到了当时的最高水准，甚至超出了狭隘的城邦范畴而进入了带有现代色彩的世界范畴。

喜剧大师阿里斯托芬

在雅典，喜剧是从公元前486年开始正式引进酒神节的，最早的喜剧诗人是克拉提努斯，大约又过了50年后，阿里斯托芬和尤波利斯的创作有力地克服了前代旧喜剧的粗糙之处，使旧喜剧成了精致的艺术形式。但即使如此，喜剧中的大胆戏谑、刻毒谩骂、撒野放泼和对时事政治的任意批评都在阿里斯托芬的喜剧中达到了高潮。

阿里斯托芬现存的11部喜剧作品是：《阿卡奈人》《骑士》《云》《马蜂》《和平》《鸟》《吕西斯特拉塔》《农神节妇女》《蛙》《女公民大会》和《财神》。

阿里斯托芬的早年经历有着明显的政治色彩，且对他的喜剧创作大有影响。他在4年的时间里涉足法律和政治领域，同克里昂进行激烈的斗争。克里昂在公元前428年前后到他战死的公元前422年之间，一直是雅典最有影响的政治家。公元前426年的酒神节上演了阿里斯托芬的喜剧《巴比伦人》，克里昂因为受到该剧的攻击，便以"当着外邦人的面诽谤雅典官员和公民"的罪名，将阿里斯托芬控告到雅典议事会。

公元前425年，在上演的《阿卡奈人》中，阿里斯托芬更加坚定地显示了自己的立场。他不仅捍卫了自己批评政治的权利，嘲弄了刚愎的主战派，而且宣布，要在下一年的上演剧目《骑士》中向克里昂发动新的进攻。果然，喜剧《骑士》不仅对克里昂本人作了尖刻的漫画式的讽刺，对

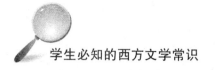

他的政治活动也进行了严厉的谴责，结果，这种新特征竟开创了政治喜剧的新类型。这种新型政治喜剧选取像克里昂那样的走红政治家，刻画他们的"政治煽动家"的特点，其剧情和倾向对后人认识当时社会状况发生了很大的影响作用。

《阿卡奈人》是一部集中批判希腊伯罗奔尼撒战争的剧作。内战中雅典城市的状况是，商业纷扰，物资匮乏，政风萎靡，同盟国关系紧张，城邦危机加深，政客乱权，远征西西里以致全军覆没，民主派首领好大喜功蛊惑人心，结果使得小国寡民的雅典大伤元气，民怨沸腾。《阿卡奈人》就是在这番混乱中开场的：

分别以雅典和斯巴达为首的两个阵营之间爆发的伯罗奔尼撒战争已经进行了6年。一天，雅典人预定在卫城西边的普尼克斯岗召开公民大会。在乱哄哄的公民大会上，公民阿菲忒俄斯提出愿单独去同斯巴达人议和，要求发给路费，立即被弓手们赶出会场。阿提卡农夫狄开俄波利斯支持他，坚持要主席官提出有关和平的动议。遭到拒绝以后，他便给阿菲忒俄斯路费，让他去为自己一家和斯巴达议和。假公济私的雅典外交官突然在公民大会上出现，会场一片混乱。狄开俄波利斯揭露了他们的谎言，反对他们雇佣色雷斯人作战的建议。这时，阿菲忒俄斯匆匆跑来，带给他一个为期30年的和约。

阿卡奈人从后追来，正遇狄开俄波利斯率领妻子和女儿向酒神献祭。他们指责他与斯巴达议和，背叛祖国，威胁要用乱石将他打死。他和阿卡奈人辩论说，斯巴达人毁坏了他的葡萄园，他也痛恨他们；但是，雅典人在这次战争中遭受的苦难不能全怪斯巴达，一些雅典人对战争的爆发负有不可推卸的责任。阿卡奈人听了，一部分对他破口大骂，向他冲去；另一部分却认为他没说一句假话，出来保护他。结果，阿卡奈人之间发生冲突。前一部分人打输了，就向雅典军官拉马科斯呼救。拉马科斯一赶到，便与狄开俄波利斯扭打起来，结果败在他的手下。拉马科斯骂他是叫花子，他回答说："我是一个好公民，从不钻营官职。开战以来，我就一直是最肯卖命的人；而你呢，开战以来，就一直是只拿官俸的人。"拉马科斯发誓永久和伯罗奔尼撒人打下去，狄开俄波利斯却宣告与他们进行贸易。

一个墨伽拉人带着两个女儿来到狄开俄波利斯开设的市场。他对她们说，你们这两个可怜的娃娃，别再怨倒霉的爸爸，你们俩愿意自己给卖掉呢还是饿死?两个女孩齐声回答："卖掉卖掉!"他怕没有买主，把她们装扮成两个猪娃，以一把蒜头和一筒盐的价钱将她们卖给狄开俄波利斯。一个比奥细亚人也来到市场。他带着薄荷、野兔、雏鸡等各式各样的特产来与雅典人交换。这时，来了一个告密者，威胁要向当局告发。狄开俄波利斯把他捆起来，当做雅典的特产，给了比奥细亚人。

酒神节来临了。狄开俄波利斯家里，妇女和小孩在编花冠、煮野兔、焙画眉。阿卡奈人对他的幸福生活十分羡慕，不少人想分享他得到的和平。在这一片祥和气氛中，传令官向拉马科斯传达了紧急命令：冒着风雪，火速出发去抵御敌人的进攻。拉马科斯只得背起背包，戴上头盔，穿上铠甲，提着长枪和盾牌，踏上征途。与此同时，狄开俄波利斯却被邀参加盛大的酒宴。

拉马科斯从边关归来，不断发出痛苦的呻吟。他在战斗中被长矛刺伤，脚踝脱臼。他正担心遇到狄开俄波利斯，遭他嘲笑，却恰恰和他走到了一起。狄开俄波利斯喝得醉醺醺的，由两个艺妓搀扶着，不断高呼："哈哈! 胜利啦!"阿卡奈人也一齐跟着他高喊。

剧中人物狄开俄波利斯和拉马科斯的对比意义是明显的，一个反战在享福，一个主战倒了霉。但是为什么如此? 显然是因为坚持了不同的主张，走了不同的道路。内战的起因多在雅典，战争使雅典暴发瘟疫，死伤

巨万。但是，内战中错失议和时机，远征西西里的覆灭之祸，雅典遭到重创后的无条件投降等，此时尚未到来，可见阿里斯托芬仿佛未卜先知一般，对战争进行了坚决的抵制，显示出他的智慧和勇气。

事实上，阿里斯托芬的政治倾向并不是反对所有的战争。他时常把雅典这个在他看来正在衰落的城邦同当年击败波斯大军、迅速崛起的希腊帝国加以对比，鼓励自己的同胞振兴雅典政治，恢复当年国力。从他所讽刺和褒扬的人来看，他认为，如果普通公民能够服从那些出身高贵、有教养而又富有的公民，民主政治就会强盛起来，不过他并不主张通过寡头政治来达到这一目标。

作为一名喜剧作家，阿里斯托芬以其睿智机警创造了生动的喜剧作品，也创造了很多卓有成效的喜剧表现手法，以表达复杂的主题，他的喜剧创作把雅典旧喜剧的艺术形式发展到了完备而高超的水准，也奠定了喜剧艺术干预现实、褒贬时事、激扬情感的传统，对西方喜剧艺术的后来发展开辟了健康的方向，因而他是无愧于"西方喜剧艺术之父"的称号的。

追赶荷马的维吉尔

　　"奥古斯都"时期是古罗马文学的黄金时期。这一时期的主要文学成就是散文和诗歌。散文方面成就最高的是西塞罗，他的演说词和书信被认为是古代散文的典范之作。诗歌方面，哲理诗、讽刺诗、抒情诗、史诗全面发展，成就最高者是"麦凯纳斯文学集团"的三位诗人，即维吉尔、贺拉斯和奥维德。

　　维吉尔全名普布利乌斯·维吉利乌斯·马罗（前70-前19）。父亲是一个农场主，拥有一定的财产和地位，因而他的儿子能够接受第一流的教育。维吉尔曾到北意大利的米兰等地读书求学，后到罗马攻读修辞学。他还曾向亚历山大派哀歌诗人学希腊文，跟希罗学伊壁鸠鲁哲学。

　　维吉尔的主要作品是抒情诗《牧歌》《农事诗》和史诗《埃涅阿斯纪》，《埃涅阿斯纪》是诗人立志追赶荷马之作，其大略情节如下：

　　埃涅阿斯是特洛伊战争期间的特洛伊英雄之一，美神维纳斯之子，特洛伊国王普里阿摩斯之婿。当特洛伊城被希腊人攻陷的时候他率领家眷和一批特洛伊逃出城，乘船前往意大利，命运注定他肩负着重振特洛伊的使命。神后朱诺对埃涅阿斯的使命特别反感，因为不久前的特洛伊战争令她记忆犹新，帕里斯对她的侮辱仍使她余怒未消，她也不希望未来强大的罗马称霸地中海，毁灭迦太基。现在，当她看见埃涅阿斯已经离开西西里，顺风驶向意大利的时候，她抑制不住心头怒火，决意将他们阻留在意大利

之外。朱诺劝动风神掀起狂风巨浪，摧毁埃涅阿斯的船队。埃涅阿斯的船队被暴风骤雨打得七零八落，残余船只随风漂浮，来到一处陌生的海岸。

原来，这里是北非的迦太基，归女王狄多管辖。狄多原是腓尼基公主，其父死后，其兄继位，把她的丈夫杀死。狄多遂召集了一批对暴政不满的人带着金银财宝，渡海来到这里，开辟殖民城邦，建立迦太基城，为朱诺所宠爱。狄多友好地接待了这批死里逃生的特洛伊人，并在宫中设宴招待他们。在主人的要求下，埃涅阿斯沉痛地讲述了特洛伊为木马计所陷的经过和他们海上漂泊六年的艰苦历程。原来，希腊人见特洛伊城久攻不下，遂采用老将俄底修斯的木马计，一举将城池攻破。当埃涅阿斯冲出城的时候，妻子已经在混乱中走失死去了。埃涅阿斯带领在战争浩劫中幸存下来的特洛伊人躲到伊得山里伐木造船，冬尽春来，起锚出海，寻找新的土地建立邦国。

他们到过色雷斯、提洛岛，按照阿波罗祭司的指引，一路与狂风巨浪搏斗，辗转漂泊到克里特岛，遇到瘟疫死伤多人，又到斯特罗法得斯岛，和怪鸟搏斗，经过俄底修斯的家乡伊大卡岛，来到彼泰罗图姆，看到了正在为亡夫献祭的安德洛玛克。他们到过爱奥尼亚海，避开意大利半岛南部希腊人建造的城市，躲过海怪斯库拉，抵达西西里。在那里埃涅阿斯的父亲故去了。正当他们满怀希望地由西西里向意大利驶去时，朱诺又唆使风神把他们吹到此地。

埃涅阿斯的叙述引起了狄多的同情，维纳斯也用计使她对埃涅阿斯心生爱情，他们很快便结合了。朱庇特派麦丘利前去提醒埃涅阿斯，不要忘了自己的使命。埃涅阿斯闻讯非常痛苦，但他终于压抑着对狄多的感情，毅然离开了迦太基。狄多挽留不住，望着埃涅阿斯远去的帆影，诅咒迦太基人与罗马人将永远为敌，然后自尽而死。

埃涅阿斯离开迦太基后经西西里来到意大利西南部的库麦。女先知西彼拉向他预言抵达意大利后将会遇到的险阻和战争，并带他游历了地府。在地府里，埃涅阿斯见到了许多希腊和特洛伊英雄的亡魂，他父亲安喀塞斯向他预言了罗马的未来，指给他看了未来罗马著名人物的灵魂，其中包括罗慕洛、恺撒、奥古斯都等。

埃涅阿斯继续航行到台伯河口拉丁努斯统治的地方。拉丁努斯遵照神意，友善地接待了他们，准备把自己的独生女儿拉维尼娅嫁给埃涅阿斯。但朱诺从中阻止命运的实现。她唆使拉维尼娅的母亲坚决反对这场婚姻，又挑唆拉维尼娅求婚者鲁图利亚王图尔努斯，挑起了战争。经过持久残酷的战斗，埃涅阿斯胜利地击退了图尔努斯的围攻，在付出重大牺牲后，终于兵临城下，将图尔努斯的军队杀得溃不成军。最后，图尔努斯同埃涅阿斯单独决战，埃涅阿斯刺中图尔努斯，当埃涅阿斯准备满足倒在地上的图尔努斯的哀求，免其一死的时候，埃涅阿斯突然发现图尔努斯带着从自己的战友帕兰图斯身上取下的佩带，他怒不可遏，举起剑来把图尔努斯砍死，从而结束了这场战争。

很显然，《埃涅阿斯纪》前半部分模仿《奥德赛》，后半部分模仿《伊利亚特》，详尽描写埃涅阿斯在特洛伊灭亡后到意大利建国的英雄传说，以便标榜罗马人的光荣祖先，激励罗马人的民族荣誉感。同时，也为罗马王族确立起神圣的祖先起源。英雄埃涅阿斯身上隐现着现实中屋大维的影子，因为在某种程度上，这也是一部讴歌罗马帝国艰苦创业的诗篇。

维吉尔讴歌屋大维，颂扬他给罗马带来和平，以及和平带来的幸福生活。但他最终对屋大维也是有所不满的，作为一名富于思考的诗人，他眼见罗马帝国残暴的战争政策和民族压迫，对屋大维的事业，对罗马帝国也心存一些怀疑成分。基于这些，一种隐约的忧郁情绪始终贯穿于整部史诗，这也是维吉尔独有的风格。

维吉尔的作品由于在道德上的纯净和虔诚，以及在文笔上的出类拔

萃，因而在黑暗的中世纪也未被打入另册，而是广为流传。文艺复兴时期意大利著名诗人但丁特别崇拜维吉尔，把维吉尔当做自己的精神导师。他创作的《神曲》就是以自己在精神导师维吉尔带领下游历地狱和炼狱为题材的。维吉尔作为世界文学史上的伟大诗人之一，昭示了后代欧洲文学的发展道路。

英国文学之源《贝奥武甫》

　　欧洲中古最著名的英雄史诗有五部：英国的《贝奥武甫》，法国的《罗兰之歌》、德国的《尼伯龙根之歌》、西班牙的《熙德之歌》和俄罗斯的《伊戈尔远征记》。这些史诗代表了中古英雄史诗的最高成就。它们大多取材于中古的社会生活，反映了人民要求国家统一与和平安定的愿望，歌颂了英明的君主和民族英雄反抗异族侵略、维护民族统一的爱国主义及英雄主义行为。其英雄人物的显著特征通常是忠君爱国、护教行侠、有鲜明的基督教色彩和骑士色彩，作品以反映重大的历史事件和民族战争为内容，艺术上表现了民间文学粗犷雄伟的风格，情节曲折生动，语言朴实自然，显示了强烈的现实主义倾向，洋溢着积极健康的生活气息。

　　在上述史诗中，《贝奥武甫》是以古英语写下的欧洲中古最早的民间史诗，也是早期英国文学的代表作，大约成诗于公元700-750年。史诗所叙述的事件，发生在5世纪末至6世纪初的北欧日耳曼诸部族中。史诗中的主人公贝奥武夫虽不见其他典籍记载，但诗中涉及的一些人物、事件和地点却已得到证实。有学者认为，这部史诗可能出自丹麦兼英格兰的国王卡纽特的宫廷诗人之手。史诗主要叙述浪手族勇士艾奇瑟与高特人（居于瑞典南部）公主所生的王子贝奥武甫在青年和老年时的两次历险活动，基本情节如下：

　　当贝奥武甫听说当年庇护过他父亲的丹麦王罗瑟迦及其统治下人民受

到魔怪格娄代长达12年的蹂躏摧残时，便决定前去救援除害。他率领一小队精兵前往罗瑟迦的王宫"鹿厅"并受到盛情款待。当晚格娄代像以往那样再次、也是最后一次光顾鹿厅，它吞掉一名高特勇士后，又扑向假寐的贝奥武甫，结果反被后者捉住不放，厮杀的结果是妖魔格娄代断臂受伤，挣扎着逃回了深潭中的魔窟。正当丹麦人沉醉于胜利、馈赠勇士之际，妖母为儿子复仇，潜入了酣睡的丹麦将士之中，攫走并杀死了罗瑟迦的爱将艾舍勒，使丹麦人又一次陷入悲痛绝望之中。这时，贝奥武甫挺身而出，亲赴魔窟与母妖决斗，终于在恶斗之后杀死了母妖并斩回了死在魔窟的格娄代的首级。大功告成的贝奥武甫满载着罗瑟迦的厚赠礼物回到高特人的故乡。

在高特国王赫依拉（贝奥武甫之舅，6世纪初在位）远征弗里西人（居今荷兰北部）被杀之后，贝奥武甫先是辅佐主公赫依拉之子赫里迪执政，在赫里迪死后他继而和平地统治高特人达50年之久。不料在他老迈之年，领地之内又有一守护宝藏的毒龙因为宝物失盗而四出为害，年迈的贝奥武甫最后一次投入与强敌的角斗，终因厮杀受创，与毒龙同归于尽，他的部下将他与夺取来的宝藏一同葬在了海岬高坟之内。

从史诗反映的社会形态来看，在《贝奥武甫》中，部落的特征远过于王国的特征，这从诗中对王臣关系、宫室设施、权利结构和财产关系等的描写上即可见出。社会在这里仍处在原始部落制向封建制最初过渡的领主扈从制阶段，与典型的奴隶制王国远为不同。

在故事展开的背景上，《贝奥武甫》的世界是一个由海岸、大海、沼泽、荒原构成的世界。在这样的背景下，受到部落成员尊崇的英雄所应具有的品格显然是力量和荣誉。史诗以英雄的历险事迹为核心内容展开了描写，其表现形式及其手段也都围绕这一核心而展开，这些事迹与神话中的诸神之战有着渊源关系。

北欧民族很早就发展起了远程航海，建立了恶名昭著的海盗生活方式。凭借海上优势对欧洲大陆进行突袭掳掠，实质上是落后的生产力和文化对于发达地区的自发式的侵犯，这一切都给民族的心理、性格以及潜在的集体无意识和集体表象打下深刻的烙印，也给史诗文化带来了鲜明的地域特征。正是凭借这种力量，这种英雄时代好勇斗狠的典型品格，贝奥武甫才战胜了妖魔母子。在《贝奥武甫》中，更暗示出这种蛮荒环境的主人正是"野蛮的"部族，他们身处蛮地。尚存蛮俗，对周边部落构成威胁，具有典型的边地蛮族特征。诗中说道：他们当时是在部落争逐中被击败而迁徙逃亡到这种环境的，属固守蛮俗者，从而对相对发达进步的部落构成敌对并导致冲突。他们的一般特征显然是与诗中描绘的蛮荒环境相一致的。

和英雄的形象形成鲜明对照的是对妖魔的生存环境和行动的描写。妖魔与勇士似有不共戴天之仇，妖魔的吃人景象，与英雄格斗情景都写得残忍而剧烈，充满血腥气味，这种充满血腥的格斗既带有血亲复仇的性质，又明确无误地透露着原始部落战争的残忍和野蛮（原始猎人们便是这样生吞猎物的）。部落间的冲突保留下了原生态的写照，而冲突的焦点是血亲复仇、杀戮与争夺宝物（如贝奥武甫缴获的巨剑和黄金古物）。因此《贝奥武甫》中表现的妖魔显然是更原始、落后的部族，所表现的冲突也显然属于较野蛮落后部族与较发达先进部族之间的战争，是先进部族对野蛮部族的征服而非相反。

《贝奥武甫》的思想基础显然是和原始命运观念相关联的，因此诗中充满了谶语和对征兆的描写，全诗的形式也具有一种循环式的结构，即英雄或每个部落成员的生命都是无限生命过程的一段。回味史诗开篇所唱的海上弃婴和海上葬仪，更可见出人们对英雄的产生和归宿的理解。这种从海上来，回海上去的循环式生死习俗表明，古代盎格鲁—撒克逊人，日耳

曼人和稍后的斯堪的那维亚人以海上出生为最神秘的出身，以船葬为最荣耀的葬礼。他们认为，船是驶向死后生活旅程所必需的。此外，对海上民族来说，船就是他们的工具、权力和威望的象征，无论今生还是来世。而大海则显然被理解为生命的源头和归宿，是祖灵所居之所。这些观念都体现了原始海洋民族的原始智慧。

在《贝奥武甫》中，浓重的命运观念随处可见，属于建立在万物有灵的意识基础上的、对人们尚无能力预料和理解的偶然力量的神秘解释。尽管史诗中不时提到"主"、"上帝"等，但是抄本主人刻意加工，以基督教义狗尾续貂的痕迹是十分明显的，它们显然并不属于史诗形成时期游吟诗人的创作，不属于史诗原有的观念体系。

骑士文学之冠《亚瑟王传奇》

　　"亚瑟王"的故事是欧洲传奇文学中流传最广的一个题材，以此题材创作的主要故事有：亚瑟王的诞生、"圆桌骑士团"的建立、亚瑟和他的圆桌骑士的事迹以及亚瑟之死。骑士事迹中以朗斯洛特骑士和亚瑟的王后桂尼薇尔的爱情故事和寻找圣杯的故事为最重要。亚瑟是6世纪不列颠岛上威尔士和康沃尔一带凯尔特族的领袖，他以抵抗盎格鲁—撒克逊人的入侵而为凯尔特人所怀念，久而久之成了民间传说中的人物。富于幻想的凯尔特人甚至认为他没有死，活在仙界，将来会回来拯救凯尔特人。

　　亚瑟王传说是从英格兰的威尔士地区古代国王亚瑟的故事发展出来的。8世纪末威尔士史家南纽斯写的《不列颠人的历史》提到亚瑟12次当凯尔特人领袖，参加过12次战役，最后一次巴顿山战役手刃盎格鲁—撒克逊960人。在这部书里，亚瑟还只是军事领袖而非国王。

　　1137年威尔士主教杰弗里用拉丁文写的《不列颠诸王纪》一书中记载：亚瑟王是凯尔特人的领袖，曾组织信奉基督教的人和五百名撒克逊的异教徒反抗罗马人的统治。几年之后，诺曼底的一个游吟诗人，又把它译成了法语韵文，并加上了他和圆桌骑士的故事。又隔了几年，一个名叫雷亚孟的教士根据这些史料，写成了一首韵律体长诗《英文雷亚孟的勃罗脱》。在这一作品中，亚瑟王传奇故事的主要框架已经形成了。到了马洛礼爵士的手中，更把亚瑟王的故事推向了艺术作品的境界。

在法国，1160—1190年间，诗人克雷蒂安·德·特罗亚写了好几部有关亚瑟骑士的传奇，属于最早以传奇表现这一历史传说的作品。

13世纪初，英国僧侣莱雅蒙根据瓦斯的材料写了一部韵文编年史《布鲁特》，长达3万余行，比瓦斯多一倍，他也从特洛伊王子埃涅阿斯的曾孙布鲁特抵达不列颠叙起，直到689年。这部"历史"最后1/3记载了亚瑟王的故事，这是亚瑟故事首次在用英语写的诗歌中出现。

从莱雅蒙之后，亚瑟故事在英语文学中长久绝迹，而在法国盛行，直到14世纪才出现了一部所谓"双声体"的《亚瑟王之死》(1360)，计4 300行，写亚瑟出征罗马，他的外甥摩德瑞德叛变，笔力工巧精致；另外有押韵的《亚瑟王之死》（约1400），计3 800行，大部分写朗斯洛特的爱情故事。至于有关亚瑟骑士帕尔齐法尔、特里斯丹和圣杯的传奇，在英国极为罕见。但14世纪中叶用双声体写成的长达2 500行的《高文爵士与绿衣骑士》则是英国中世纪文学中的一个瑰宝。到了15世纪后半叶，马洛礼汇集了此前的法语传奇，加以选译编排，用散文写了《亚瑟王之死》，总结并结束了中古关于亚瑟的传说。

作为亚瑟王传说的集大成者，《亚瑟王之死》21卷通过描写亚瑟王一生业绩，将不同的传奇材料有机地联系成一个整体。这些故事，主要包括亚瑟王的出生、早年业绩以及最终去世的故事；魔术家梅林的故事；美丽的王后桂尼薇尔的故事；圆桌骑士们的故事；以及寻找圣杯的故事。故事叙述战争、比武和各色传统冒险，同时也有大段关于爱的诱惑的描写，其中大部分与婚外的男女之爱有关。其主体与分支的主要情节是：

亚瑟的父亲威尔士王尤瑟·潘德拉贡靠术士墨林的帮助娶了威尔士另一部落领袖的妻子伊格兰。亚瑟15岁继承王位，靠墨林的帮助创造了许多奇迹。他从几十个武士都搬不动的大石下取得宝刀，征服了苏格兰、爱尔兰和冰岛。娶了罗马贵族女儿桂尼薇尔。他的宫廷设在卡米洛，宫中有一张圆桌可坐 150 名骑士，只有武功和德行超群的骑士才能入座。亚瑟每逢节日设宴，倾听骑士们的冒险故事，评比众人是否配得圆桌骑士的称号。座次中有一个席位却始终是空的，名为"危险席"，只有能取得耶稣在最后晚餐上所用的圣杯的骑士才配入座。

亚瑟的主要事迹是同罗马皇帝作战。罗马皇帝要亚瑟纳贡，亚瑟不肯，于是向皇帝宣战，把王后和国事托付外甥摩德瑞德，动身去罗马。在行军中，他杀死了巨人。骑士高文同罗马谈判决裂，亚瑟进军罗马，正在这时他听说摩德瑞德篡夺了王位，立刻和高文回国。高文在战斗中阵亡，亚瑟最后也战死，升往天界，桂尼薇尔出家为尼。

骑士中最主要的人物是朗斯洛特，他是布列塔尼王的儿子，幼年被"湖上夫人"窃走养大，送到亚瑟宫廷，故称"湖上的朗斯洛特"。他是第一名圆桌骑士，和王后秘密相爱，但他又爱上阿斯特洛封主的女儿艾莲。艾莲死后，他和王后又言归于好。被亚瑟发觉私情之后，朗斯洛特就同王后逃跑，亚瑟和高文去追，并围攻朗斯洛特的城堡。朗斯洛特交出王后，自己退到布列塔尼，亚瑟因摩德瑞德篡位，只得回国。朗斯洛特再度回来准备援助亚瑟，发现亚瑟已死，王后出家，于是他也出家，同王后一起看守亚瑟的陵墓。

位居朗斯洛特之后的，是关于圆桌骑士帕尔齐法尔的传说，法国克雷蒂安和德国沃尔夫拉姆·封·埃申巴赫都有记载，英国到 14 世纪才有他的传奇。他是亚瑟宫中最圣洁的骑士。许多骑士曾冒险追求圣杯，如朗斯洛特，但因身上有罪，没有得到，只有帕尔齐法尔、加拉哈和波尔斯得到了它。此外还有和亚瑟传奇最初无关后来附会进去的《特里斯丹和绮瑟》传奇。

在描写骑士寻找圣杯、战争和比武的过程中，读者处处都可以见到假借骑士勇武的口号而进行的残酷野蛮的杀戮场面。非婚姻的男女之爱非但

不受到谴责，反而被当做真正的骑士所应有的行为来颂扬。因此，书中的桂尼薇尔不但不因背叛丈夫亚瑟王而内疚，反而还责怪她的情人朗斯洛特对她不忠。马洛礼本人曾是一位骑士，亲身参加过玫瑰战争的血腥屠杀，因而他对骑士精神的表现和战争仇杀的描绘也显得更加真实。

《亚瑟王之死》是对封建主义全盛时期所形成的骑士制度的一次最后记录和总结。虽然马洛礼无意中流露出对过去那个时代的依恋和对封建骑士制度没落的惋惜，但也描绘了英格兰葱翠碧绿和充满欢乐的原野，给后世留下了一幅亚瑟王时期栩栩如生的现实图画。他开创了用散文(就像乔叟用诗歌那样)这种当时最新的文学体裁去叙述纷繁宏伟的文学素材的先河。他使一堆杂乱的历史材料变成了一部反映生活现实的文学杰作，从而创作出15世纪英国最杰出的散文作品。

欧洲中古传奇文学，主要是大量的关于亚瑟的传奇文学，它对以后西欧文学的主要贡献在于它提供了冒险、爱情和宗教三大主题。它除了故事情节引人入胜外，已开始注意人物的内心活动，可以说是长篇小说的鼻祖。

最伟大的寓言诗《神曲》

但丁生于意大利北部城市佛罗伦萨的一个经商的小贵族家庭，当时的十字军东征使东西方交往频繁，商贾贸易日益兴盛，而北意大利地处欧亚非三洲往来的枢纽地区，工商业、早期金融业乃至思想文化的发展更是兴盛一时，使得意大利成为世界上第一个资本主义国家。这种到处充满资本主义萌芽因素的社会形势推动着各方面社会矛盾冲突的发展，新旧力量的较量日趋激烈，并形成了错综复杂的党派斗争。这一切都给但丁的创作提供了动力，施加了影响。

但丁的主要作品除了寓言史诗《神曲》、早年的抒情诗集《新生》之外，还有论说集《飨宴》、论著《论俗语》和《论帝制》以及其他诗集、论著等。

《神曲》分《地狱》《炼狱》《天堂》三部分，每部分33首歌，加上序曲，共100歌，14233行。《神曲》采用中古宗教文学常用的梦幻形式，记叙了诗人幻游地狱、炼狱、天堂三界的故事。

诗的开篇叙述到，正当诗人处在"人生的中途"，即35岁那一年，诗人竟迷途于黑暗的森林。黎明时，他向沐浴着朝阳的山顶攀登，忽然林中跳出豹、狮、狼拦住了去路，诗人吓得全身发抖，高声呼救。这时出现了古罗马诗人维吉尔。诗人在维吉尔的引导下参观了地狱和炼狱，以后又由贝雅特里齐带领，游历了天堂。

地狱篇：地狱如一支插入地下的巨大漏斗（立体的），上阔下窄，自上而下共分九层。罪人的灵魂按生前罪孽的轻重，分别在不同的层次受刑，层次愈下，刑罚愈重。

地狱前庭：无主见者、骑墙派。既不能上天堂，也不能下地狱，没有转生希望，只能永远在此受虫蜇蜂刺。

地狱第一层：属"候判所"。风光明媚，贤良的异教徒如诗人荷马、贺拉斯、哲学家柏拉图、苏格拉底等因生前未受基督教洗礼，只得于此等待上帝裁判。

地狱第二层：真正地狱的起点。色欲鬼魂永不停息地在深谷中呼号、狂风中沉浮。

地狱第三层：饕餮者的鬼魂在恶臭不堪的泥坑中经受风雨冰雹的袭击。

地狱第四层：贪吝者和挥霍者的鬼魂推着巨石来回奔劳，在相遇的冲突中不停地攻击厮打，许多教士和主教，甚至教皇也在其中。

地狱第五层：易嗔易怒者的鬼魂赤身裸体地在黑水污泥中相互啮噬甚至自我撕裂，直至皮破肉烂。

地狱第六层：由复仇女神守卫的恶魔城，城内燃着"水劫之火"，专门焚烧那些蛊惑人心的邪教徒的鬼魂。

地狱第七层：分为三环，第一环为沸腾的血湖，暴君与暴吏在湖中受煎熬；信仰不坚的自杀者在第二环中化为长满毒刺的树木，被大群怪鸟用利爪坚喙撕裂，伤口流血不止；亵渎上帝者、重利盘剥者和暴发户在第三环的火雨热沙中受着煎烤。

地狱第八层：又名"恶沟"，石壁峭立，有十个断层，诱奸者、谄媚者、挑拨离间者、买卖圣职者、贪官污吏、伪君子、匪徒等生前危害人民者，死后在此受各种酷刑。教皇尼古拉三世的鬼魂头朝下倒栽在地上，腿脚上燃烧着火苗。尚在人世的现任教皇菩尼法斯八世在此已有位置。一批贪官污吏的鬼魂在沸腾的沥青中挣扎，而群立于两旁的黑色魔鬼则不时地用钢叉刺他们腹部和背脊。

地狱最底层：一片冰湖。谋杀、暗算、叛国、卖主者的鬼魂冰冻在湖中。湖心站立着恶魔撒旦，撒旦有三个面孔，正中一个的嘴里咀嚼着出卖耶稣的犹大，左右两个的嘴里各咬着谋杀恺撒的布鲁图和卡西奥。

此后维吉尔引导诗人步步向上，远离地狱，来到炼狱。炼狱又称净界，为一座浮在海中的高山，分为底部、本部和顶部三级共九层，形似金字塔。罪孽较轻者的灵魂在此涤罪，本部七层中分别居有骄、妒、怒、惰、贪财、贪食、贪色七种罪人的灵魂，以待升入天国。炼狱顶部祥云缭绕，四时常春，花雨缤纷，但丁在此得遇恋人比德丽丝，并在她的带领下游历了天堂。

天堂也有九重，生前为善的人，按其善行多寡，死后灵魂在天堂不同的层次中永享幸福。九重天之上是上帝的天府，充满上帝的光明和慈爱，诗人仅在电光一闪的瞬间看见了圣父、圣子、圣灵三位一体的奥秘。全诗结束。

究竟应该如何理解这部中世纪精神百科全书的梦幻寓言史诗？

首先值得注意的是长诗的立意。但丁立意要把《神曲》献给当代大众，因此未用拉丁语而用意大利俗语来创作。长诗被命名为《喜剧》，因为结局是幸福的，是在天国，整个旅程在上帝的荣光和与神意的和谐中结束。"神国的"或"神圣的"之语，是1555年的版本中首次加上的。

其次应理解长诗的多义性。诗人在此采用的是中世纪欧洲常见的表现方法，即梦幻象征的方法。这是当时人们自然持有的神秘观念、宗教观念和审美观念的表现。作为政治的、社会的、哲学的思想的集成，《神曲》大体可从四层面予以解读：文字的、寓言的、道德的和神秘的。它的多重

性如同它的诗意性和戏剧性同样重要。

《神曲》还具有一种精心设计的形式完整性。《神曲》篇章形式的工整和谐所表现的神秘主义形式观念和人文主义理想。《神曲》以三（三叠韵，三人物游历三界，每卷三十三歌）、九（三界各九重，九十九歌）叠进而至于百（共百歌）的形式，统一全诗，其中体现着中世纪神秘数字的影响，象征着宗教的神圣秩序和抽象、圣洁的审美趣味。这种结构上的安排表现了一种精神追求（事实上，艺术就是帮助人类提升心灵和行为之物，只不过但丁的道路是引向至高的神而已）。

这种完整性形式所包含的比较重要的意义在于，诗人遇到的每一人物，包括神话传说人物、历史人物和当代人物，都象征一种罪过或美德，而每个人领受的惩罚与奖励则显示出诗人对社会历史和现实生活的诗意的、神学的、道德伦理意义上的裁判与评价。在但丁的观念中，上帝的绝对正义蕴涵着客观规律和人的理性，而规律和理性又包裹在上帝的权能中，两者统一在一起。对上帝的信仰和对教会的批判、对信仰的坚贞和对理性的追求、现实的态度和象征的表现也同样统一在一起。这种统一第一次艺术地克服了中世纪意识形态的二元论，即主观和客观、灵魂和肉体、象征和实体、信仰和理性、绝对和自由、救赎和罪恶、来世和此世等的二元对立。

《神曲》在风格上的重要特点还在于现实主义和理想主义的结合（写的是来世，旨归在今世）。有学者指出，《神曲》在这方面已经具备了近代文学的特征。《神曲》的现实精神更主要地体现在社会倾向性方面。这种倾向性通过对灵魂们的肯定和否定的态度和处理表现出来。从具体的描写可以见出，诗人的锋芒首先指向扼杀心灵、阻遏变革的基督教会。他不仅痛斥僧侣的恶行政德，而且以超凡的勇气，向原本罪恶昭彰却标榜为神圣不可侵犯的主教、教皇们宣战，将已死、未死者打入地狱深处，指陈他们犯下的各种罪行。雪莱因此而称誉说："但丁是第一个宗教改革者。"

但丁对暴君、卖国贼、叛徒进行的抨击同样十分激烈。马其顿王亚历山大、西西里君主万尼修、吉伯林党魁和意大利北部诸君主都被打入第七层地狱，其罪名是"杀人劫财"。变节投敌之徒更被诗人打入地狱最底层，让他们永远冻结在冰湖里，诗人还亲自用脚狠踢他们的头颅，撕扯他们的头发，表现了对叛徒们的切齿痛恨。当然，这种声讨有时也带出诗人维护正统的偏见，例如对布鲁图等人的处置，但那不过是将历史功过的评判服从于现实要求的表现而已。

《神曲》向人类阐发的哲学思想是弥足珍贵的，鼓舞了后世无数人的精神追求。例如，古典的人本主义和基督教信仰相统一的原则，借助上帝给人类的恩赐来倡导人的自由创造意志的原则，以及人类靠理性无法认识上帝的意图（泛神论的宇宙法则）的思想等。但丁在长诗的尾声里，借比德丽丝的口吻，对人类的终极道德提出了自己宏伟的理想，这看似神秘主义的表述几乎包含着人类永恒的正义，无异于人类前行的灯塔。

顶天立地的巨人　鼎革时代的先知

　　法国的文艺复兴文学，以1532年冬在法国里昂出现的一部在街头巷尾引起了轰动的奇书为最高成就。它就是长篇讽刺小说《巨人传》的第一部。它的作者是法国人文主义作家弗郎索瓦·拉伯雷。

　　当时的法国进入了文艺复兴的第二阶段。拉伯雷进入圣劳济修道院成为修士。在此期间，他不仅阅读了柏拉图、阿里斯托芬等希腊作家的作品，而且还用希腊文创作优美的诗歌，同时结交了当地的一些进步思想家。

　　1527年，拉伯雷脱下僧衣，披上在俗教士的道袍，远走他乡。漫游使他开阔了自己的视野，不仅看到了"黑暗的力量"，而且意识到"摆脱哥特式的黑夜，我们的眼睛迎着太阳的明亮火炬张开了"。这对于他日后创作《巨人传》，无疑是一次思想的酝酿和创作素材的准备。

　　1532年，拉伯雷来到法国人文主义中心里昂任医生，在这座文化繁荣的城市里，拉伯雷读到一部名为《伟大而高大的巨人高康大的伟大而珍贵的大事记》的民间故事，受其启发，他写出了自己的《巨人传》——

　　小说叙述到，巨人庞大固埃的父亲是卡冈都亚，卡冈都亚的父亲呢，是格朗古杰。卡冈都亚的母亲怀孕长达十一个月，临盆那天，她牛肠吃得太多，结果吞下一服收敛剂，把包衣弄破了，孩子钻进大动脉，通过横膈膜和肩膀，从左耳朵出来了，大声叫喊："要喝，要喝，要喝！"卡冈都亚

(大肚量)的名字便由此而来。他要吃一万多头奶牛的奶,不满2周岁,下巴已经有十好几层。

卡冈都亚是个巨人,光一件长衫就用了上万尺布。从3岁到5岁,他的生活是三个字:喝、吃、睡。稍大些时,小便在鞋上,大便在衬衫里,用过各种各样的东西擦屁股,最后觉得用小鹅来擦最舒服。

卡冈都亚要念书了。请来一位诡辩学大博士。一教就是十八年零十一个月,卡冈都亚越来越愚蠢。他父亲决定把他送到巴黎去就学。来到巴黎,他坐在巴黎圣母院上面休息一会儿,摘下教堂的大钟做他的马铃铛。

卡冈都亚开始按新的方法学习:4点起床,读书3小时,然后锻炼身体,吃饭时教师顺带讲解一下饭菜品种的知识,在玩牌的同时研究数学,此外还学习军事武艺、各种技能和天文地理。他一天比一天有进步。

收获葡萄的季节到了,邻国一个卖烧饼的与本国这边的人发生纠纷,邻国国王毕可肖趁机入侵,大肆劫掠。修道院的一群修士吓得躲起来,想用祈祷来抵抗敌人。只有若望修士说,"还唱个什么屁玩意!"他脱下长袍,斜披着法衣,抓起一个十字架,把敌人打得落花流水。

卡冈都亚接到父亲来信,赶紧返回。毕可肖不顾格朗古杰的忍让相劝,继续进攻,正遇上卡冈都亚。卡冈都亚的坐骑撒了一大泡尿,淹死了大批敌人;他拔起一棵大树当武器,摧毁了敌人的堡垒、高塔和炮台。他又统率父王的军队,在若望修士协助下,打得毕可肖丢盔弃甲,落荒逃命。

为了酬谢若望修士,卡冈都亚修建了德廉美修道院。这座修道院的男女修士可以自由生活,公开结婚,称心如意地发财致富,院规只有一条:做你所愿意做的。

卡冈都亚老年得子,婴儿又大又重,一生下来就送了母亲的命。婴儿取名庞大固埃。

庞大固埃自小力大无穷，长大后四处游学，最后来到巴黎。卡冈都亚修书一封，谆谆嘱咐庞大固埃努力求学，要全知全能，因为"无知是一种耻辱"。

一天，庞大固埃在街上遇见一个身材俊美但满身伤痕的中年人，攀谈之下，知道他的名字叫巴汝奇。巴汝奇对庞大固埃讲各种各样的语言，还讲了自己捉弄警察、士兵、贵妇的故事。他说："没有钱是极大的痛苦。"他有63种寻找金钱的办法，最重要的一种就是欺骗。

庞大固埃学到了丰富的知识，正在这时，迪普索德国侵犯边境，庞大固埃赶去御敌。他撒了一泡尿，像河水泛滥，淹没许多敌人。敌人派来300个巨人，他举起巨人首领当做武器，打得巨人死的死，伤的伤。庞大固埃和巴汝奇胜利地来到阿莫罗特城动员居民去征服迪普索德国，第二天报名的就有一千多万人，这支军队行到半路，下起了暴雨，庞大固埃只伸出了半个舌头，就挡住了雨，像母鸡护住了小鸡一样。

征服了迪普索德国，庞大固埃进行移民。为了治理这块殖民地，庞大固埃征询巴汝奇，如何看待借贷。巴汝奇大发宏论。他说，一个没有借贷的世界就没有正常的秩序，就如狗屎一般；古代神话中，财神受到尊重，美神则因无钱借给别人而不受尊敬。

巴汝奇被庞大固埃封为萨尔米贡丹宫堡主人，他想要结婚，征求庞大固埃的意见，未得到答复。庞大固埃建议他去找女巫、聋子、诗人、神学家、医生、立法家、哲学家等。大家的回答大同小异但又不得要领。

听说在神瓶上有答案。于是庞大固埃准备了航船，出海去寻找神瓶。神瓶在印度与中国之间的一个地方，他们不愿绕过好望角，于是向西航行。历尽了千难万险，庞大固埃、巴汝奇、若望修士一行最后来到了"灯国"。这里有一座庙宇，里面有一个喷泉，喷出来的都是酒。巴汝奇被单独引到一个小殿堂，他看到了神瓶，还听到空中有个声音："喝吧！"

这就是他们历尽艰险要寻找的答案。

《巨人传》的前两部，集中表达了拉伯雷的人文主义正面主张，是一部充满乐观主义和理想主义色彩的作品。后三部则更增强了暴露的成分，涉及的领域更加宽广，批判的锋芒更加尖锐。拉伯雷倾20年心血创作而成的《巨人传》将浪漫主义和现实主义熔于一炉，嘲讽教会，揭露封建法律制度的腐败，谴责封建君主穷兵黩武的战争政策，歌颂代表新兴资产阶级利益的人文主义，全面阐述了他理想中的社会蓝图。作品中显示的各种科学知识，丰富的想象，泼辣的个性化语言，使拉伯雷如同他作品中的巨人一般屹立于文坛，成为文学史上博学而又深刻的文化巨人。

《巨人传》的文风自由洒脱，无拘无束，如长江大河一泻千里，颇有横扫旧传统开发新文学的气势，它展现出的许多个性鲜明的人物形象——勇敢、善良、果断、英明的卡冈都亚和庞大固埃——无疑是理想中人的典型。而贪婪、狡猾、精明、能干的巴汝奇则显然代表了现实中的市民典型。拉伯雷笔下的巨人身材异乎寻常，力量异乎寻常，思想和才华异乎寻常，这样的形象必然要求夸张的语言和想象，因而，作品也相应地采取讽刺漫画式的艺术手法，激烈的言辞，嬉笑怒骂，入木三分，拉伯雷以他夸张的艺术手法突出现实生活中的矛盾，在暴露法国社会的黑暗，鞭挞教会、法庭和官府的罪恶方面，格外畅快淋漓。应该说，正是凭借这样的手段，拉伯雷的《巨人传》才概括了当时人文主义思潮的主要内容，颠覆了上帝的绝对统治，伸张了人的自由，人的尊严，人的价值。

《巨人传》是拉伯雷在法国文学史上树立的一块丰碑，是一部百科全书式的小说，也是一个时代的精神体现。它以最恰当而有力的民族艺术形式，表达了新兴资产阶级的觉醒，启发和鼓舞了这个阶级的历史主动性。

洞烛谬境的《堂·吉诃德》

塞万提斯的一生充满坎坷，富于讽刺戏剧般的特征，如同西班牙民族一样，堪称不幸。身体受创伤，多年坐牢狱，回国受冷遇。1592年，他任无敌舰队粮油采购员期间，受人陷害，被控"擅自征粮"。1597年，他任税吏时，因存放公款的商店倒闭，他获罪入狱，被判赔偿。1605年，一名绅士在他家门口被人打伤，他出于好心将伤者接入家中治疗，不巧伤者死在他家里。塞万提斯反倒成了杀人嫌疑犯，再次入狱。此外，他的婚姻也十分不幸，与妻子分居很长一段时间。他晚年也一直在贫困中挣扎。即使这样波折动荡的一生，塞万提斯也始终没有向命运低头屈服。可谓人生的不幸成就了他的文学的大幸。

1616年4月23日，因水肿病，塞万提斯在马德里的家中逝世，终年69岁，与隔海相望的莎士比亚殁于同年同日，欧洲一日之内失去了两位文学巨擘。

《堂·吉诃德》是他的代表作，原名《奇情异想的绅士堂·吉诃德·台·拉·曼却》，主要叙述同名主人公三次游侠的经历。

在西班牙的拉·曼却地方住着一个50多岁的穷乡绅，名叫吉哈诺。他闲来无事，整天沉浸在骑士小说里，读得满脑子尽是游侠冒险的荒唐念头，终于失去了理性，决定做个骑士，到各处去行侠仗义，救苦济贫，扬名天下。

他找出祖上留下的一套古老盔甲修整穿戴起来，又牵出家里一匹瘦得皮包骨头的马，取名"驽骍难得"，表明它虽是驽马，现在当上骑士的坐骑，已是希世难得。他自称堂·吉诃德·台·拉·曼却，意谓拉·曼却一带的堂堂骑士吉诃德。他又想起，骑士都有意中人，她必定是个美貌无双的公主。堂·吉诃德便选定了自己暗恋着的一个农村姑娘作为心上人，给她起名为杜尔西内娅·台尔·托波索。一切齐备，这位骑士就骑上马，离开了家门。

堂·吉诃德游荡了一天，晚上来到一家客店。那客店在他眼里正是一座城堡，店主人是城堡的主人。他想起自己没有得到封授，不能算正式的骑士，就请店主人册封他，店主人看出他是个疯子，怕他胡闹，就随他的意思，封了他做骑士。堂·吉诃德离开客店后，在田野里经历了他的第一次冒险。有个地主正在痛打他雇的放羊孩子。怒气冲冲的堂·吉诃德命令地主住手，还叫他付清欠放羊孩子的工钱，地主吓得连连答应。等到堂·吉诃德转身走开，地主重新绑起放羊的孩子，打得他几个月起不了床。

堂·吉诃德又骄傲地向一队过路的商人挑战。商人雇的骡夫没好气地抢过他的长枪，把他打得浑身是伤，无法动弹，多亏一个好心的邻人发现，把他送回家里。

堂·吉诃德的外甥女和女管家只恨骑士小说不好，害得他成了半疯模样，就找来本村神父和理发师，把堂·吉诃德书房里的骑士小说统统付之一炬。他们骗堂·吉诃德说魔法师摄走了他的骑士小说。

堂·吉诃德刚刚养好伤就又急着想要出门，他找到街坊上一个贫苦农民桑丘·潘沙，许给他许多好处，让他做自己的侍从。桑丘听说骑士在游侠的时候常常能征服王国啦、海岛啦，还要赐给他个把海岛，让他去当岛上的总督，就高高兴兴地答应下来。

一个晚上，主仆二人偷偷离开家。他们走到蒙铁尔郊原，远远看见平

原上耸立着几十架巨大的风车。堂·吉诃德一见便说，它们是凶恶的巨人，举起长枪便冲杀上前，桑丘明知它们是风车，也拦不住他。风车的展翼不停地转动，把堂·吉诃德连人带马猛地摔倒在地。堂·吉诃德始终不信这是风车，还说是魔法师和他作对，要剥夺他的光荣，才把巨人变成了风车。

他们继续赶路，对面来了两个僧人，还有一辆马车，里面坐着一位贵妇。堂·吉诃德认为马车里是一位被俘的公主，马上就向僧人杀去，命令他们释放公主，僧人们只恨少长两只脚，吓得落荒而逃。堂·吉诃德打开车门，正要请贵妇人下车，贵妇人的侍从上前阻拦，和堂·吉诃德交起手来。这侍从是个孔武有力的比斯盖人，可惜他的坐骑是匹不中用的劣骡，刚一交手就被摔在地上，堂·吉诃德命令他前去听候美丽的杜尔西内娅发落。惊慌失措的贵妇人忙代侍从答应下来，堂·吉诃德得意洋洋地离开了他们。

晚上，主仆二人来到一家客店。店主把他们安排在顶楼上，和一个骡夫同住。客店女仆玛丽托内斯和骡夫约好当晚欢会。女仆在黑暗中摸错地方，到了堂·吉诃德床边。堂·吉诃德以为她是一位垂爱自己的公主，拉住她絮絮叨叨，说个没完，骡夫不禁醋意大发，大打出手，店主闻声赶来，几个人在暗中打成一团，堂·吉诃德吃的拳头最多。第二天主仆二人不付店钱就要上路，店里几个恶作剧的小伙子抓住了桑丘，用毯子把他抛上抛下，弄得他晕头转向，才放开了他。

他们正在大道上行进，前面忽然有两股尘土滚滚而来。堂·吉诃德立刻兴奋地告诉桑丘，这是两支大军正要交战，他准备协助其中正义的一方，去攻打邪恶的一方。桑丘仔细一看，这只不过是两队羊群扬起的尘土。可是堂·吉诃德不听他的阻拦，冲进羊群，举枪乱刺。牧羊人拿起石块，雨点似的向他掷来，打破了他的头，打掉了他的牙齿。牧羊人见闯下祸来，忙赶着羊群跑开了。

主仆二人又遇见一队被押到海船上做苦工的犯人。堂·吉诃德认为人是生来自由的，不应遭受奴役。他打倒了押送的兵士，解放了犯人，命令他们去向杜尔西内娅报告堂·吉诃德的功绩。犯人们不但不听从，反而恩将仇报，夺走了主仆二人的衣物，把他们痛打一顿。

堂·吉诃德和桑丘放走了犯人，怕官兵追捕，只得逃进黑山。堂·吉诃德决定在山里修炼，派桑丘给杜尔西内娅送一封情书。桑丘走了几天，就又回来，编了一套谎话搪塞过去，其实他并未将信送到。他在途中遇见前来寻找堂·吉诃德回家的神父和理发师。

他们找来一位少女，装扮成落难的公主，请求堂·吉诃德帮她报仇，把他骗出了黑山。接着，理发师和神父又装扮成鬼怪，捉住堂·吉诃德，把他装进一个大笼子，放在牛车上押送回家。堂·吉诃德回家后，他的外甥女和管家婆看见他面黄肌瘦，形容枯槁，说什么也不让他再出门了。

堂·吉诃德听说萨拉果萨城要举行比武，就不顾家人劝阻，和桑丘又一次出门。大学生加尔拉斯果答应堂·吉诃德的家人把堂·吉诃德骗回家来。他化装成"镜子"骑士，赶上主仆二人，向堂·吉诃德挑战，却被堂·吉诃德一枪扎下了马，只得认输而去。堂·吉诃德打了胜仗，喜气洋洋，把过去吃过的苦头统统忘记了。接着，堂·吉诃德和桑丘又遇见一辆大车，运送献给国王的狮子。堂·吉诃德命令赶车人打开狮笼，要和狮子决一雌雄。笼门打开后，凶猛的狮子只打了一个呵欠，就转身卧倒，不肯应战。

一天傍晚，堂·吉诃德和桑丘在树林边邂逅外出打猎的公爵夫人。公爵夫妇把堂·吉诃德主仆迎到自己府邸，尊为上宾，想出种种花样，拿他们寻开心。公爵派桑丘到自己属地的一个小镇当"海岛"总督，他布置了几件疑案来捉弄桑丘，不料都被桑丘一一解决。桑丘在"海岛"上政绩卓

著，又制定了许多对百姓有益的法律。一晚，公爵派手下人装作敌人进攻"海岛"，把桑丘打得浑身疼痛。桑丘当不惯总督，就辞去总督，回去寻找主人。堂·吉诃德在公爵府遭到戏弄，也不愿再住下去，主仆二人离开公爵府后，都觉得好似鱼儿入了大海，不禁赞美自由之可贵。

堂·吉诃德主仆决定不去萨拉果萨，改向巴塞罗那前进。他们在巴塞罗那城遇见一位"白月"骑士，"白月"骑士要求和堂·吉诃德决斗。堂·吉诃德被他打倒在地，只得服从他的命令，停止骑士游侠活动，回到家里。"白月"骑士原来是大学生加尔拉斯果。

堂·吉诃德回家后一病不起。临终时他的神志清醒过来，承认自己并不是什么游侠骑士堂·吉诃德，只不过是善人吉哈诺罢了。

堂·吉诃德去了，他留给我们什么呢？仔细分析堂·吉诃德的性格不难发现，他的疯狂行动有个前提，就是"信"。凡是骑士小说中写的，无论多么荒唐，多么虚无缥缈，出神入化，他都信以为真。应该说，这是深刻的历史生活的方式使然。天主教中充满了神迹，骑士的幻想和传说中充满了神迹，在个人和神的权威、国家的权威、一切等级地位的权威之间，不可逾越的鸿沟令人绝望而产生对神迹的期求，塑造了近代西班牙独特的民族性格。

民族的劣根性，无疑是民族的进步障碍，不破除之便无以进步。塞万提斯准确而深刻地把握到了西班牙民族在国际事务中的恃强傲视、宗教观念上的顽固狂热、思维方式上的幻想狂妄的陋习，并将这种和阿Q的精神胜利法十分相似的劣根性现于人物，创为作品，这就是文学的民族启蒙，就是作者所追求的最大真实，就是文学的一大贡献。

说不尽的莎士比亚

威廉·莎士比亚（1564—1616）出生在英国中部沃里克郡埃文河畔的一座名叫斯特拉特相的小镇。他的主要文学成就是戏剧，他的戏剧创作可分为三个时期。

第一时期(1590—1600)是莎士比亚人文主义思想与艺术风格的形成时期，或称之为历史剧、喜剧时期。这一时期的重要作品有《亨利四世》《罗密欧与朱丽叶》《威尼斯商人》《仲夏夜之梦》等。

第二时期(1601—1607)是莎士比亚思想与艺术的成熟时期，或称悲剧时期。这一时期他写了两部喜剧、七部悲剧，风格由欢快转变为沉郁，即使是喜剧也包含着悲剧性。莎士比亚的这七部悲剧在艺术上几近完美，达到了他平生戏剧创作的顶点。重要作品有：《哈姆雷特》《奥瑟罗》《李尔王》《麦克白》，故称为莎士比亚四大悲剧。

第三时期(1608—1612)是传奇剧时期。这一时期的代表作品为《暴风雨》。

悲剧《哈姆雷特》（1610）是莎士比亚全部创作中最有代表性的作品，共五幕20场（5，2，4，7，2），故事发生在中古的丹麦首都厄尔希诺。

第一幕：丹麦王子哈姆雷特是一个有着崇高理想的青年，在当时的新义化中心德国威登堡大学读书。他有魄力、好思索、平易近人、对人类抱有美好的希望。可是，接连发生在他平静而和谐的生活里的，是一系列灾

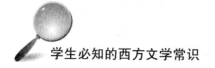

难性的事件：父王老哈姆雷特突然惨死，王位被国王的弟弟克劳迪斯篡夺，王子的母亲正准备改嫁克劳迪斯。

哈姆雷特回国奔丧，听值班哨兵说，一连两三个晚上，在夜半更深时，总有一个跟已故国王一模一样的鬼魂在城堡上游来荡去，若有所寻，欲言又止。哈姆雷特登上城堡，亲眼看到了这个鬼魂。起初，他感到又惊奇又害怕，不知来者何意，是凶是吉。后来，鬼魂把哈姆雷特引到一个僻静地方，向他诉说了自己被害的经过：原来出事那天，老哈姆雷特按照每天的习惯午后在花园里睡觉。起了歹心的克劳迪斯偷偷把致命的毒草汁滴进了国王的耳腔。

毒液像水银一样很快地流遍他全身的血管，使血液凝结起来。国王遍身光滑的皮肤上立刻生出无数疥疮一样的疮疹。就这样，克劳迪斯神不知鬼不觉地谋害了国王。鬼魂悲哀地诉说自己在地狱中的苦楚，要求哈姆雷特为他报仇。鬼魂还叮嘱哈姆雷特报仇时千万不要伤害到母亲。要让上天裁判她，使她受到良心的责备。

第二幕：冷酷的现实犹如寒霜袭花，转瞬间令原本快乐的王子憔悴枯萎下来。他变得郁郁寡欢、精神恍惚、疯疯癫癫异常。在宫里，他穿着黑色丧服，甚至在他母亲新婚之日也不肯换掉，世界突然在他眼里变了颜色。复仇成了他必须捐起的重任。

首相波洛涅斯的女儿奥菲利娅原是王子的心上人。一天，当她正在房里缝纫的时候，王子脸色苍白，衣冠不整地跑到她跟前。他一手拉着她的手腕紧紧不放，一手遮住自己的额角，目不转睛地盯着她。随后他发出了一声惨痛而深长的叹息，怏怏离去。庄严的复仇誓言与轻快的求爱心情不相符，残酷的宫廷厮杀更使哈姆雷特不忍伤害自己唯一的爱人。王子故意装出对奥菲利娅绝情的样子，狠下心羞辱她。可是，他又觉得自己无论对她还是对己都过于残酷，就写了一封措辞激烈又好似爱情遗嘱一样的信给她，信里说："你可以疑心星星是火把、太阳会转动、真理是谎言，可永远不要怀疑我的爱……"

肝肠寸断的奥菲利娅把哈姆雷特的怪诞行为告诉了父亲波洛涅斯。这位效忠新王的大臣又报告了国王和王后。他们不知道王子是否真的"发疯"，更想知道他的失态是否出于爱情受挫。克劳迪斯心中有鬼，怀疑王子是在装疯，就派首相波洛涅斯去刺探虚实。波洛涅斯上前与哈姆雷特搭话，却只得到模棱两可的回答，弄得波洛涅斯惊疑不定。尽管王子逢场作戏、胡言乱语，但复仇的念头却一分钟也没有离开过他。由于奸王左右卫兵簇拥，况且王后和他形影不离，因而哈姆雷特不易下手，此外，鬼魂的话是否可信？这个思想也在苦恼着他。

第三幕：正当哈姆雷特犹豫不决的时候，宫里来了一班戏子。王子决定安排一场"戏中戏"，以便进一步证实奸王的罪行。这出戏演的是一件发生在维也纳的谋杀案：公爵的一个近亲因为觊觎权位和财产，在花园中把公爵毒死了。不久，凶手又骗取了公爵夫人的爱。这出戏演出时，哈姆雷特在一旁仔细察言观色。他发现奸王脸色阴沉、坐立不安，不等戏演完就蓦地站起来离席而去。"给一响空枪吓怕了吗？"王子说。至此，哈姆雷特心中的疑团已经完全消失，剩下的该是果敢的行动了。可是，哈姆雷特仍然犹豫不决，心情十分矛盾，"生存还是毁灭"的问题，依旧在他心中激烈地斗争着。他要复仇，又要重整乾坤，深感任务的艰巨和自身力量的单薄。一天，哈姆雷特发现克劳迪斯独自一人在私室忏悔，哈姆雷特本想当即结果了他。然而，忏悔中的人被杀后会升天堂的封建迷信思想阻止了他。

诡计多端的国王把王子视作眼中钉，肉中刺。一天，他敦促王后劝说王子，同时又私遣首相躲在帷幔后偷听二人的谈话。哈姆雷特母子二人话不投机争吵起来。哈姆雷特责备母亲朝秦暮楚，这么快就钻进了恶人的衾

被。他把一面镜子摆在王后面前，要她照一照自己的灵魂。这时，王后不由自主地惊叫起来。藏在暗处的波洛涅斯以为出了什么差错，也大喊："救命"王子闻声以为是奸王在那里作怪，朝着帷幔后面就是一剑。顿时血染深宫，波洛涅斯代替奸王丧了性命。

第四幕：包藏祸心的克劳迪斯早就想把王子除掉，这次有了借口。他托辞首相的儿子会为父报仇，差人将王子送往英国，还带去书信一封，命令英国国王将王子处决，借刀杀人。王子感到事情不妙，就拆开信件，以李代桃，换了陪同者的姓名，自己借助海盗的帮助，半途折回。

第五幕：他回国的时候，恰逢奥菲利娅的葬礼。原来，王子的情人在她父亲死后就精神失常，疯疯癫癫地四处游荡，口中唱着歌儿。当她把自己编的花环往河边树上挂时，不料树枝折断，连人带花掉到了河里。她的衣服四散展开，使她如人鱼一样漂浮在水上。她嘴里还断断续续唱着古老的歌谣，一点也不知自救，好像她本来就生长在水中一般。不多一会儿，她的衣服浸透了水，她的身体被无情的河水吞噬，真的疯狂夺走了她的生命。

克劳迪斯利用雷欧提斯为父亲和妹妹的死而郁积的悲愤，故意挑动他与哈姆雷特比剑，并暗中准备了尖头毒剑和烈性毒酒。在第一回合中，哈姆雷特击中对方一剑，克劳迪斯假惺惺地斟上一杯毒酒，以示祝贺。王子急于进行比赛，就把这杯酒放在一旁。在第二回合中，王子又占了上风。此时心有悔意的王后已察觉国王的计谋，见儿子命在旦夕，毅然替王子饮下了这杯毒酒。在前两回合中失利的雷欧提斯，深知他手中毒剑的厉害，一直不愿轻易把它往王子身上刺去。这时，在一旁坐山观虎斗的克劳迪斯沉不住气了。他用激将法煽动了几句。于是，雷欧提斯大打出手，一剑刺伤了哈姆雷特。在争夺中两人手中的剑各为对方夺去，王子以夺来之剑回刺雷欧提斯，雷欧提斯随即受伤，两人都在流血。就在这当儿，王后大叫着倒在地上，中毒死去。奄奄一息的雷欧提斯，在生命的最后一刻醒悟过来，当众揭发了克劳迪斯的阴谋。王子怀着千仇万恨猛地举起手中毒剑向克劳迪斯刺去，杀死了这个弑亲乱伦篡位的罪人，自己也毒性发作，颓然倒下。

将死的时候，哈姆雷特拜托好友霍拉旭把他的故事讲给世人听，让人们明辨是非、伸张正义。

在这五幕剧当中，莎士比亚首先在构思上赋予整体结构一种多层面相互映衬的特点。由于这部戏剧的"内在行动"和"思想"的特性格外突出，构成了戏剧诸要素中具有组织性的成分，因此，将几个重要的哈姆雷特独白连贯起来看一下是很能说明问题的，因为莎士比亚艺术表现的努力显然在此而非其他。

总之，通过连贯这些内心活动和展开这些内在逻辑，我们可以看出，哈姆雷特的外在复仇行动完全是以内在行动为支撑和依据的。与其说这是一部描写复仇的戏剧，莫如说是一部描写性格成长的戏剧、心灵历险的戏剧、两种社会原则之间搏斗的戏剧。把握住戏剧的内在冲突，或者用黑格尔的话说，性格的对立和理想的对立，也就把握住了全剧的核心，外在的行动也就不言而喻了。因为这种内在行动被作家赋予了重大意义，从主人公艰难而意义重大的转变之中，人们看到的是一个人的，或者说一种新的人类成长过程，这是人的真正的史诗——人的壮大和自觉，是这部戏剧的真正主题，当然，这也是文艺复兴运动的历史意义所在。

莎士比亚的戏剧素以性格悲剧著称。从哈姆雷特的一系列行动可以看到，他的性格是剧烈地变化的，是在同其他性格的对立对比中发展并显出其特性的。那么，前面讨论到的动作显示出哈姆雷特怎样的性格？以往人们经常讨论哈姆雷特的延宕和忧郁这一互为表里的特征，很显然，延宕是忧郁的结果，而忧郁又是性格的内在剧烈变化（包括心态的瓦解和重建，

扬弃和超越）的结果。

在从这种矛盾走向坚定，从幻灭、忧郁到重塑、成熟的过程中，苦难之深重，勇气之惊人，胸襟之可敬，都显现在性格之中。因此，哈姆雷特忧郁的真正本质，乃是从幼稚走向成熟、从破灭走向新生的忧郁，与中世纪的病态忧郁相比有着全新意义。他的性格的真正伟大之处，是对自身内部否定力量的反抗和克服，是对历史正义的自信，以及推动他进行自我克服的"自我否定"力量。

要说明莎士比亚戏剧的现实主义性质，不能脱离那个时代和环境的特点，要解释莎士比亚的天才和成就，同样需要从那个时代风起云涌的社会冲突，以及各种冲突的重大意义来入手。哈姆雷特悲剧的历史典型意义是十分明显的，它所提供教训，如历史条件的先决性，理想和先进思想与实践和变革之间的距离等，也是丰富的。凭借一部《哈姆雷特》，观众可以从人物见出历史，也可从历史见出人物，同时，也可以透过作品倾听到巨人后面的历史步伐。

时代精神的骑手弥尔顿

英国近代古典主义文学是伴随资产阶级和封建阶级的激烈搏斗发展起来的，也是在清教运动的裹挟之下塑造成型的，因而其代表作家多带有清教色彩，且与时代风潮发生着比较密切的联系。

约翰·弥尔顿（1608—1674）生在一个清教徒家里，自幼受到良好家教的影响熏陶。1625年4月初，弥尔顿进入英国剑桥大学基督学院学习。弥尔顿对终日研读繁琐的经院哲学的院规深恶痛绝。他把兴趣寄托在文学研究上，在获得文学硕士学位后，他放弃了既有社会地位又有丰厚收入的神职工作，坚持自修后踏上了去意大利的旅程。诗人在威尼斯、热那亚、比萨、佛罗伦萨、罗马等地与众多诗人学者交往。

晚年的弥尔顿由于政治迫害和经济困窘，以及异常严重的痛风症，处于极端困难的境地。但诗人勤奋写作，废寝忘食。他通过口授方式，在1667年完成了长诗《失乐园》(ParadiseLost)。继而又在1670年同时出版了长诗《复乐园》和诗剧《力士参孙》。三部巨著均取材于《圣经》，且在主题上相映衬，这在世界文坛上是绝无仅有的。

《失乐园》的故事取材于《圣经》，描写天使长卢西弗无法忍受上帝至高无上的权威，发动起大群天使兴兵作乱。但叛乱失败，他们坠入地狱，被雷电击昏，躺在烈火熊熊的湖中。卢西弗更名为魔王撒旦，失败的天使们也被称作魔鬼。不久，撒旦就从燃烧的深渊中站起，他拒不认输，立誓

报仇雪耻。他唤起倒下的部卒，重整队伍，检阅阵容，并作了激昂的演说，于是众魔在深渊中建起了魔殿，召开魔头们的会议。

在会上，有的坚持再战，有的希望在地狱里将就过下去，有的建议改建地狱使之可以与天堂争辉媲美。正在争执不下时，群魔副首领皮尔塞尔告诉与会者，曾有预言说一个新的世界将会被上帝创造出来，并将有一种叫"人"的生物居住其中，皮尔塞尔建议去探明究竟，寻找可乘之机报仇雪耻。撒旦表示他将独自担负这艰危使命，得到全体的喝彩。

于是魔王飞向地狱大门，他的女儿罪恶和儿子死亡为他打开门，撒旦飞进了没有时间和空间之分的莽莽洪荒，跋涉地狱天堂之间难以飞越的鸿沟，在一片混沌中发现了刚创造出来的新世界。

撒旦降落在世界的边缘，登上天梯，走进回轮。他化身为一名普通天使向神火天使乌烈尔问讯，靠了他的指引登上奈费提斯山，终于见到了伊甸乐园。他化成一只鸬鹚栖在生命树上，瞥见亚当和夏娃，不禁惊叹他们完美的形体和幸福的情景，但他决心引诱他们堕落以实现他向上帝报复的毒计。他偷听二人的谈话，知道智慧树对人来说是禁树，于是撒旦计谋已定。

这时乌烈尔告诉守乐园大门的天使长加百利，地狱有一恶天使伪装潜到此地。加百利立即把守夜卫队召来，搜索乐园，并命两个大力天使去守卫亚当与夏娃的住所。但当他们赶到时，发现撒旦早已化成一只蟾蜍在睡着的夏娃耳旁操纵她的梦境。他们把撒旦带去见加百利，争吵一番后撒旦被迫离开乐园。

早晨，夏娃告诉亚当夜里她在梦中非常想吃智慧树的果子，因此十分苦恼，亚当安慰了她。上帝看到人的灾难已近，为了使人难委其罪，派拉菲尔去训诲二人。拉菲尔告诫亚当要服从天条，警告他们敌人已近，须严加防范。亚当问他究竟是怎么回事，于是拉菲尔向他讲述了天堂的叛乱。

上帝派迈克尔和加百利率众善天使去平叛，又遣其子亲征，他驾战车握雷霆直入敌阵，恶天使被迫溃逃，直至天墙，天墙突然裂开，恶天使全部坠入深渊。

拉菲尔又告诉亚当上帝如何在6天之内创造人世。然后亚当回忆起他在乐园向上帝诉说孤独之苦，上帝用亚当的肋骨创造了夏娃。最后拉菲尔警告亚当要克制自己的好奇心，上帝做的事有很多是人所不能理解的。

拉菲尔离开后，撒旦化作夜雾潜入乐园，进入一条睡着的蛇的身体。第二天早晨亚当夏娃开始一天的工作时，夏娃执意要二人分开干活。亚当顶不住夏娃的缠绕，只好让步。蛇发现夏娃单独一人，就上前向她恭维，夏娃很惊奇蛇能作人语，且所知甚广，蛇说这是由于它吃过园中一棵树上的果子。夏娃让蛇带她去看，发现就是那棵禁止他们吃的智慧树之果。夏娃摘下果子吃了，觉得味道鲜美，于是带了一个去给亚当。亚当见了，大惊失色，但想到夏娃如此爱他，他俩应当共命运，所以也吃了。他们立即为赤身裸体感到羞耻，于是找东西遮盖了身体。

守园天使发现事已至此，回天庭向上帝请罪。上帝派他的儿子到乐园向犯了天条的人宣判：夏娃将在分娩时备受苦楚，并要服从亚当，而亚当须为每日的面包而终生劳苦，汗流浃背，他们生于尘土，也终将归于尘土。

此时，死和罪有感他们父亲获得成功，都飞向人世。他们造了一条从地狱通往人世的大路，并在混沌上架了一座桥。在走近人世时，他们遇到撒旦，撒旦派他们作为自己的使节长驻人世，自己则回到地狱。在魔殿里群魔毕集，兴高采烈，但当他们向撒旦喝彩时，发出的全是咝咝声，因为突然间他们全变成了蛇。

为了惩罚人类，上帝在人世制造了四季以代替永恒的春天，制造了狂风暴雨，冰雹严寒，洪水地震，他还让世间生物互相侵扰吞食。

上帝还派迈克尔把亚当和夏娃逐出乐园。亚当和夏娃为自己的不幸而痛哭，甚至想自尽，但迈克尔把他们带到山上，向他们显示了未来的情景：一代代的生死，一个个帝国的兴亡，直到洪水没世，生物全亡，只有诺亚凭借方舟保留了人类的生命，以后，罪恶又返回人世，直到上帝之子基督出世，受刑，复活，作为人类的赎罪者而升天。

亚当夏娃平静下来，他们看到未来虽然充满罪恶和流血，但人类终将得救。他们回顾已失去的乐园，擦干眼泪，手携手走向那贫瘠的平原。

失乐园的故事早已家喻户晓，但是弥尔顿在史诗中对这一题材作了独创性的处理。许多看似极其简单的故事都蕴含着伟大的哲理，甚至穷尽人类的一生也无法破译。人类偷吃了禁果，于是人类增长智慧，明辨善恶；智慧是人类脱离自然界的标志，也是人类苦闷和不安的根源。

就创作而言，史诗《失乐园》能将人们耳熟能详的故事写得高贵典雅，场面极为庄严伟大，包括天堂、地狱及人间，无韵诗严肃高贵地流动前进，复杂剧情如意捭阖，对自然新鲜大胆的描写，对亚当、夏娃的个性塑造均极成功，情感激越、雷霆万钧的气势——这些都是《失乐园》成为英语最伟大诗篇的理由。

史诗中的撒旦是个超凡形象，他不仅具备权威、勇气、才能和风度，而且还具有英雄志气，他虚骄自傲，形象卑下，最终化身为"说谎之父"，像一条蛇一样在泥土上弯弯曲曲地滑行。但他百折不挠，敢于挑战强权和既定秩序，体现了叛逆和变革的精神。在他身上，集中着某些英国革命斗士的品格。

亚当和夏娃失去乐园的故事被弥尔顿赋予了象征意义，这意义比人类始祖按照上帝的安排自由生活来得更加伟大，更符合人性。诚然，人类的堕落暴露了人的顽劣天性，但他们宁死也不抛弃爱情，确有其高贵之处。在史诗中，弥尔顿肯定的是人而不是上帝，乐园的丧失固然给上帝的爱以更大的施展余地，但也给人以更充分的尊严。人类的感情冲动往往使人陷入困境，然而，人类的坚韧不拔、忍辱负重、自强不息、探索知识、争取自由的精神却是永存的。

史诗结尾处，亚当和夏娃被逐出乐园时的情景是悲凉的，这多少反映了弥尔顿在革命失败后的内心阴影。但夏娃对亚当说的话表明了人的意志："领我走吧，我决不迟疑。和你同行，等于留在乐园。"不错，人类只要有信仰、德行、忍耐、节制，尤其是仁爱，"就不会不高兴离开这个乐园"，而去追寻人类内心中"另一个远为快乐的乐园"。这正是一生为自由而战斗的弥尔顿的理想。

孩子们的最爱——《鲁滨逊漂流记》

丹尼尔·笛福是英国启蒙文学中具有代表性的作家，他在59岁时开始写作小说。1719年第一部小说《鲁滨逊漂流记》发表，大受欢迎。同年又出版了续篇。1720年又写了《鲁滨逊的沉思集》。此后，他写了4部小说：《辛格尔顿船长》《摩尔·弗兰德斯》《杰克上校》和《罗克萨娜》以及若干传记。

笛福的鲁滨逊小说，以第一部流传最广，被认为是他的代表作，这是一部根据真实生活的原型创作而成的作品。1704年的一个上午，一艘名为"五港号"的英国船在胡安-菲尔南德斯群岛中的一座岛屿靠岸，一个水手被人从船上扔了下来，随即又扔下一支马枪和一部《圣经》，此后，船上的人再也没有任何表示，就扬帆而去。岛内无人居住，只有来往南美的船只到这里补充淡水或做修理。岛上林木茂盛，山谷幽深，怪石耸立，动物出没，淡水资源十分丰富。被抛到荒岛上的水手名叫亚历山大·塞尔柯克，因为在航行中与船长发生冲突，被人丢弃在荒岛上。从此以后，他在这荒无人烟的孤岛上开始了长达4年的与世隔绝的生活。

为了能活下去，重新回到他生活过的地方，塞尔柯克用马枪追猎山羊，烤熟后进食。就这样日复一日，他由一个文明人变成了一个茹毛饮血的野人。他经常站在岛上的最高点，手捧《圣经》，向着辽阔无际的大海祈祷，希冀有船来救他回故国。经过漫长的等待，这一天终于到来了。

1709年2月的某一天，英国著名航海家罗杰斯率领的船队航行途经此岛，把他救上船。他参加了罗杰斯的航海船队，后来又在英国海军工作，成为一名海军中尉。由于他思乡心切，所以最终放弃了海上生活，于1711年回到英格兰。

他的不幸遭遇和历险故事很快传开，引起人们极大的兴趣。1718年，塞尔柯克结识了年近六旬的笛福，把自己的经历讲给他听。笛福对这故事很感兴趣，他将自己的生活经历和追求与塞尔柯克这个原型完美地结合起来，伏案疾书，仅用一年时间，就创作出《鲁滨逊漂流记》这部闻名遐迩的杰作。它的故事情节如下：

鲁滨逊出身于一个英国中产阶级家庭。虽然他的父亲希望他在家乡靠自己的勤勉挣一份家业，过一辈子安乐的生活，但是鲁滨逊渴望航海，不肯待在家里。他瞒着父亲第一次出航，遇到大风浪，船只沉没，他好不容易保住性命，发誓再不离开陆地。但是平安登陆以后，他对航海的渴望又使他不安于平静的生活，他再次出海，到非洲经商，果然赚了一笔钱。但第三次出航时，又遭到不幸，中途被土耳其的海盗船俘虏，他变成了奴隶。有一次他遇到机会，便划上主人的小船逃跑，在海上漂泊了许久，后来被一艘葡萄牙货船救起，平安抵达巴西，在那儿买了一个小庄园，开始了庄园主的生活。

另外一个庄园主建议同他航海到非洲去贩运黑奴，鲁滨逊又动了心，再次出航。这一次，船在南美洲海岸一个岛的附近触礁，船身破裂，水手及乘客全部淹死，唯有鲁滨逊幸存。海浪把他卷上了岸。小岛上荒无人烟，也没有猛兽。他开始了长达28年的孤岛生活。

他做了一只木筏，把沉船上的食物、制帆篷的布、枪支、弹药、淡水、酒、衣服、工具等一一运到岛上。他用帆布在小山边搭起帐篷，用高高的尖木桩围起来，作为栖身之处，并将船上运来的东西藏在这里，开始

靠船上剩下的食物生活。

他在船上的物资中发现了墨水和纸、笔，就开始记日记，把他的遭遇全部记下来，并感谢上帝救了他。帐篷后面有个小山洞，他用了几个月工夫，把山洞扩大，支上木柱，作为住所，制作了桌、椅、书架等家具。后来他又在岛的另一边盖了一所茅屋，还猎取野禽和其他小动物作为食物，把多余的食物贮藏起来备用。岛上的几条小溪为他提供了淡水。

后来，他开始在岛上种植玉米、大麦和水稻，并学会制作粗糙的面包。他捕捉并驯养山羊作为肉食的来源，又养了一些鹦鹉做伴。

若干年后，发生了一件意外。一天夜里，他发现有些野蛮人由另一岛屿划小船过来，按照他们吃人部落的习惯，把打胜仗捉来的俘虏杀死吃掉。第二天清晨鲁滨逊发现岛的西南角满地都是人的骨头，他因此非常害怕，生怕他们也来把他吃掉。正在这时，他偶然发现一座十分隐蔽深幽的岩洞，便把它改建成自己的藏身之所。

又过了许久，他在岛上已经度过了23个年头。岛上又来了一群食人的生番。当他们正准备把带来的俘虏杀死美餐一顿时，有个俘虏向鲁滨逊跑来。鲁滨逊开枪打死了几个追赶的野人，救了这个俘虏，那天正是星期五，他就给这个俘虏起名"星期五"。从那以后，"星期五"变成了他的忠实的仆人和朋友。

不到一年，鲁滨逊就教会了"星期五"说他本国的语言。"星期五"告诉鲁滨逊，曾经有17个遇难的白人坐小船来到他住的那个岛上，鲁滨逊很想去救援他们，同他们一起回到文明社会。于是，鲁滨逊与"星期五"造了一只独木舟，他们正准备出发，另一群生番带着更多的俘虏来到岛上。鲁滨逊发现俘虏中有一个白人，就把他救出来，也救出了"星期五"的父亲。"星期五"父子团圆，非常高兴。那个白人是西班牙人，他就是"星期五"所说的17个白人中的一个。

鲁滨逊派这个西班牙人和"星期五"的父亲去邻岛上解救其余的白人。在等待他们回转时，鲁滨逊发现一只英国船在附近海岸抛锚。船长和另外两个人被船上闹事的水手抛弃在岸上。鲁滨逊带领"星期五"帮助船长夺回了船只，自己也终于得到了离开孤岛的机会。他决定不再等待那个西班牙人和"星期五"的父亲回来，反正他不久还可以再回到岛上来找他们。三个闹事的水手宁愿留在岛上免得回去受绞刑。于是，鲁滨逊与"星期五"回到了英国。鲁滨逊离家已35年，到达家乡时，已成了一个没有人认识的异乡人。

鲁滨逊回到老家，发现父母早已去世，只剩下两个妹妹和两个侄子在家。他又到巴西去看看他的种植园，发现他的朋友已把他应收的地租储蓄起来，他已成为一个拥有五千金镑现款的富翁了。鲁滨逊与"星期五"又回到英国，鲁滨逊结了婚，并有了三个孩子。

在他的妻了死后，1695年鲁滨逊又一次航海经商，他的侄子担任船长，他们向东印度群岛和中国出发。路经鲁滨逊住过的荒岛时，他得知那些西班牙人和英国水手都在岛上安了家，岛上人口大大增加了，他满意地离开了小岛。

这部小说的形式结构显然是传奇式的，以主人公的行动为线索展开情节，大量的虚构充满了浪漫的想象，这一切都是传统留给作者的现成手段。但是，由于采取了旧形式和新内容相结合的方法，这部作品的重大意义却在于其现实精神。

《鲁滨逊漂流记》情节结构天然缜密，曲折起伏，细节逼真，情景生动，仿佛是真实事件的报道。加之以主人公自述的角度展开叙述，更增添了作品的真实感。这些特征固然是数百年间历代新兴资产者开辟世界的缩影，但无疑也是作者大半生闯荡世界的结晶，是作者以平民喜闻乐见的形式宣扬资产阶级人生哲学的产物。它将旧时代旧文学中的主观色彩、神奇

想象、虚骄心理、曼妙画面全都抛到一边，开创了写实风格的、人类和世界之间真实关系的描写，开创了激荡着资产阶级占有世界的雄大理想的孤岛历险小说的先河。这一主题在文艺复兴时代以来的资产阶级理想体系中，无疑占有重要的地位，它作为资本主义原始积累进程的文学表达，承载着文艺复兴时代新的主体意识和社会理想，同时开启了后来资本主义自由竞争和工业革命的先声。

现代德国文学奠基者歌德

歌德生活在欧洲政治、经济、文化不断发生变化的时代，他的思想和创作也随着他个人生活和时代的变化而转变。1759年初至1763年2月，法国军队占领法兰克福，歌德常观看法国戏剧演出，接触到法国文化。1771年，歌德获莱比锡大学法学博士学位，并结识启蒙主义先驱赫尔德尔，从他那里受到深厚的古典文化的熏陶。

歌德一生写出大量狂飙突进的作品：剧本《铁手骑士葛兹·冯·伯利欣根》、小说《少年维特之烦恼》、自由体诗歌、《浮士德》初稿等。其中《少年维特之烦恼》出版后使歌德名声大噪。

小说中的维特是一个与旧秩序格格不入的青年，他具有青年人特有的志向、纯真的情感和对爱情真正的感受力，他深深爱上朋友的女友绿蒂，难以自拔。这种绝望的爱情给维特带来了种种不幸，积蓄成无法排遣、无比强烈的冲动，使维特在无法承受的感伤情怀中用手枪自尽。绿蒂美丽、聪颖而善良，她心中有对维特强烈的爱，却难以诉诸行动。她无意做"一个反叛的受难者"，只能发出"终究不能够长久如是"的悲叹。这个悲伤的爱情故事以浓烈的感伤气息和细腻的笔触描摹了人物复杂的内心变化，把真实人生的面目告诉读者，反映了当时的时代。

维特生活在一个压制下层平民、取人不以才论的社会，这样的社会对人的评价如是，爱情的天平同样失衡，有情人难成眷属。歌德用维特的典

型形象写出了一代青年在时代的压抑下所患的忧郁病。由于作者采取的是质朴的高度写实手法,使人物形象高度可信,竟令维特成了青年人崇拜和效仿的偶像,引得大批青年读者起而效尤。这部作品无疑提供了歌德实验般的严格写实方法的成功范例,也为后世留下了当时社会致命症结的实录。

悲剧《浮士德》是歌德作品的核心之作。《浮士德》的写作延续了将近60年。

这部诗剧的整体结构是由两个赌赛和五个阶段的悲剧组成的,共分两部。开头部分的《献诗》是诗人述怀,《舞台上的序剧》阐述了诗人的文艺观点,《天上序幕》说明了写剧的目的,是剧情的开端。

《浮士德》第一部写知识悲剧和爱情悲剧。浮士德老博士困守中世纪书斋,心无旁骛,却一无所得,结果陷入苦闷的深渊,几欲自杀。时值春日,浮士德为复活节的钟声所吸引,外出郊游。归来时,变身为狗的魔鬼靡非斯特跟踪他入室,同他打赌订约:魔鬼服侍浮士德到天地间追求各种需要,一旦浮士德感到满足,便告魔鬼赌赢,浮士德的灵魂即归魔鬼所有。

契约已立,二人遂环游世界。在"魔女之园",浮士德喝魔汤返老还童,恢复了青春。于是同市民少女玛甘泪恋爱,结果引起一场悲剧:玛甘泪为隐瞒私情,用睡药过重毒死了母亲;又因幽会受阻,哥哥华伦亭死在浮士德的剑下;最后,她因为溺死了自己的私生子被囚禁狱中,成了罪人。浮士德偷进监狱,想把玛甘泪救出狱。但玛甘泪拒绝同浮士德一同逃走,甘愿接受"上帝的裁判"。浮士德在经历了爱情的惨剧后痛苦难抑,心灰意冷。

《浮士德》第二部写政治悲剧、美的悲剧和事业悲剧。浮士德在众精灵帮助下忘却前事,浑身轻松,摆脱了罪孽感。他"生命的脉搏鲜活地鼓动"，有"一种坚毅的决心，不断地向最高的存在飞跃"。于是，他去京城谒见皇帝。这是一个腐朽的封建王朝，非法的行为横行，邪恶的世界打扮得堂堂正正。官吏无人不贪，军队无物不抢，政治家结党营私，财政发生严重困难。大臣们互相抱怨，但皇帝仍贪图享乐，授意举行化装舞会。浮士德倡议大量发行钞票解救财政危机，居然奏效。皇帝想要和古希腊美女海伦见面，要浮士德和靡非斯特用魔术把她显现。接着在"骑士厅"中出现了海伦与美男子帕里斯恋爱的场面。浮士德对海伦十分迷恋，由于嫉妒帕里斯，把魔术的钥匙触到了他身上，结果发生爆炸，精灵们化为烟雾，浮士德自己也昏倒在地。

浮士德继而又追寻希腊文化。他因病回到书斋。发现弟子瓦格纳正在"中世纪风的实验室"里制造"人造人"。魔鬼帮助瓦格纳把"人造人"造成。"人造人"领着浮士德和魔鬼到古希腊的神话世界去寻找海伦。浮士德感动了地狱的女主人，她允许海伦复活，和浮士德结婚，生子名叫欧福良。欧福良不受约束，放纵不羁，无限地向高处跳跃，很快就坠地而亡。随着儿子的死亡，海伦也消逝了。但她的衣裳散而为云，围绕着浮士德，将他带回到北方，美的悲剧因此告终。

浮士德又去从事改造大自然的伟业。他乘着浮云登上高山，向靡非斯特表示要征服海洋。这时国内发生内乱，浮士德借助魔鬼的力量平息内乱，获得了一块海边封地。他率领着当地人民改造自然，填海成功，准备在这无争议的地上建起一个理想的王国。但是有一对老人守着旧式的东西，不肯搬家。靡非斯特奉命去强迫迁移，结果把两个老人吓死了，还杀死了一个旅客，放火烧了房子。浮士德为世事难料所不满，不免为"忧愁"所袭。"忧愁"向他吹了口气，使他双目失明。这时，浮士德已经100岁了，魔鬼见他的末日已到，派遣死灵们给他挖掘墓穴。但他仍然雄心勃勃，听到死灵们的锄头声，以为是为他服务的群众在修整大地。他在快要

死去时，感到了心满意足，情不自禁地喊出了"你真美呀，请停留一下!"按照规定，他就要为魔鬼所有。但天使们却把他抢救了去，并且有玛甘泪出现，迎接着他。

《浮士德》取材于德国16世纪关于浮士德博士的传说。诗剧中的浮士德的原型名叫约翰·浮士德，生于1480年，擅占卜魔术与炼金术，自称无所不能。1540年，他死于一次炼金试验的爆炸事故。传说中浮士德与魔鬼结盟，演出许多罪恶的奇迹，死后灵魂被魔鬼攫去。浮士德的异端行为在教会统治的中世纪盛传于德国民间，各种传闻逸事都被附会在他身上。

在歌德笔下，浮士德经过书斋、爱情、宫廷、美的梦幻等阶段的历程，每阶段都以悲剧结束，最后在改造自然的事业中得到智慧的结论，但他却在这瞬间死去。这里显然存在着成熟的、有条理的内涵体系。在第一阶段，知识的悲剧宣告了中世纪思想文化以及信仰的破产；第二阶段，爱情的理想和热情也不能解救发生深刻危机的人，更无法冲破旧生活的围剿，因此宣告了骑士式的、人文主义者式的爱情追求对现实反抗的无力；第三阶段，从政历来是文人艺术家所无法根除的欲望，但是在这里歌德批判了浮士德所体现的近代人物以妥协的方式改造中世纪政治的努力；第四阶段，对于古典理想的批判尤其显得深刻。一方面古典的花朵结不出近代的果实，另一方面歌德也在浮士德身上表达了对自己曾经有过的古典主义文学实践的不满和教训；最后，第五阶段，歌德在此似乎找到了最后的定案，但实际上浮士德的失明已经暗示出，这位中世纪的老巫师同样不可能成为近代社会的开拓者，他的理想王国是建立在虚幻的围海造田上的，不仅是没有牢固基础的，而且是无法征服传统力量和取得社会广泛支持的。因此，只能是盲目的浮士德对想象中的新世界的满足，是对未来历史前景的希望罢了。作者在此肯定的并非单纯的改造自然的精神，而是不断开拓和自由的精神。

　　尽管如此，我们却必须说，浮士德是一个永远在追求，永远在探求，永远在完善并超出自我的典型人物。他是人性在艰难的环境中艰难地开拓前进的表征。重要的是，他并非一个全然统一的、内在和谐的主体，而是一个充满辩证运动和内在对立的主体，犹如一个现实的人或由现实的人构成的群体。浮士德和靡非斯特各自代表的精神价值和社会价值，构成了人类历史发展的活跃图景，其相互冲突与和解的诗意方面，源源不断地为艺术提供着精神源泉。

一代宗师华滋华斯

18世纪末至19世纪中期，是西方社会在经济、政治和思想文化领域全面革命的年代，也是民族意识兴起、各民族力争现代机遇与权利的时代。英国在欧洲各国中以发展经济、改革政治、激扬文字见长。英国在相对沉寂的古典主义尾声中迸发出了最初的、声情并茂的浪漫主义文学洪流。

18世纪90年代初，华滋华斯、柯勒律治和骚塞等人结成了所谓"湖畔派"诗人团体。他们曾经在英国西北山地的湖区住过一些时候，其诗作亦多描写当地的湖光山色、风土人情，因此得名"湖畔派"，成为英国浪漫主义文学潮流的开创者。

1795年9月，华滋华斯与青年诗人柯勒律治和骚塞相遇于布里斯托尔，三人情趣相投。1798年华滋华斯与柯勒律治共同出版诗集《抒情歌谣集》，1800年这部诗集再版时华滋华斯写的序言在英国文学史上开创了一个新的、浪漫主义的时代。

1797-1807年是华滋华斯诗歌创作最辉煌的时期。揭示自我内心发展轨迹的自传体长诗《序曲》及《丁登寺》《孤独的割麦人》等都创作于此期。其中《序曲》一诗自20世纪以来常被认为是华滋华斯最重要的作品。全诗共14章，描写童年和学校生活，剑桥生活，假期生活，读书，阿尔卑斯山漫游，伦敦暂居，从对自然的爱到对人的爱，法国旅居，想象力与趣味等，重点不在叙事，而是回忆他在各个时期的感受和思想，以此来总结自己作为一个诗人的成长过程。

华滋华斯一生留下许多脍炙人口的作品。诗人作于1804年的《我独自漫游像一朵流云》通过对湖畔怒放的一大片水仙花的细致描写，展示了一幅与资本主义城市文明截然对立的恬淡意象画面，从而体现出诗人对以水仙为代表的大自然无比热爱的真挚感情。在大自然中，诗人看到了生命的跃动，甚至竟以为找到了人的本质得以复归的途径：

我独自漫游像一朵流云

我独自漫游像一朵流云
高高地飘越幽谷与岗峦，
我忽然瞥见一丛丛，一群群
自然罕有的金色的水仙，
在树丛之下与湖沼之边，
在淅淅的风中舞蹈震颤。

连绵罗布，似群星灿烂
在天河中闪闪发光眨眼，
它们也沿着湖湾的边岸
向远远伸去似延到天边；
一瞥眼我看见岂止万千
颠荡着头，在灵妙地舞旋.
……

华滋华斯的《沉睡》表露了其自然主义的浪漫主义理想的核心，具有

科学和泛神论影响的痕迹，其哲学内涵是人在无知觉状态下同自然的融合与共同运动，给人以万古一宗的感觉。有趣的是，1974年，人类学家堂·约翰逊在埃塞俄比亚的哈达尔发现了一块350万年前的雌性南方古猿的骸骨，堂·约翰逊和他的同伴们在庆祝这一发现时，一遍遍地高唱甲壳虫乐队的名曲《露西在缀满钻石的夜空》那首歌，并将那骸骨的主人命名为"露西"。于是，"露西"的骸骨，那首歌中的永恒女性和宇宙相融合的意象，以及华滋华斯的组诗便结成了一个贯彻宇宙的含义：

沉　　睡
——《露西》组诗之二

一场沉睡把我的神魂密封，
我摆脱了人间的忧惧——
她似乎成了超乎物外的冥灵，
感觉不到尘世岁月的侵袭。

如今她漠然不动，失去活力，
什么也不听，什么也不看；
她同岩层、石块、树木一起，
随着地球每日的行程运转。

《我的心儿腾跃》是华滋华斯一首带有自述色彩的短诗，是他表达自己的自然观、生命观和文明观的代表作之一。在自然界的彩虹和社会的儿童这些积淀而成的意象中，自然，以及自然一般单纯的儿童，是诗人接受启示的导师。这一思想中无疑包含着真理，原因在于，自然和儿童固然不如成人强大，但是在道德的纯净方面，特别是在与自然的契合方面，却常优越于成人，更何况自然爱可以补人之爱之不足，成人的创造带给人类的灾难所引起的自然的报复早已为世人所知，而自然对人类行为显然有着历来被忽视的重要启迪作用，因此，自然的合理性总是否定着人类社会的不合理性，自然的无理性总是讽刺着人类的理性，"人类一思考，上帝就发笑"。在远古时代，人犹如自然的儿子和学生，现实中的儿童又复现远古的人性，所以儿童与自然便成了"成人的父亲"。在这里，人类和自然的和谐共处作为诗人的社会理想，包含着世界观和历史观的意义，成为诗人创作的思想基础：

我的心儿腾跃

我的心儿腾跃，每当看到
天边出现一道彩虹；
我生命开始时就是这样，
现在成了大人依旧相同。
但愿在老年时也能如此，
不然就让我死去！
孩子是成人的父亲，
我愿用赤诚的童稚
把未来的岁月密密编织。

华滋华斯这一在自然中经受洗礼、在与自然的第二次结合为一体并以此抵御文明浸染的主题，在他的《丁登寺》中有更为集中的表达。不过，"湖畔派"对自然，特别是对天真无邪的儿童的讴歌不幸走向了极端，人

们从中已能嗅出对资本主义社会进步的敌视、对现代文明的恐惧、对现实矛盾的回避与退缩。这些无疑是其抵制生活，态度消极的方面。

华滋华斯晚年声誉日隆，他的诗已渐为读者喜爱。正如著名评论家德·昆西所言："1820年之前，华滋华斯的名字给人踩在脚下；1820年到1830年，这个名字是个战斗的名字；1830年到1835年，这已是个胜利的名字了。"

华滋华斯于1843年被任为英国"桂冠诗人"，于1850年4月23日去世。在艺术上华滋华斯对雪莱、拜伦和济慈都有影响。

走遍天涯的《唐璜》

乔治·戈登·拜伦(1788-1824)是英国浪漫主义文学中最重要、最具才艺的诗人，生于伦敦，早年就学哈罗中学，后就学剑桥大学。1798年，他从去世的第五代拜伦——伯叔祖威廉·拜伦处继承了家族爵位和庄园。

1809年，拜伦在英国国会上议院获得席位，同年，他出国游历，因英法交战，拿破仑控制着西欧大部和南欧的意大利，因而他两年间所经之地主要是阿尔巴尼亚、希腊和土耳其，这对他的政治、婚姻乃至死都有很大影响。

拜伦与雪莱一派诗人在当时和后代都被称为激进派或"反叛诗人"。反叛什么？从小是反叛家长和学校，长大是反叛社会和强权。少小时遭遇的压迫时常会催发倔强的幼苗，然后生长为成年时抗拒社会的树干。拜伦的父亲约翰·拜伦原是一个性急、粗暴的浪荡子，军校毕业后曾做过近卫士官，因相貌英俊而有侠气，娶了一位弃家私奔的侯爵夫人，但这位夫人生下一女，即后来诗人拜伦的异母姊奥古斯塔后不久便去世了。约翰·拜伦续娶苏格兰名家女子凯瑟琳·戈登，却全然为了两万多镑财产。结果不难想象，1788年她生下拜伦时，她的漂亮丈夫还在销金窟巴黎放浪，不时回家来讨钱，而凯瑟琳，这个宁死也离不开丈夫、神经质却越来越重的女人只好把糊口的钱给丈夫，把满腔的怨怒给儿子。拜伦4岁丧父，乃父最终客死他乡，一文不名。

就是这位生于忧患的拜伦，容貌俊美却自幼跛脚，母亲常骂他瘸腿饿鬼，他也报以颜色。家庭中的暴虐压制和宗教教化、路人的惋惜、学校中的斗架（他若挨打，必加倍报复）、暴戾的母亲和虚伪的乳母，对父亲的温情怀念，这一切使他不能不天性早熟，预示着他的后天经历和表现。

1823年，拜伦最伟大的作品、16章的讽刺史诗《唐璜》完成。这是拜伦的代表作，共16章，16 000余行，其长度在世界文学史上屈指可数。诗中描写唐璜出生于西班牙塞维尔高达尔奎弗河畔一个贵族家庭。父亲唐·荷塞是个真正的贵族，母亲通晓多种语言，博学多闻。不久，唐·荷塞病死，唐璜继承了遗产。母亲决心使唐璜成为一个出类拔萃的人物，让他学习军事、艺术、科学，并给予封建道德教育。唐璜在16岁时与已婚的唐纳·朱丽亚发生关系，舆论哗然，母亲被迫将儿子送往欧洲旅行。

在前往意大利的途中，航船遇到风暴袭击，唐璜所乘的船在海上遇难达12天之久，唐璜勇敢坚毅，舍己救人。当时因粮食极度缺乏，演出了人吃人的悲剧，唐璜坚决拒绝吃他老师的尸体。最后他泅水到达西克拉提兹群岛，得到希腊大盗兰布洛之女海甸的搭救。唐璜和海甸真挚相爱，在他们听说兰布洛在海上出事身亡后，举行了婚礼。不料兰布洛突然出现在一对新人面前，他派人把唐璜击倒，捆上海船，押送到土耳其君士坦丁堡的奴隶市场拍卖。土耳其王宫的黑人太监巴巴买下了唐璜，叫他穿上女服，戴上假发，晋见苏丹王26岁的妻子古尔佩霞兹。王后对唐璜百般勾引，但唐璜心中思念海甸，不肯接受。不久，唐璜逃出王宫，正碰上俄国将军苏沃洛夫率军进攻土耳其的伊斯迈尔城堡，于是他加入了俄国部队。出于对荣誉的渴望，唐璜英勇作战，并从哥萨克人刺刀下解救出一个10岁女孩。苏丹王及其五子力战而死，深得唐璜的尊敬。唐璜受苏沃洛夫将军的派遣前往彼得堡递送捷报。

唐璜到达彼得堡，晋谒了卡萨琳女王。唐璜受到女王的宠幸，在宫内放荡不羁，因而致病。御医建议他出国疗养。这时俄英两国正在进行外交谈判。女王就派唐璜到英国去办交涉。

唐璜在伦敦街头慨叹，这里才是"自由"最好的乐土，法律是不可侵犯的，没有人为旅行者设置陷阱。正在这时，一群拦路贼出来向他索取买路钱，唐璜拔出手枪，击倒其中一个，其余的四散逃走。他认为用这种方式欢迎外来者也许是这个国家的习惯，因为有些旅店主人也这样干，不同的只是他们抢钱先向你鞠躬，而不是拔出明晃晃的刀子来。他在伦敦明亮的街道上找不到一个老实人。唐璜走进一家大旅馆，发现这是外交界骗子们的一个巢穴。唐璜被引见英王，他指责大臣官僚、收税吏为"没有丝毫人气味的畜生"，认为贵族聚居的伦敦西区是首恶之区。唐璜的美貌和才干吸引了许多贵族妇女，他与名士淑媛们周旋。一天晚上，他发现弗芝·甫尔克公爵夫人打扮成传说中的幽灵黑僧侣来到他的房前……(全书至此中止)。

从形式上看，拜伦的笔锋是犀利的，韵律是优美的，各种风格融会一体，全然是一代大师的手笔，显示出一个世界公民的胸襟。长诗的风格有传奇特点，因为它是以主人公的游历为核心线索贯穿而成的。主人公唐璜本是西班牙传说中的一个怙恶不悛的浪荡公子，色鬼恶棍，屡见于西方文学。然而在拜伦笔下，不仅故事发生变异，就连他也被改成一个天真、热情、善良、正直的贵族青年。他是一个发展变化的形象，起初因缺乏人生经验而屈从于肉欲的诱惑，也做过一些傻事。他也曾贪恋美色，也曾荒唐放荡，而且还善于为自己辩护，但他心地善良，对人充满热情，遇到危险总是先慷慨无私地帮助别人，这是他的基本个性。对于他的放任和过失，诗人从时代和环境对他的影响着眼，客观地揭示了其中深刻的社会根源。最为重要的是，诗人用相当多的篇幅描写了他在颠沛流离中性格的不断丰富和思考的日益成熟，突出他努力克制私欲、追求生命的意义的艰难过

程，特别是他热情激励希腊人民起来斗争、反抗侵略的壮举。这些都表明他是一个善良的热血青年式的悲喜剧主人公，是时代生活的一面镜子。

除了在人物描写中的性格发展之外，诗中还在社会现实场景的描写上体现了浓重的现实主义意向，即揭示世界历史的本质方面。为了谱写时代生活的广阔画卷，拜伦设计了长期而广阔的主人公历险情节，因而场面丰富多彩，诗人的夹叙夹议、画龙点睛，使整个作品犹如一幅大千世界的风俗画卷，笔触广涉经济、政治、军事、历史、地理、思想观念、风土人情各方面，堪称19世纪初叶欧亚各地社会生活的百科全书。甚至可以说，拜伦的创作意图主要不在于塑造唐璜的典型性格，表现他的人生命运，而是通过他的踪迹——西班牙、希腊、土耳其、俄国、波兰、德国、荷兰到英国，来展现这些国家的社会生活，讽刺"各国社会生活的可笑"。

拜伦自己说："如《伊利昂记》之迎合荷马的时代精神一样，《唐璜》迎合着我们的时代精神。"《唐璜》问世后，拜伦的诗名也与之连为一体，共同成为欧洲自由民主之声的最强音，影响着一个时代的历史进程。

激情汹涌的《悲惨世界》

发生在 15 世纪路易十一统治下的巴黎。吉卜赛女郎爱斯梅拉尔达在街头卖艺，巴黎圣母院副主教克罗德·佛罗洛对她产生邪念，指使教堂撞钟人、畸形儿卡西莫多夜间在街上拦路劫持，但爱斯梅拉尔达被弓箭队队长费比斯救出，她从此就爱上了这个轻薄的军官。副主教趁这对男女幽会之际刺伤费比斯，并嫁祸于爱斯梅拉尔达，将她判处死刑。但是卡西莫多对她也怀着爱慕之情，遂将她从教堂前的刑场上抢走，藏在教堂顶楼上。巴黎下层社会的乞丐和流浪人为了营救爱斯梅拉尔达，围攻圣母院。国王派费比斯率领骑兵前去镇压。混战中，佛罗洛抢走了爱斯梅拉尔达，向她再一次进行威逼，但遭到拒绝。爱斯梅拉尔达终于落到官兵手里。行刑之日，卡西莫多将副主教从楼顶上推下摔死。当日卡西莫多即告失踪。两年后，人们在墓地发现他的尸骨和爱斯梅拉尔达的尸骨拥抱在一起。当人们想把他们分开时，已经是一堆灰烬。

作者采用美丑对比的手法，塑造了佛罗洛和卡西莫多两个主要人物形象，一个外形丑怪而心地善良，另一个道貌岸然而心如蛇蝎，在揭露中古教会的黑暗与罪恶的同时，宣扬了仁慈与爱情创造奇迹的人道主义思想。但是经历一场残酷的搏斗之后，美丑善恶同归于尽，宿命论的思想倾向在这里也是显而易见的。雨果并不隐瞒自己的观点，他在长篇小说的序言中明确地告诉读者，"这本书是在宿命论的思想基础上写出的"。小说人物夸

学生必知的西方文学常识

张，情节离奇，场面奇特，情感强烈，充满了浓郁的浪漫主义气息。整个作品充满了强烈的对照，美与丑、美与恶相对，真与伪相对。整部小说光明与黑暗、仁慈与暴虐、纯洁与卑劣、优美与畸形、爱情与淫欲，无不相映相邻，使形象鲜明，性格突出。这些浪漫主义典型的特征，使《巴黎圣母院》成为浪漫主义最著名的小说。

自1831年之后，雨果发表有诗集《秋叶集》（1831）、戏剧《玛丽蓉·德洛麦》（1831）、《逍遥王》（1833）、《吕克莱斯·波尔吉》（1833）、《玛丽·都铎尔》(1833)和《昂杰罗》(1835)等，还发表有中篇小说《穷汉克罗德》(1834)，该作成为《悲惨世界》的前奏，提出了工人犯罪的问题，幻想通过道德教育来解决资本主义社会的矛盾。1835年至1840年，雨果还发表了诗集《黄昏之歌》、《心声集》和《光与影》。其中有政治诗、家庭生活诗、爱情诗、哲理诗和杂感诗。

在这一时期，他开始了长篇巨著《悲惨世界》的构思。1840年他列出了这样的提纲："一个圣徒的故事。一个男人的故事。一个女人的故事。一个女孩的故事。"圣徒的蓝本是狄尼城修道院以仁慈闻名的朱欧利斯主教。一个男人的故事来源于因偷窃而被判苦役的彼埃尔·莫连的案件。女人和小孩的不幸是巴黎、法国普遍的社会现象。他亲眼看见在一个寒冷的冬天，一个无赖汉恶作剧地将雪团塞进街头冻得瑟缩发抖的卖笑女郎的领口，那女郎不堪凌辱，与无赖斯打起来，却被警察逮进牢房监禁六个月。雨果挺身而出，不顾累及荣誉，解救了这个风尘女郎。

1848年6月革命后，在现实社会斗争的推动下，雨果日益坚决地从资产阶级自由主义走向资产阶级共和主义。1851年12月1日，路易·波拿巴发动武装政变。雨果因坚决抵抗而被通缉。12月11日，鉴于情况日益危急，雨果不得不离开巴黎，开始了长达19年的流亡生活。直到1870年普法战争爆发，拿破仑第三垮台，他才回到法国，其间他曾拒绝接受拿破仑

~ 142 ~

第三的大赦。

流亡期间，雨果发表有抨击拿破仑第三政变的政治小册子《小拿破仑》《罪恶史》《惩罚集》《静观集》，叙事诗《历代传说》、诗集《街头与林际之歌》等，其中有政治见解、哲学观念、文明批判、人生感言，构成了他参与现实斗争、反抗法兰西第二帝国反动统治的慷慨史诗。

1862年发表长篇社会小说《悲惨世界》（原名《苦难的人们》）。这部小说的主人公冉·阿让是拿破仑时代的一个穷苦工人，因为偷了一块面包给姐姐的孩子们充饥，被捕判罪；几次越狱未遂加刑，竟坐了19年大牢。冉·阿让出狱后，他改名换姓，以发明制造宝石的方法而致富，并被推选为市长，救助被遗弃的不幸女子芳汀及其女儿柯赛蒂。后来为解救被当成自己而被捕的一个惯贼，他毅然自首，再度入狱。他再度越狱后，始终过着隐居的生活，挫败了破坏他计划的歹徒。后来他参加巴黎共和党人起义的街垒战斗，并放走了一直追捕他的警官沙威，解救了养女柯赛蒂的男友马里尤斯，亲手为这对年轻人撑起了一片天地，才一个人默默地故去。作者通过冉·阿让、芳汀、柯赛蒂等人物形象，广泛反映了19世纪前半期法国资本主义制度下贫苦阶层的悲惨遭遇，表达了对这些不幸的人们的深厚同情，同时也集中表达了仁慈博爱可以杜绝罪恶、改革社会、拯救人类的人道主义思想。

雨果作为一位诗人，一位在法国大革命和拿破仑战争中孕育、成长，在七月王朝和第二帝国倒行逆施中抗争一生的诗人，他的童年记忆、成年思想道路刻画着丰富复杂的现实印记，促使他按捺不住要写出社会的苦难史诗。但这只是他创作的基础，作为诗人，他更为擅长的是从抽象力量相互对抗的角度来理解现实冲突，他的批判武器还不是缜密的体系，还只是犀利的直觉和朴素的分析，因此在这鸿篇巨制中的每一人物和每一冲突，都体现着他的诗性思考而非逻辑分析。"一个圣徒的故事"代表着神圣的

善的力量；"一个男人的故事"代表着人类经验的苦难、毁灭、再生和人道的力量；"一个女人的故事"代表着人类的耻辱和卑微以及压迫下的呻吟；"一个女孩的故事"则代表着倔强地从严霜下生长出的初春蓓蕾、美好未来。这种对于生活和历史的诗性理解，可能不是现实的写真，可能存在着几分浪漫和幻想，但却凝聚着历史哲学的真谛、人类命运的象征，有着下层民众世代维系的思维和信仰的基础，因而它是民族的、人道主义的，同时又是扎根在原始土壤中的人民的艺术的结晶。

当然，雨果的长篇小说名作累累。《巴黎圣母院》，《九三年》，《海上劳工》，《笑面人》……，每一部都带着鲜明的风格，每一部都闪着最强烈的人道主义思想的光芒，它们共同构成了雨果独特的、气象雄浑的艺术世界。

安徒生童话——刺破乌云的太阳

提到安徒生（1805—1875），几乎全世界的读者都熟悉一些他的童话（尽管他还写有诗歌、戏剧、传记、游记等作品）。他出生在丹麦中部小城奥登塞的贫民窟里，父亲是个鞋匠，在19世纪初的英法战争中当过拿破仑麾下的雇佣兵，因病退役后不久便去世了。当时年仅11岁的安徒生只能靠母亲为人洗衣的微薄收入来生存，生活的重负使他无法求学，只得进了一家呢绒铺当学徒。

安徒生的父亲生前喜爱戏剧，对安徒生有很大影响。1819年，为了成为一名出色的演员，安徒生只身前往哥本哈根，在皇家剧院作杂役。剧院导演乔纳斯·考林为他筹集了一笔钱，供他上学。学校的校长令安徒生很不满，但是有了这段学业，使他得以在1828年进入哥本哈根大学学习。

1827年，他的第一首诗《死的小孩》发表。1829年，他发表了成名作《1828和1829年从霍尔曼运河到阿曼格岛东端步行记》。接下来他便转向戏剧创作，但一连几部剧本都没有取得成功。1831～1833年，安徒生到德国和意大利旅行，回国后发表了诗集、游记、散文集和小说等，其中以取材意大利生活的长篇小说《即兴诗人》最为出色。1840到1857年，安徒生又游历了挪威、瑞典、法国、西班牙、葡萄牙、希腊、小亚细亚和非洲，发表了不少游记作品。

经过不断的尝试，真正使安徒生获得世界声誉的，是他的童话作品。

从1835年春天发表第一部童话《说给孩子们的故事》起至逝世，他写了168篇童话和故事，其中有讽刺皇帝愚蠢、昏庸和大臣们阿谀逢迎的《皇帝的新衣》，歌颂纯洁少女追求忠诚爱情的《海的女儿》，挖苦嘲笑皇帝、贵族的无知和脆弱的《夜莺》和《豌豆上的公主》，描写穷苦人悲惨生活的《卖火柴的小女孩》和《看门人的儿子》以及反映他自己和母亲不幸遭遇和身世的《丑小鸭》和《她是一个废物》等。

在此我们不妨通过他的《皇帝的新装》来了解一番他的童话风格。

首先，它的构思是十分大胆而独特的。作者并不说明这个昏庸虚伪的皇帝属于哪个国家、那个朝代，使讽喻的范围一下扩展到所有时代和国家的统治者。两个骗子的骗术不仅新奇大胆，而且如此准确地摸透了昏君愚民的心态，竟然仅用三寸不烂之舌就把满朝君臣和芸芸众生玩弄于股掌之上，可见世道的冥顽不灵，所以说这篇童话是对整个人类文明的阴暗面的批判，是不算过分的。

构思的造诣还体现在，故事中没有塑造一个正面形象，整个世界就是他的讽刺对象，唯一保持着真实的自由的人格的，竟是尚未受到社会濡染的孩子。这篇世态喜剧式的童话令人想到果戈理的《钦差大臣》。

其次，它的情节是夸张而近于荒诞的。夸张，是把艺术表现对象的某些特征突出到超乎寻常，甚至超乎可能的程度，以达到强烈的对比或神奇的效果，所以它是童话最常见的艺术造型方法。艺术的夸张要求艺术家多方面的造诣，它要和创作意图和主题默契配合，要建立在生动而有丰富内涵的想象的基础上，要合乎审美规范和审美习惯，要在改变审美对象结构和特征的同时，不但不削弱艺术的本质真实，反而更升华这种真实。就是说，要做到在更高的层次上显示出现实生活的逻辑。

《皇帝的新装》在这方面取得了公认的成就。两个骗子的骗局，皇帝的中计，从皇帝到大臣再到平民的自我掩饰，都是用夸张来表现的，但是并不令人感到造作，反而使人感到快意，感到鞭挞有力。原因在于，人类的虚伪和堕落积习已久，人类的本性和良知也已湮灭殆尽，这个世界是徒然地多了些物质的装饰，却找不到天然和真诚的荒漠。不如此夸张以至于荒诞的描写，就不足以戳穿这世界的假象，不足以伸张备受压抑的真理。千百年来，人类在虚伪中藏身，在虚伪中堕落，在虚伪中施展或容忍强盗的行径。所以正直的人痛恨虚伪，邪恶的人捍卫虚伪，形成了泾渭分明的道德观和社会立场。

当然，由于社会地位和生存条件的不同作用，下层民众中依然保持着对真善美的强烈追求，所以，尽管起初市民们不敢对皇帝的赤身露体和愚蠢表演妄加评论，甚至出于安全的考虑趋炎附势，但很快他们就跟随着孩子的一声惊叫，把真相传开了，这正是真理的阳光首先照耀素朴的心灵的情形，大凡虚伪奸佞盛行的时代，素朴的心灵总要在这阳光的照耀下发出反抗的呼声。

最后，我们再来看看这篇童话的思想意义。童话本是说给孩子们听的，即便没有什么深邃的、严肃的主题，只是给人以美好的感情熏陶，就算得是好作品。但是安徒生并不以此为满足，他的《皇帝的新装》恰是超越出一般的道德情操的陶冶，达到了社会批判的境地。皇帝的昏庸，大臣的懦弱，所有维护既得利益者的虚伪，在骗子的摆布下，犹如中了魔法或咒语一般，不敢越雷池一步，这雷池就是占有和保护自身的利益而置大众的利益于不顾，这雷池就是道貌岸然的装潢。那国王、大臣、骗子在矫曲了自己的人格的同时，也矫曲了历史进步的方向。在安徒生的夸张描写和听童话的孩子们的笑声中，我们听到了虚伪和罪恶的殿堂的崩坏倒塌声，我们能看到有虚弱的汗珠从他们那些丑类的额头上淌下来，不信你看：

"'他实在没穿什么衣服呀！'最后所有的百姓都说。皇帝有点发抖，因为他觉得百姓们所讲的话似乎是真的。不过他心里却这样想：'我必须

学生必知的西方文学常识

把这游行大典举行完毕。'因此他摆出一副更骄傲的神气。他的大臣们跟在他的后面走，手中托着一条并不存在的裙裾。"

这是多么生动的丑类图啊，他们的威武仪仗内里是如此孱弱，经不住一句道破的真话，犹如漫天的阴霾在太阳升起后风消云散。

所以我们要说，让孩子们笑吧，当孩子们对大人的行为发出天真的笑声时，让大人们警觉吧，因为那笑声里含着即便不属于孩子也应属于历史的批判。回顾人类史不罄书的愚蠢表现，从帝国的梦幻到诈骗的伎俩，从欺世盗名之辈到鸡鸣狗盗之徒，哪一次不是落得后人的耻笑？

安徒生的童话已是隔世之作，但它们的价值和意义并未稍减。世界上还有多少"柳树下的梦"在发生，有多少"卖火柴的小女孩"在冻饿中挣扎，有多少"皇帝的新装"套在历代君主的身上。在当今的世界上，无论在实践还是在精神的领域，我们到处都会看到安徒生所讥讽的虚伪和罪恶在穿上"新装"，正如现代社会学者弗洛姆在他的《自为的人》一文中指出的：

"非理性的权威往往产生于对人的统治。这种权威既可以是物质的，也可以是精神的。……在权威主义情况下的主要罪过，是反抗权威的统治。于是，不服从成了主要的罪行；而服从则是基本的美德。服从意味着承认权威具有超越于人的权利和智慧，有权根据自己的意愿施加命令、给予奖惩。权威要求服从，这不仅要使他人惧怕他的权力，而且要使人格外相信他在道德上的优越性和权力。对权威的尊重伴随着对此不可有所怀疑的禁忌。权威可以把对自己的指令、禁律、奖惩的解释权赐予他人，权威也可以阻止别人具有这种权力，但权威决不会使个人具有怀疑和批评的权力。如果有批评权威的任何理由，那一定是附属于权威的那个个人出了毛病。"将安徒生童话对照这一论述，就更可见出《皇帝的新装》深邃的历史哲学内涵和历久不衰的艺术魅力出自哪里了。

从整体特征来看，安徒生童话爱憎分明，热情歌颂劳动人民、赞美他们善良纯洁的优秀品德；无情地揭露和批判王公贵族们的愚蠢、无能、贪婪和残暴。因而，他的童话中闪动着现实社会矛盾的影子。

安徒生童话一部分取材于民间故事、歌谣和传说，他始终把自己善于讲故事的能力和想象力同民间的各种传说结合起来，创造出融合着多民族文化精华的童话。他的童话大部分是取材于实际生活，是他观察和体验生活的产物。其中许多艺术形象，如赤身裸体招摇过市的皇帝、丑小鸭和拇指姑娘等都已成为欧洲乃至世界语言中的典故，不少童话故事被改编成电影、电视剧和芭蕾舞，成为后世艺术的创作源泉。

安徒生不仅大量采用口语，使童话更接近生活，而且最主要的是，他在创作观念的领域迈出了勇敢革新的步伐。他的童话中有些是以善和美的最后胜利来表现乐观的信念的，如《白雪公主》等，但也有相当一些表现深沉的悲哀、结局很不幸的作品，如《海的女儿》《柳树下的梦》和《卖火柴的小女孩》等，由于安徒生要让自己的作品同时得到儿童和成人的赞赏，还要把儿童在未来的生活中可能遇到的挑战告诉他们，所以儿童们有时难以理解他的情感和思想，他也并不在意，他只是始终保持着用儿童的眼光看待事物，就是说，保持一种和想象同样重要的真实。

总之，安徒生童话给人的印象是，有一种孤独的自我的因素贯穿在他的悲哀故事中。他是资本主义社会中一个不幸的、不融于社会的人，一个局外人，他的充满愤懑的孤独正是社会不平等带给他的人生遭遇和观念影响的表现。

俄罗斯诗歌的太阳

亚历山大·谢尔盖耶维奇·普希金(1799-1837)是俄罗斯近代文学的奠基者和俄罗斯文学语言的创建者，生于莫斯科一个贵族地主家庭，其父当过禁卫军军官，母亲是一个名叫汉尼拔的"彼得大帝的黑奴"的孙女（她给普希金的诗歌以血统支持）。1811年，普希金入围贵族子弟新设的皇村学校学习。1812年卫国战争激起他的爱国热情。普希金在学生时代就从事写作，流传下来的他最早的诗是情诗《赠娜塔莉亚》(1813)。1815年初学校举行公开考试，他当众朗诵《皇村回忆》(1814)一诗，得到老诗人杰尔查文的赞赏。

1817年普希金从皇村学校毕业，以十品文官衔到外交部任职。1819年参加与十二月党人秘密组织"幸福同盟"有联系的文学团体"绿灯社"。1817年至1820年他根据民间传说写成第一部长篇叙事诗《鲁斯兰和柳德米拉》，向贵族传统文学提出挑战，被看作是俄国诗歌向成熟的现代形态转变的开始。这个时期普希金继承拉季舍夫的传统，写成《自由颂》(1817)和歌颂自由、抨击农奴制、充满革命激情的诗篇《致恰达耶夫》(1818)、《乡村》(1819)等，还针对沙皇当局写了不少讽刺诗。这些诗章以手抄本流传甚广，影响很大。亚历山大一世鉴于此，曾决定把他流放西伯利亚，后来以调动职务为名流放南俄。

自少年时代起，普希金写了大量的诗歌。他的前辈和导师茹可夫斯基是早期浪漫主义的代表，不但写原创诗歌，而且还将西方的散文译成准确而优美的俄语。普希金的同代作家大都是诗人，但就成就而言，只有写哲学诗歌的巴拉廷斯基可以与其比肩。继他之后出现却青年夭亡的莱蒙托夫被认为是诗歌黄金时代的最后一位诗人。

1830年之后，普希金的创作由诗歌转向散文，这是他创作中的一个新趋势。继《别尔金小说集》（1831）之后，他于1834年写了短篇小说《黑桃皇后》，文中语言诙谐滑稽，对俄罗斯短篇小说的创作模式深有影响。普希金唯一的一部长篇散文小说《上尉的女儿》（1836）是以1773年农民起义为背景的历史小说，其简练生动的散文风格在该书中表现得淋漓尽致。

1830年回到莫斯科后，完成了《叶甫盖尼·奥涅金》最后两章，写出叙事诗《科洛姆纳的小屋》，《别尔金小说集》(包括《射击》《暴风雪》《棺材匠》《驿站长》和《村姑小姐》等）和《吝啬的骑士》《莫扎特和萨列里》《石客》《瘟疫流行时的宴会》等4部小悲剧，童话诗《神父和他的长工巴尔达的故事》以及抒情诗多首，这些进涌而出的名作充分展示了普希金的创作才华。

普希金一生写有800多首抒情诗和十几篇叙事诗，最重要的作品是诗体小说《叶甫盖尼·奥涅金》，它是俄国第一部批判现实主义作品。小说情节如下：

贵族奥涅金举止风雅、谈吐机智，颇得众人赞誉，更具征服女性的本领。但整日穿梭于舞会、宴席、剧院令他无比厌倦尘嚣。恰值伯父病故，产业由他继承。他对乡间生活一时很觉新鲜，但没过几天也厌腻了。

此时青年地主连斯基从国外留学归来，他热爱自由，对未来充满理想，是个年轻诗人。奥涅金与他结成了朋友。连斯基热恋着邻庄地主拉林的女儿奥丽嘉。奥涅金因此认识了奥丽嘉的姐姐达吉雅娜。她平素沉默而

忧郁，奥涅金的到来搅乱了她平静的生活，使她备受热恋的痛苦的折磨。最后她给奥涅金写了一封信，对他表白了爱情。她苦等回音未果，数日后在花园小径上她与奥涅金不期而遇。奥涅金对她说了一番道歉和教训相掺杂的话，其中似乎含着挖苦。达吉雅娜痛楚不堪，回家后日渐憔悴，噩梦连连。

一天，在赴达吉雅娜命名日的家宴时，奥涅金心里抱怨连斯基拉他赴宴，对他迷恋奥丽嘉的神气大不以为然，便故意向奥丽嘉大献殷勤，接二连三同她跳舞、谈笑风生、卖弄风情。连斯基为此愤怒退席，提出与奥涅金决斗。奥涅金虽有悔意，却未道歉。结果连斯基在决斗时中弹身亡，奥涅金从此离开了庄园。

奥丽嘉后来嫁给军官远走他乡，达吉雅娜形单影只，对奥涅金思念不已。拉林太太决定带女儿到莫斯科去寻婚嫁机会。剧院、舞会、沙龙……然而，达吉雅娜只念那当年的花园小径……

奥涅金在外出游历后又回到了莫斯科。在一次舞会上，他突然见到达吉雅娜，才知道她已嫁给一位老公爵。他忽然孩子般地爱上了她，日夜无以释怀。他每天都到她家里去，但达吉雅娜却不为所动，有时对他睬也不睬。奥涅金形容憔悴，如病在身。他再也不能忍受，终于给公爵夫人写信倾诉衷肠，但没有收到回信。

严冬将尽，奥涅金坐着雪橇直奔公爵夫人的住处。当他闯进达吉雅娜的房间时，看到她正独自坐在那里读他的信，脸色苍白，双泪直流。此时此刻，奥涅金又认出以前那个可怜的达吉雅娜了。他满怀悔恨跪倒在她的面前。达吉雅娜全身颤抖，默然注视着奥涅金，既不惊诧，也无怨怒。沉默良久，达吉雅娜终于痛苦地对他发出了责备，告诉他现在幸福已经消失，命运已经注定，她将一世对丈夫忠实，请他立刻离开。

达吉雅娜说到这里走开了。外面传来马铃声，达吉雅娜的丈夫随后走进门来……

作为普希金最重要的作品，这部小说集中了诗人艺术的精华，体现着他的全部艺术魅力。

首先，这部长诗采用普希金特有的"奥涅金体"十四行诗形式写成，韵律多变，节奏如行云流水，丰赡含蓄，这就为诗中容纳"俄国社会的百科全书"式的内容提供了开阔的表现空间。

其次，构成小说轴心的是奥涅金的荒唐人生和与之形成对比的达吉雅娜的爱情悲剧。前者是"他所处的环境中的多余的人"，是俄国文学史上第一个所谓"多余的人"的典型，其产生有着深厚的社会历史渊源，这种人是受到贵族传统教育，但生活空虚，因接受启蒙思想影响而对现实不满，又脱离人民，没有明确的生活目的，结果毫无作为的一代贵族青年。多余人形象反映了进步贵族青年普遍的脱离人民的时代问题。文学响应时代，普希金笔下的奥涅金是这类形象中的第一个。他的人生悲剧事实上是19世纪俄国社会危机日益加深、贵族社会日益失去存在合理性的产物。普希金率先关注这一社会问题，显出超群的艺术敏感，也为小说的成功奠定了基础。

达吉雅娜，这位被别林斯基称为"俄罗斯妇女的灵魂"的女子，典型地体现了处于外省庄园这一最腐朽生活的包围中、但强烈渴望改变人生现状的新女性的特点。她们的美好梦幻在当时的环境中，犹如早春出土的幼苗，很难不遭到严霜的侵凌。是普希金发现了她，塑造了她的始于追求、终于幽怨但毅然承担起命运的光彩形象，揭示出俄国社会长夜未央时为突破旧生活的桎梏而刚刚在萌动的一缕曙光。达吉雅娜的敢爱、能爱的主体能力体现了这个民族最可贵的品格，那是沙皇俄国偏远庄园上的最后活力（也是它的腐朽激发出的，革命性的因素）。她在作品中的位置并不如奥涅金显赫，但她所牵涉的历史内涵和情感诉求却远大于奥涅金。别林斯基在

作者的虚写中敏锐地觉察到了这一形象的分量。

再次，重大的题材是前提，如何表现则是关键。普希金的诗歌艺术中，从来就含有一条规则，即带着热爱、崇敬甚至通灵般的心情侍奉生活。因此，他的诗中总是能在人的活动中见到自然，而在自然的活动中见到人，这是一种艺术的、人道主义的对象化，所用的词语、节奏、音乐、色彩、光影，一切都是生活中常见的，偶或也有雄奇神异的景象，然而凡是由诗人写出的都透着一种质感，一种变化、委婉、忧郁、宁静、狂野、神圣……总之都是有生气的，都是人民所熟悉并为诗人所热爱的，因为它们经过了诗人灵性的体验，所以才有人和自然的交融、互渗、掩映。

普希金的重大贡献，除了开拓了俄罗斯艺术的新天地，还在于创建了俄罗斯文学语言，确立了俄罗斯语言规范。在俄罗斯文学史上，普希金享有很高的地位。别林斯基在著名的《亚历山大·普希金作品集》一文中指出："只有从普希金起，才开始有了俄罗斯文学，因为在他的诗歌里跳动着俄罗斯生活的脉搏。"

血与火中产生的《红与黑》

现实主义文学经过了自己的古典形态、近代形态后，在19世纪初期出现了现代形态的"批判现实主义"文学潮流。大体上从法国作家司汤达发表《拉辛与莎士比亚》（1823）一文，到左拉发表《论实验小说》（1880）一文，这种批判的、严格写实风格的文学发展为占据文坛主导地位，取得了文学发展史上鲜有匹敌的辉煌成就。

1830年，当浪漫主义方兴未艾之际，在巴黎一个不引人注意的小公寓里，司汤达正在伏案创作他的长篇小说《红与黑》。人们未曾料到，一场令全世界发出回响的文学大潮正从它开始掀起狂澜。从此，与浪漫主义文学双峰并峙，被高尔基称为批判现实主义文学的新文学以磅礴的气势进入人们的视野。

《红与黑》的创作取材于一段事件：1827年，司汤达在巴黎《司法公报》上读到一起谋杀案报道，称一位名叫裴尔特的神学院学生，记忆力惊人，且仪表英俊，但在神学院里备受嫉妒和打击。当地市长要延聘一位家庭教师时，神学院长为不丢脸面，只得推荐他做市长米舒的家庭教师。年轻的米舒太太与他相交日久，两人间发生了热恋。由于女仆告密，裴尔特只好离开米舒家。后来，神学院长又介绍裴尔特到一个名叫德·考尔松的贵族家里当秘书。考尔松小姐对他情有独钟，米舒太太对此大为嫉妒，给德·考尔松写了一封揭发信，致使裴尔特再次被解雇。裴尔特在绝望中产

生了报复之心。一次，趁米舒太太在教堂做弥撒，裴尔特向她开了两枪。法庭以预谋杀人罪判他死刑。

这类事件的报道无疑为司汤达的创作提供了契机，但这部作品却显然经过了作家的深思熟虑，他起初命名小说为《于连》，事隔许久，才在1830年改名为《红与黑》，并加上副标题"一八三〇年纪事"。"红"是法兰西共和国和帝国时期军服的颜色，象征如火如荼的革命风潮，"黑"则是教袍的颜色，象征由教会势力支持的王政复辟势力，两种势力的搏斗构成了这部以爱情故事为纽带的社会政治小说真正的社会历史内容。可见，作者是刻意要在作品中表达自己的政治态度、对时代生活的批判以及对阶级关系的概括，属于以政治生活为背景的社会风俗小说。

《红与黑》开篇是写于连在维立叶尔的生活。法国杜伯河上游法朗士-孔德省一个虚构的维立叶尔城，当时的人情风俗是"唯利是图支配一切"。保王党市长、贵族德·瑞那和济贫所长、资产者瓦列诺主宰当地，教区神甫西朗和一位老军医的教诲使处在老父和众兄弟迫害之下的于连独占了读书良机，更兼天性聪颖，面目清俊，除了熟读《圣经》（他藉此被与瓦列诺争锋的德·瑞那聘为家庭教师），他心里满是对拿破仑壮举的崇拜和对贵族社会的仇恨。在故事中，他10岁时赶上了1815年复辟，小说描写始于1824年前后，结束于1929年。

在"外省爱情"一节，于连和德·瑞那夫人初相见而相悦，久相处而相爱。于连反击市长，拒绝爱丽沙，接着在"乡村一夜"征服德·瑞那夫人。爱情开始了，但却是野心造成的。在皇帝驾到维立叶尔、于连在仪仗队出风头、德·瑞那夫人为爱情奋力挣扎之后，现实终于将于连逼进了尚松城神学院。在神学院里，全凭彼拉神父呵护，于连才不致被吞噬。但旋即因彼拉神甫的缘故出奔德·拉·木尔侯爵府。可他和德·瑞那夫人的最后一夜却将后者置于最凄惶的境地。

在巴黎侯爵府上，于连展开了最后也是最精彩的搏斗：面对高官显爵，众多的求婚者，于连终于战胜了玛特儿小姐的虚荣，将其掌握在手中。在接受重任参加贵族密谋会议后，他已决意为赏识自己的政权尽忠。他先令玛特儿小姐怀孕，又利用玛特儿逼其父屈从，进而得到了赐田晋官，挥金如土的前景。

可时不济人，德·瑞那夫人在阴险教士逼迫下写的揭发信断送了于连的前程，也把于连激成了枪杀未遂的凶犯。玛特儿的斡旋，德·瑞那夫人的营救都无法克服遍尝人生三昧后的决死之心。于连在重新获得至爱亲情后已不再把生存看得重于尊严，为此他要在生命的极境走上刑场，为尊严抗争，为爱殉情。所以他的生命是以与德·瑞那夫人的诀别而告终的。

作品在文中刻意限定读者按照书中人物的视角感受一切，从而淡化了作者的主观介入，增强了客观性效果。初看之下，司汤达所描绘的人物总是难以解透，人物的行动也总是出乎读者意料，叙述者又常常破坏读者的推测，时而表现人物的单纯和愚昧，时而表现他们出人意料的行为，但在精微的心理分析和讽刺口吻的描写中，作者又不断在读者身陷迷津之后使其不断有所发现。

首先，这部小说按照主要人物行动路线展开描写，中心画面是个人与社会环境的冲突。情节的发展演示着人物命运的转折与性格的发展，而冲突的焦点皆以明晰、典型、真实的细节予以铺陈。人物行动的因果关系明白无误，缜密有致，而且皆有广阔而充分的现实依据。于连在维立叶尔时期：森严的等级制度把于连的社会地位、欲望感情剥夺净尽，道德压迫使他无法维护自己哪怕是最起码的尊严或实现自己哪怕最低微的理想；在神学院时期：为争夺教职而相互倾轧的修道院生活，使人的本性严重扭曲，几乎窒息在戕害本性的阴险环境；在木尔侯爵府时期：走裙带的门路，飞黄腾达与道德堕落相伴，已处在背叛美德、良知和出身的门槛前。

在每个生存环境中，我们看到的都是双重的冲突。在外部是于连对现实处境的压迫的周旋和反抗，在内部是于连被迫形成的复杂性格中的各种倾向间的颉颃。尤其是后者，他的内心活动随处境的特点而变化，紧张有致，极大地补偿了情节的单一性不足，人物性格的发掘辅以生活事件的演变，展开了一个从生存到毁灭的进程，也传达出社会历史审判的深刻内涵。

小说的主旨涉及正在确立中的法国社会新的生活方式，它在复辟时期遭遇到的挫折体现在个别"英雄人物"的悲剧性命运中，司汤达以艺术敏锐率先觉察到这"意义"的重要性，也从他的"英雄"的悲剧命运中见出了历史批判的重要性，所以他要从日常生活的表面现象到时代弄潮儿灵魂深处的波澜，全面地对其进行艺术的展示。而司汤达炽热的政治和艺术追求、丰富的阅历和严格缜密的思想风格又使他成为完成这一使命的最合适人选。因此，高尔基称"他是一个诗人和创造性毅力的赞美者。"（高尔基《时代三色·序言》）法国批判现实主义风格大师福楼拜也盛赞到："这部作品才思优美，细腻入微。风格是法兰西式的；但这哪里是普通的风格？这才是真正的风格！这是目前人们全然驾驭不了的那种古老的风格。"（转引自高尔基《时代三色·序言》）高尔基和福楼拜的评价证明，一个新的文学标准、新的艺术把握世界的方式，就在司汤达的创造性工作中开始了。

司汤达深谙社会对个人命运的巨大播弄力量，理解个人自我保护的需要，洞察个人在不自觉的矛盾中被迫采取的假象、伪装和面具。他把自己的作品写给那些"幸运的少数"，是充满同情的纪念。这些人是个人主义的精英，怀着和作者同样的叛逆精神，但是未能克服自身的历史近视病。他们为了追求个人幸福不惜遵从时尚，佯从上层社会的规范。而司汤达对他们的批判更大于同情，因而才得以在尊崇个人意志和主观精神的同时，在激赏他们反叛社会、抗拒暴政的精神的同时，有力地揭示出其中包含的历史教训，揭示个人命运和历史发展的辩证法。

法国社会的书记官巴尔扎克

在描绘19世纪社会生活的规模和深刻性方面，巴尔扎克是有代表性的作家。他的创作与文学理论基本上是一致的，因此，对他的《〈人间喜剧〉前言》的理解无疑可以解释他的创作真谛。由于现实主义在一般世界观方面业已形成普遍的态势，因此，甚至重要的社会改革家们也关注着它的社会作用。弗·恩格斯在致英国女作家玛·哈克奈斯的信中说："在我看来，现实主义的含义是，除了真实的细节描写外，还要真实地再现典型环境中的典型性格。"这一意见阐明了批判现实主义的艺术描写方法。

这里所说的典型环境，是指具有实质性矛盾关系的社会和自然环境，其中构成主要内容的是社会环境。在这种环境中，集中着相对立的社会主要矛盾，各种矛盾方面依照同人物的不同关系而与人物发生相互的影响，从而决定并反映着人物的性格发展和生活命运。由于个人必然是时代生活的产物，同时也参与或决定时代生活，因此和典型环境有着各种决定性联系的人物也必然具备典型的性格特征，即体现出时代生活影响痕迹的、能够说明自身与时代生活之间本质联系的性格特征，这就是所说的典型人物。

注重细致、准确的细节描写是现实主义的突出特征。最初的批判现实主义作家大多热衷科学，相信科学对人格的实验性阐释，从而将科学精神引进文学。司汤达的《红与黑》、巴尔扎克的《欧也妮·葛朗台》和《高

老头》，都是受到科学影响的产物。巴尔扎克在他的《〈人间喜剧〉前言》中声称自己的作品以社会认识价值见长，他的90余部小说构成的《人间喜剧》便是法国19世纪上半叶社会生活的真实写照。

巴尔扎克（1799—1850)生于法国图尔市一中产阶级家庭，家境固然优越，但他却是在寄宿学校长大的，很少得享亲情的温暖。中学毕业后，他受家长支配入大学法科学习，当法律见习生。20岁毕业后，他却决定从事文学创作。扬言"拿破仑用剑完成的，我用笔来完成。"

在1819年至1828年间，他写剧本、通俗小说，同时经商办实业，虽失败而欠债，却广泛了解了各类人生况味。

1829年他一改以往用各种笔名发表娱乐小说的做法，用真名发表了第一部严肃作品《朱安党人》，初获文名。此后的二十余年，他夜以继日地创作了由九十余部小说构成的《人间喜剧》（The Human Comedy）小说系列。这一名称来自但丁的寓言史诗《神圣喜剧》（The Devine Comedy，中译《神曲》）标题的启发，从中可见其现实主义意向。根据1845年巴尔扎克亲笔写下的《人间喜剧总目》，《人间喜剧》分为三大部分：《风俗研究》、《哲理研究》和《分析研究》。《风俗研究》内容最丰，包括小说最多。因此又分为六个门类:《私人生活场景》（32部，完成28部）、《外省生活场景》（17部，完成11部）、《巴黎生活场景》（20部，完成14部）、《政治生活场景》（8部，完成4部）、《军队生活场景》（32部，完成2部）、《乡村生活场景》（5部，完成3部）。这些作品描写到两千多个人物，广阔地展示了19世纪上半叶的法国社会生活，称它是法国社会的"百科全书"也不为过。

巴尔扎克之所以要创造这一文学大业，很大程度上是因为他自认为掌握了统一这一大业的观念基础。1842年，巴尔扎克写了《人间喜剧·前言》，阐述他写作这部史无前例的文学巨著的宗旨。作者在文章中专门阐述了这一史诗性巨著的创作动机、方法、艺术立场、审美理想等决定性问题。

按照当时的科学观念，巴尔扎克认为世界具有严格的统一性，呈现为人们所说的"统一图案"。这是他艺术地把握世界的前提，也是他用以指导自己思想体系的方法。他认为，自然界与人类社会的规律尽管千差万别，但它们之间却有着一种同源异相的对应性，故可相互参证。的确，在一般的意义上说，自然的自在运动和社会历史的自为运动都是必然的过程，二者统一于自然的关系就是所谓"统一图案"，人的社会行为和自然运动的相似之处，就是这种统一性的体现。只是简单和机械地理解这种统一性是极为有害的。可贵的是，巴尔扎克能够在统一中见出差异并予以正确的评价。他认为，自然和社会，动物和人并非毫无二致，社会现象总是更为复杂，更显示出自己独特的运动规律，他提出，"社会情境有一些巧合，是自然界所不会有的；因为社会情境是自然界加社会。……还有，布丰笔下的各种动物，生活都是极其简单的。动物没有什么动产，它们跟艺术、科学毫无缘分；但人类却由于一种有待探索的法则，倾向于借一切符合自身需要的事物，来表现自己的习俗、思想和生活。"（《人间喜剧·前言》）正因如此，他才自告奋勇，提出要做描写这些习俗、思想和生活的书记官，将以往未受重视的风俗史传诸后世。

巴尔扎克以全部的作品证明，他是描写当代情欲的大师，他的文学世界到处涌动着各色各样的情欲。在他的时代，人们已经走出了集体事业的历史范畴，进入了个人事业的范畴，人们第一次发现，现实已经提供了从未有过的积聚财富、以财富支配世界的机会，因此不遗余力地投入到财富和权利的竞争当中。欲望，是这个时代精神面貌的突出特征；财富，是这个时代的核心力量。道德堕入从未有过的境地，罪恶也达到了登峰造极。但是这个时代却无论如何不渺小卑微，它的科学技术、生产力、文化，它的人的能力的普遍发展和实践水平的巨大提高，都是有目共睹的成就。因

此，这是一个充满矛盾和悖论，充满勃发生机和伟大机遇的时代，而这一切都最生动、最有力地表现在巴尔扎克的风俗史中，也表现在他的代表作《高老头》（1835）中。

长篇小说《高老头》中描写，主人公高里奥老爹出身寒微，白手起家，靠战争年代供应军队粮食而发家。他青年丧偶，亲手拉扯大两个女儿，因而格外溺爱她们。他把她们打扮得珠光宝气，花枝招展，去交际场所引诱夫婿，终于一个嫁给贵族，一个嫁给了银行家。高里奥老爹甚以自己女儿占尽高枝为荣耀，且认为无论将来哪个阶级掌权，自己都有个女儿占优势。却不料，自打两个女儿成了贵夫人后，寻花问柳，骄奢淫逸，挥金如土，负债累累，只好向她们父亲要钱还债。她们两个如吸血鬼一般争相扑来，把高老头身上的血都吸干了，然后，自家的大门反倒对她们的老父永远地关闭了。最后老人一贫如洗，孤苦伶仃地病死在一家破烂公寓的阁楼上。

除了这条主要线索，《高老头》还叙述了另外几个重要的故事。身在巴黎的贵族妇女领袖被豪族情人抛弃，败在一个资产阶级小姐手里；来自外省的穷大学生苦寻出人头地之路，虽未变成间接杀人犯，但也堕落到了道德泯灭的地步；凶恶的在逃犯隐姓埋名于破烂公寓，仍像蛰伏的毒蛇在策划谋财害命的勾当；资产阶级小姐因为父亲重财产轻骨肉而被赶出家门，结果被恶人盯上，成了兄弟丧命的根由；这些故事既和高里奥的命运相关，又各自具有独立含义，作者利用多重线索来表现复杂的社会联系，不仅展示了丰富的资本主义都市生活画面，而且在整个《人间喜剧》中自然而然地构成了每个重要人物重现于多部作品的联系方式。

总之，小说《高老头》以其内容的丰富紧凑、线索的纵横交错、题旨的宏大深邃、形象的深刻鲜明而独占《人间喜剧》之鳌头，它充分显示出巴尔扎克在选材、立意、表现手法方面的艺术特点，在19世纪批判现实主义文学的总体成就中占着核心的地位。

最后一个讲神话的人

查尔斯·狄更斯（1812-1870）是英国批判现实主义文学流派中成就最高者，尽管他的风格带有明显的浪漫主义甚至古代传奇的因素。狄更斯经常被说成是伟大的幽默家，也有人说他是资本主义时代最后一个说神话的人，都暗示着他独创的艺术方法和艺术世界。他将古代传奇方法、个人丰富想象与现代文学经验熔为一炉，开辟了人物描写、故事编织和细节刻画的新境界，在文学领域自成一家，人称"狄更斯式小说"，其读者之众多几乎无人可比。

狄更斯的创作可以划分为前期（1833-1842）、中期（1843-1850）和后期（1851-1870）三个阶段。

狄更斯因1836-1837年创作的长篇小说《匹克威克外传》而成名。包括去世时未完成的《德鲁德疑案》在内，他一生共创作长篇小说15部。其中《匹克威克外传》《大卫·科波菲尔》和《双城记》分别在创作前、中、后期中占有重要地位。

不过，若论被世人阅读最多、流传最广、最能体现作家才华也最有"狄更斯式小说"特点的，当推《大卫·科波菲尔》。

这部书的故事情节是，在乡间的一个小庄园里，大卫还没有出世就死了父亲。大卫在母亲和女仆辟果提的抚爱下一天天长大。

有个摩德斯通先生看上了大卫母亲那份微薄的财产，花言巧语骗取了

她的爱情。大卫的母亲在结婚前打发大卫到辟果提的哥哥家里住一个时期。女仆的哥哥辟果提先生是个善良正直的打鱼人，他住在雅茅斯海边一座用破船改成的小房子里，还收养了一对孤儿：他的外甥女爱米丽和他的侄儿海穆，加上他的妹妹和投靠他们的一位寡妇，众人和睦地生活在一起。大卫在这里度过了一段温暖而难忘的时光。

大卫回到家里，发现母亲嫁给了凶狠贪婪的摩德斯通。摩德斯通非常讨厌大卫，不许大卫的母亲对他表示爱抚和关怀。大卫的母亲在摩德斯通的严酷压制下，不久就像一朵花儿一般地萎谢下去。一次，倔强的大卫受摩德斯通责打。他进行反抗，咬伤了摩德斯通的手，因而挨了一顿狠狠的鞭打，还被送进一所专事窒息儿童心灵的寄宿学校。

一天，大卫在学校里突然听见母亲的死讯，他只得辍学回家奔丧。摩德斯通把他视作眼中钉，不久就把10岁的大卫送到伦敦一家出口公司当洗刷酒瓶的童工，让他寄住在密考伯先生家里。密考伯先生子女众多，生计困难，但满脑子都是发财致富的计划，最后他负债累累，全家进了债务监狱。大卫无依无靠，便去找姨婆贝西小姐。

大卫被姨婆送到伦敦一所学校读书，寄宿在姨婆的律师维克菲家里。维克菲的女儿艾妮斯和大卫的年龄差不多，他们结下了深厚的友谊。维克菲雇用了一名书记，名叫希普，大卫对他极其厌恶。

大卫中学毕业时外出旅行，偶遇童年时代的同学、阔少爷斯提福兹。两人同游雅茅斯，再次访问辟果提先生一家。此时爱米丽已经出落成一个美丽的少女，她刚刚和忠实的海穆订了婚。但是不久，爱米丽在斯提福兹的引诱下忘记了舅舅和海穆对她的挚爱，竟在结婚前夕同斯提福兹私奔外国。爱米丽的失足给辟果提先生带来了极大的悲痛。辟果提决心走遍天涯海角，要把爱米丽找回。大卫也为此羞愤难当。

贝西姨婆不久突然破产，大卫为维持生计，发愤学习速记和写作。斯潘娄的猝死使他与朵拉得以结合。

辟果提走遍欧陆，终于在失足姑娘玛莎帮助下找回流落伦敦、被遗弃的爱米丽；维克菲父女在备受希普挟制后，终于靠大卫的朋友密考伯的揭露，粉碎了希普的罪恶企图，贝西姨婆也夺回了被希普侵吞的财产。

就在这时，大卫的娇妻朵拉染病夭亡，爱米丽的旧情人海穆也在一次入海救人时与斯提福兹一道淹死。辟果提、密考伯一家及玛莎迁居澳大利亚，大卫在侨居异国归来后又与维克菲的女儿艾格妮结成幸福伴侣。

小说的中心线索是大卫从出生到三十五岁的生活经历。大卫的童年生活描写具有重要地位和深刻意义。他和母亲一道遭受摩德斯通姐弟折磨，他的学校生活、童工和逃亡经历，同母亲的命运相联系，构成一对孤儿寡母遭受欺骗虐待的独立情节。

大卫在小说后半部已不再置身主要冲突的中心，变成了次要情节的主人公和串联故事的人物。辟果提一家与斯提福兹一家，维克菲一家与希普一家的冲突则成了小说后半部的主要内容。整个小说由一条线索开端，在经过一段发展后生发出诱拐爱米丽、陷害维克菲等线索，从而展开了一个多情节故事相交织的树形结构，表现空间变得开阔，情节更富于悬念，人物性格也得到了更充分表现。由此可见，小说形式的丰富化增强了内容的表现力。

在每一个线索上展开的冲突，都依循着人物性格差异和对立的原则。叙述大卫母子的故事时，作者将大卫母亲的痴心傻意和摩德斯通的轻薄阴险对比表现，突出了人物性格的差异。斯提福兹诱拐爱米丽的冲突，以及众人与希普之间的冲突，则是在较广阔的贫富阶级对立和善恶灵魂对立的背景上展开的。

冲突的结局充分表现了狄更斯的矛盾心理。他没有让斯提福兹死于报复（像有些后期作品那样），也未使他免于惩罚，而是让汹涌无情的大海

把他连同海穆的生命一道吞噬了。损害者和被损害者由于人欲而冲突，由于天意而沉寂，既无逃逸，也无咎责，终于"复仇在我，我必报应"。这里回避的问题是在后期创作的《双城记》等作品中才做了正面回答。

狄更斯长篇小说形式结构演变的意义是十分明显的，因为它极大地提高了对小说内容的表现力。例如，对资本主义现实矛盾的揭示，在前期，小说中是以个人对个人的冲突来表现的，《奥列佛·退斯特》《老古玩店》等基本如此；即使中期创作的《董贝父子》《大卫·考坡菲》等，从辟果提和冒齐小姐的申诉中可以看出，对社会矛盾的根源和实质内容的揭示仍是模糊的；只有后期创作的《荒凉山庄》《艰难时世》《小杜丽》《双城记》等作品，才真正揭示了个人命运与阶级对立的关系，以及个人与社会制度之间深刻对立的可能性，产生了巨大的现实批判力量。

狄更斯的文学成就，有赖于对英国传统小说形式的汲取、改造和发展，也有赖于对欧洲乃至世界文学的借鉴和超越。无论当时还是过去的小说家，都是狄更斯兼收并蓄的对象，但他们中的哪一位，也没有像他那样把别人的长处融进自己的创作，浑然得体而又发挥得酣畅淋漓。他改造旧传奇中的神秘母题为现实题材服务，使情节在丰富的悬念、曲折的变化中紧张而又舒展地发展；他采用寓意小说和风俗小说之长，以丰富的想象表现深层的主题；他以广阔的画面展示社会面貌，不仅表现个人的命运，也表现阶级的、人类的命运，其艺术尝试之大胆和斗争精神之坚韧都是少见的。

活着的《死魂灵》

尼古拉·瓦西里耶维奇·果戈理(1809—1852)是俄国文学史上独树一帜的讽刺文学大师，他出生在乌克兰波尔塔瓦省索罗庆采镇的一个小地主家庭。从少年到青年，他先后在波尔塔瓦和涅任读书。在涅任期间，他积极参与演戏活动，为各家刊物写作品，已表现出讽刺作家的倾向。

1828年冬，果戈理前往圣彼得堡，开始了他的文学探险生涯。他出师不利，1829年自费出版的叙事长诗《汉斯·库谢加顿》遭到两家刊物的恶评，果戈理愤而将其诗作全数买回焚毁。加上他找演员工作未果，他甚至一度产生移民美国的打算。但是他行至瑞典，便又折回了彼得堡，对母亲写信说是"上帝挫败了我的骄傲，回国是他的秘密意旨。"这些都预兆了他后来的际遇。

他开始边工作边创作自己的《狄康卡近乡夜话》第一卷（1831）和第二卷（1832），这是他的成名作。1831年，果戈理经人介绍结识了诗人茹柯夫斯基，后者又介绍他结识了普希金，普希金又介绍他认识了《钦差大臣》和《死魂灵》的题材。

果戈理的文学创作有着多方面的成就，在长篇小说方面，有《死魂灵》，在短篇小说方面，有《外套》《狂人日记》《涅瓦大街》等，在戏剧方面，有《钦差大臣》等。这些作品在不同方面构成了俄罗斯19世纪文学最高成就的组成部分。

1842年5月，《死魂灵》第一部问世，继《钦差大臣》之后，这部作品

在俄罗斯再次引发巨大反响。小说描写的是投机资产者乞乞科夫在俄国乡村购买死魂灵，试图一夜暴富的过程。乞乞科夫自幼承袭乃父的钻营之道，后曾做过小官吏，因而学得一身厚颜无耻、钻营谋划的本事，打起利用现行政策的主意。当时俄国政府施行的一项政策是，每10年进行一次人口登记，在两次登记之间死去的农奴在法律上仍被当做活人，因此，这些农奴的占有者就可以拿他们做抵押，向国家银行借款。乞乞科夫发觉这是发财的机遇，便深入到偏远省份，收购起"死魂灵"来。

乞乞科夫来到俄罗斯乡间，走访了一群形貌各异、邪恶不殊的地主形象，向他们购买死魂灵。他们中有附庸风雅的幻想家玛尼罗夫，有愚昧贪吝的柯罗皤奇加，有专事撒谎打架的酒鬼赌徒诺兹德列夫，还有粗鲁顽劣的梭巴开维支和视财如命的吝啬鬼泼留希金。作家以锐利的观察、辛辣的讽刺、入骨的笔法，对这些人物的相貌、嗜好、举止、心理以及生活环境等进行了有力的刻画，将读者带进了他们生存的纵深之处，从而使之感受到俄国农奴制度下社会生活的本质。

首先让我们来看看乞乞科夫在走访玛尼罗夫时的一番表现。后者在确认把死魂灵送给乞乞科夫（因为实在看不出有什么可卖的价值）决不违背民法和其他条例后，慷慨地答应送给前者一些死户籍，乞乞科夫心中大喜，连声感谢，接着说了这样一番话：

"要是你知道这些看起来是毫无用处的废物对一个出身寒微的人有多大用途，那就好了！是的，我什么苦没有受过呢？像狂涛怒浪中的一叶小舟……什么样的压制，什么样的迫害，我没有受过？什么样的痛苦，我没有尝过？可这都是为了什么呢？为了我廉洁奉公，为了我心地纯正，为了我帮助孤苦无告的寡妇和举目无亲的孤儿！……"说到这里，他甚至用手帕擦了擦流出的一滴眼泪。

（果戈理《死魂灵》）

我们不禁要问，乞乞科夫的这滴眼泪是从哪里流出来的呢？有一点可以肯定，它不是从眼睛里流出来的，因为他这里说的并非事实，他的身世并非贫困和苦难，如果说有苦难，那也是他遵奉父命，极力巴结上司而不得要领时受到的委屈罢了，因此，他的眼泪另有出处。什么出处呢？原来，他把假象幻想成了事实，然后立刻被这"事实"所感动，为自己没根由的"苦难"而悲从中来，这一切又都是因为玛尼罗夫慷慨相送死魂灵，省去了他的卢布引起的。他是多么容易感动，多么伟大的感恩戴德者啊！

在对俄罗斯文学的独特贡献方面，果戈理主要以强烈鲜明的民族性（例如《死魂灵》中对五个典型的地主形象的描写所揭示的俄罗斯地主阶级的劣根性的艺术概括）和对这一艺术内涵着意进行艺术表现的力度。他在《论小俄罗斯歌谣》（1833）一文中曾刻意强调，一个人若想体会小俄罗斯地区的历史生活方式，体会人民的悲欢离合，就会在民间歌谣中得到珍贵的见证。

果戈理之所以提出这一观点，是因为人民的历史生活有着深厚的内涵，那是世世代代的人生经验的精华，一个真正的艺术家正是以占有这一精华为必要条件的。正是因为有了对俄罗斯人民生活的深切体会和深挚的爱，他在作品中才能够抒发出深刻的人民性情感和观念，才能在揭露和谴责社会蠹虫、社会罪恶方面显示出犀利的眼光和超乎寻常的表现力度。

他的小说，将人民生活中无处不在的痛苦和哀伤用奇特的嘲讽的笔调写出，嘲讽的锋芒针对的是造成这痛苦和哀伤的根源，是人生的畸形和病毒。他的力量，在于以辛辣的语言描绘出这个世界的虚无和喜剧色彩，从而产生出可怕的震撼作用。尤其是在被称为"讽刺史诗"的《死魂灵》中，生活的荒谬、官僚的腐朽、灵魂的空虚和畸形，这些现实中的短暂之物都被强大的讽刺描写塑造成了永恒的艺术象征，显示着果戈理讽刺艺术的重大的现实主义胜利。由于果戈理的创作继续着普希金开拓的创作方向，为19世纪俄国批判现实主义文学推出了扛鼎之作，因而他被誉为俄国文学中"自然派"的创始者。

探究人性的《卡拉马佐夫兄弟》

陀思妥耶夫斯基(1821-1881)是俄国19世纪最重要的作家之一，他出身于莫斯科一个医生家庭，其祖父是普通神职人员，其父米哈伊尔在担任医官期间取得贵族身份，在图拉省置有两处小田庄，思想守旧，后因虐待农奴，在1839年被农奴殴打致死。这种环境对陀思妥耶夫斯基影响颇深。

陀思妥耶夫斯基于1843年从彼得堡军事工程学校毕业，在军工部门做事一年后，毅然放弃工作，投入了文学创作活动。1846年他发表了小说《穷人》，大获成功。在其后发表的一系列小说中，他坚持描写人的内心冲突，拒绝了从外部描写社会现实的批判现实主义创作方法。不久后，他因参加空想社会主义者彼特拉舍夫斯基（1821-1866）的小组，并在小组里宣读别林斯基写给果戈理的信，而被判处死刑。在临刑之际，他被突然赦免，改判流放。其后，他在鄂木斯克监狱服了4年苦役（1850-1854），接着又服了3年兵役。

7年的流放和服役经历使他的思想发生了很大转变，他认为人对强权的反抗毫无意义；他只看到压迫、道德崩溃、资产者的胜利、贫穷、卖淫、饥饿……但却看不到出路何在。他认为，世界上只有两种力量，即压迫者和被压迫者；没有，也不可能有第三种可能和第三种力量。不做奴隶主，就做奴隶，不压迫别人，别人就压迫你。而压迫者和奴隶主的道德又是他所不愿苟同的。因此他选择了宁做牺牲者，不做刽子手，宁被践踏，决不践踏别人的道路。1847年初，他和别林斯基及其文学友人们决裂，主要原因即因为他不能接受别林斯基的文学主张，即文学应同农奴制进行斗争，宣传革命和社会主义理想。他认为这是"强加给文学的……有辱于它身份的使命"。

发表于1861年的长篇小说《被欺凌与被侮辱的》仍然保持40年代的创作风格，除了描写"小人物"之外，还涉及资本主义发展引起的个人、社会和家庭的道德堕落的主题。但是小说却以娜塔莎、涅莉等形象宣扬基督教受苦受难的精神，要从苦难中体验幸福，要以苦难使一切净化。对于社会罪恶的真实揭露和沉醉于宗教幻想，这两者的混合从此成为他创作的显著倾向。

1861年农奴制改革后，陀思妥耶夫斯基先后创办月刊《当代》(1861-1863)和《时代》（1864-1865），并同车尔尼雪夫斯基等革命民主派进行论战，其思想近似斯拉夫主义的"根基论"，即指责进步的知识分子脱离人民的"根基"，说他们应该从这"根基"汲取道德的理想，而人民"自古以来的思想"则是信仰基督和沙皇。因此，解决俄国的社会对立，不能依靠斗争和革命，而应通过贵族同人民的和解，通过在君主和正教教会庇护下各阶层的团结一致来实现。

他在改革后发表的《死屋手记》(1861-1862)一书，以自己的亲身经历为基础，展示了各类苦役犯的可怕处境和精神状态。1864年发表的《地下室手记》，则描写了"地下人"的形象，这是蜷伏在狭窄的自我圈子里的人物，是《穷人》中主题的延续。1866年，长篇小说《罪与罚》的问世，给他带来了空前的声誉。小说以社会犯罪及道德冲突为题，揭发金钱力量的罪恶以及强盗逻辑对人的毁灭性影响，广阔地再现了当时俄国社会普遍的贫困和绝望状态。主人公拉斯科尔尼科夫的形象，传达出资产阶级所谓"强有力的个性"的反道德的本质，指明那种蔑视群众、宣扬为所欲为的个人主义理论的反动性和反民主主义的实质。但作者同时也企图用主人公的"超人"哲学的破产来证明，任何以暴力消除邪恶的办法都行不通。暗示人无法逃避内心的惩罚，在毁灭他人的同时也毁灭了自身。

1868年，陀思妥耶夫斯基完成了长篇小说《白痴》。1872年，他完成了长篇小说《群魔》。《白痴》对农奴制改革后俄国上层社会作了广泛的描绘，涉及复杂的心理和道德问题，特别是刻画了"正面的、美好的"梅什金公爵的高尚人格，体现了作者的宗教理想和人格理想。《群魔》则对残暴的社会势力和激进的思想主张发出了谴责。

长篇小说《卡拉马佐夫兄弟》(1879-1880)是作者的绝笔之作，也是他最杰出的作品之一，作者原计划写两部，第二部未及完成。小说的构思始于50年代初，此后将近30年俄国社会的剧烈变化，使作者在心理、伦理、政治和哲学的不断探索中，把一个杀父的故事演化成了宏伟的社会写实与哲理并重的小说，因为家庭中的父亲、教会中的神父、国家生活中的沙皇和天国之父上帝，原本存在着暗示的联系，而其间发生的阴谋与罪恶则广泛涉及家庭与社会的各种伦理问题。它围绕地主费多尔·卡拉马佐夫和他的儿子们——德米特里、伊凡、阿历克赛以及名为奴仆实为私生子的斯麦尔佳科夫之间的关系，在错综复杂的社会、家庭、道德、人性和信仰的冲突中，表达了关于人性和生存的悲剧主题。这个"偶合家庭"充斥强烈的爱憎，以至陷于分崩离析。小说通过错综复杂的矛盾纠葛和强烈情欲推动下的人物行动，广泛表现了19世纪后期俄国社会不同阶层的生活和心理。小说中卡拉马佐夫兄弟们的对话和论争，尤其深刻地反映了人们力图理解生活中各种迫切问题的要求。作者从生活场景和现实冲突中引发出对人生哲理的思考和人性内涵的发掘，达到了前所未有的深入细致，使作品几乎成了宣教文献。

从40年代以后，陀思妥耶夫斯基在他创作中不断加强道德伦理和宗教思考的主题，直到《卡拉马佐夫兄弟》的发表，这种对19世纪俄罗斯人灵魂探索的努力达到了高度凝练的境地。他的主要作品以其雄浑精深的艺术内容，对后来各国文学流派产生了极其深远而复杂的影响。

春寒中的《安娜·卡列尼娜》

列夫·尼古拉耶维奇·托尔斯泰(1828—1910)，以1851—1862年为初期，主要作品有自传性中篇小说《童年》(1852)、《少年》(1854)和《青年》(1857)。这一时期作品充满着反省和自我分析精神，洋溢着贵族庄园生活的牧歌情调，也表现了一定的民主倾向。这一时期创作的《袭击》(1853)、《伐林》(1855)和《塞瓦斯托波尔故事》等军事小说，是根据作者亲身经历和见闻写成的。这些作品描绘了流血和死亡的真实场面，表现了普通官兵的爱国主义行为，揭露了贵族军官的虚荣和孱弱。中篇小说《一个地主的早晨》(1856)则力图探索农奴制改革、协调地主和农民的关系的道路，具有探索社会出路的意义。小说《哥萨克》（1863）表达了作家要脱离自己的环境、走"平民化"道路的初步尝试。该时期比较重要的还有短篇小说《琉森》（1857），以作家旅游瑞士时的见闻为素材，揭露资产阶级的自私本性以及他们对艺术、穷艺人的肆意践踏，具有强烈的民主意识。

1863—1880年可以视为托尔斯泰创作的中期，是托尔斯泰的叙事艺术达到炉火纯青的时期，也是他在思想上发生激烈矛盾、紧张探索、酝酿转变的时期。

《安娜·卡列尼娜》的构思始于1870年，到1873年才开始动笔，原来只想写一个上流社会已婚妇女失足的故事。而在1877年写成的定稿中，小说的重心转向农奴制改革后俄国资本主义发展带来的新危机，即贵族阶级

家庭关系的瓦解和道德的败坏，贵族地主在资产阶级秩序的进逼下发生的加剧没落以及矛盾激化。小说中的安娜·卡列尼娜则成为这些时代问题所纠结的各种矛盾的个人焦点，因而落入悲剧的结局。

小说采用了两条平行的线索，分别表现了当时俄国资本主义迅猛发展带来的灾难性后果，即：一方面是贵族受资产阶级思想侵蚀，在家庭、婚姻等道德伦理观念方面发生激烈变化，卷首"奥布隆斯基家里一切都乱了套"，就是其象征；另一方面是农业受资本主义破坏，国家面临经济发展的危机，也就是列文说的："一切都翻了一个身，一切都刚刚开始安排。"以安娜为中心的线索（包括奥布隆斯基、卡列宁、渥伦斯基以至谢尔巴茨基等家族）和列文的线索，分别表现了这两方面的主题。

小说中的安娜不仅天生丽质、光艳夺目，而且纯真、诚实、端庄、聪慧，还有一个"复杂而有诗意的内心世界"。可是她遇人不淑，年轻时由姑母做主，嫁给一个头脑僵化、思想保守、虚伪成性并且没有感情的官僚卡列宁。在婚后八年间，她曾努力去爱丈夫和儿子。而现在由于"世风日变"，婚姻自由的思想激起了这个古井之水的波澜。

与渥伦斯基的邂逅，重新唤醒了她对生活的追求。她要"生活"，也就是要爱情。她终于跨越了礼教的樊篱。作为已婚妇女，要跨出这一步，需要有很大的决心和勇气，虽然在当时上流社会私通已司空见惯了。但她的勇气主要在于，不愿与淫荡无耻的贵族妇女同流合污，不愿像她们那样长期背叛丈夫，于是，她毅然把暧昧的关系公开。这不啻向上流社会挑战，从而不仅得罪了上流社会，同时也受到卡列宁的残酷报复：既不答应她离婚，又不让她亲近爱子。她徒然挣扎，曾为爱情而牺牲母爱，可这爱情又成了镜花水月。她终于越来越深地陷入悲剧的命运。

安娜的情人渥伦斯基初时受到安娜的高贵气质吸引而追逐她，一度因安娜的真挚的爱而变得严肃专一，但不久就因功名之累而感到了她给自己带来的重负。而安娜把爱情当做整个生活，沉溺其中，要渥伦斯基与她朝夕厮守一起，甚至甘为他的"无条件的奴隶"。于是她的精神品质渐渐失去了光彩。为了重新唤起渥伦斯基的爱，她竟不得不以姿色的魅力编织"爱情的网"，并且逐渐习惯于"虚伪和欺骗的精神"。最后，孤独的现实处境和痛苦的失落使她的爱越来越自私，以致在"不满足"时变成了恨。

安娜所遭遇的厄运，集中体现着时代各种矛盾在精神上造成的焦点。她的自杀，从主观上说是寻求解脱，是对渥伦斯基的报复及对上流社会的抗议；客观上则成了社会转折时期被推上祭坛的牺牲。这种必然性表明了安娜的个人悲剧与俄国社会历史本质的深刻联系。

在另一条线索上活动着的列文也是深刻矛盾的人物。他虽然获得了真正的爱情和家庭幸福，但结婚后出现的婚姻的平凡和现实社会矛盾带给他的良知痛苦折磨着他，他积极探索同人民接近并改变农民们贫困生活的道路，探索以"不流血的革命"实现与农民合作并共同富裕的道路。但他的理想在残酷的现实面前很快就破灭了。他转而怀疑自己生活的意义，可失望令他险些以自杀解脱自己的痛苦。最后他只能遵从宗法农民的信条：要"为灵魂而活着"。他的遭遇典型地表明了俄国革命前夜，即使是最为激进的贵族成员也无法在旧的思想范畴内寻找到自我和社会的出路的现实。

托尔斯泰的小说艺术从他这三部史诗性作品——《战争与和平》《安娜·卡列尼娜》《复活》——所选取的题材，或所关注的生活内容上可以得到印证。当他抱着信心和希望思考俄国社会宏观问题和他个人的历史观问题时，他所选择的是民族战争题材，人民和领袖的题材，尤其是贵族生活题材，表现出激进贵族主义的立场和思想方法。

托尔斯泰的创作直接针对着俄国社会的现实问题，经过了剧烈的思想演变过程，以史诗性的作品记录了俄罗斯人走过的艰难的历史转折过程。他所完成的文学事业和他的社会改造的实践活动是严格一致的，在心灵方

面他是一个伴随着社会变迁而不断实现道德完善的"忏悔贵族"，在哲学和宗教观方面他开创了一种近似于原教旨性质的博爱思想，在文学艺术上他奉献给人类以博大雄浑、真诚坦荡、充满崇高美学特征的作品。总之，托尔斯泰写的，是俄国社会根本变革时代的史诗，也是人类在艰难时刻挣扎着走向光明的史诗，托尔斯泰，像一切伟大的艺术家所展示的那样，是说不尽的。

入木三分的《套中人》

安东·巴甫洛维奇·契诃夫(1860—1904)是俄国批判现实主义文学接近尾声时期的重要小说家、戏剧家。他于1860年1月29日生于罗斯托夫省塔甘罗格市。祖父是赎身农奴。父亲曾开过杂货铺,1876年破产,全家迁居莫斯科。但契诃夫只身留在塔甘罗格,做家庭教师以维持生计和继续求学。1879年他进莫斯科大学医学系学习。1884年毕业后,他在兹威尼哥罗德等地行医,广泛接触了平民生活,这对他的文学创作有重要影响。

契诃夫创作之初,为躲避迫害,时常以安东沙·契洪特等笔名向杂志社投稿。短篇小说《一封给有学问的友邻的信》(1880)和幽默小品《在长篇、中篇等小说中最常见的是什么?》(1880)是他初期发表的作品。80年代中期以前,他写过大量诙谐小品和幽默短篇小说,虽有佳作,但多无重要价值。流传较广的有《一个官员的死》《变色龙》《普里希别叶夫中士》等。

1886年3月,名作家格里戈罗维奇写信要他尊重自己的才华,他深受启发,开始严肃对待创作。写于1886年的《万卡》《苦恼》和1888年的《渴睡》,表现了作家对穷人的深切同情。1888年问世的著名中篇小说《草原》描绘和歌颂了祖国的大自然,在思考农民命运的同时,表达了人民对幸福生活的渴望。

1888年10月,契诃夫凭借5部短篇小说集［《梅尔波梅尼的故事》

《五颜六色的故事》《在昏暗中》《天真的话》和《短篇小说集》〕的作者的声誉获得"普希金奖金"的半数。从这个时期起，契诃夫开始创作戏剧，作有《结婚》、《论烟草的危害》、《蠢货》、《求婚》、《一个不由自主的悲剧角色》、《纪念日》等轻松喜剧。其中比较出色的是批判经不起生活考验的80年代"多余的人"的剧本《伊凡诺夫》。

1890年4月至12月，契诃夫远赴流放地库页岛游历考察，了解到触目惊心的法律祸端，写出了《库页岛》和《在流放中》等作品，此行最重要成果是震撼人心的《第六病室》。这部中篇小说控诉监狱一般的沙皇俄国的阴森可怕，也批判了他自己不久前一度醉心的"勿以暴力抗恶"的托尔斯泰主义。

19世纪90年代和20世纪初期是契诃大创作的全盛时期。当时俄国的解放运动进入无产阶级革命阶段。在革命阶级的激昂情绪激荡下学生以及其他居民阶层中间的民主精神渐趋活跃。契诃夫也为政治进程所吸引，积极投入社会活动，创作进入了一个新阶段。此期他的重要作品有剧本：《海鸥》《万尼亚舅舅》《樱桃园》以及小说《带阁楼的房子》、《姚内奇》、《套中人》等，其中尤以深刻表现历史批判主题的《樱桃园》和清算社会公害的《套中人》最能代表文学的时代特征和他个人的创作水准。

短篇小说《套中人》描写的是一个身居外省小城的中学教师，在学校里教希腊语，名叫别里科夫，此人似乎生性孤僻，总想像蜗牛般缩在壳子里，仿佛远古的洞穴人。每次出门，即使天气晴好，也要穿上套鞋，带上雨伞，穿上棉大衣，把怀表、小刀分别放进套子。在对现实的态度上，他总是赞美过去，厌恶当前，如同他总是赞美自己教授的规则林立的希腊语一般。

别里科夫把自己的思想也竭力藏进套子里。对他来说，只有那些刊登各种禁令的官方文告和报纸文章才是明白无误的。既然规定晚九点后中学生不得外出，或者报上有篇文章提出禁止性爱，那么他认为这很清楚，很明确，既然禁止了，那就够了。至于文告里批准、允许干什么什么事，他总觉得其中带有可以的成分，带有某种言犹未尽，令人不安的因素。每当城里批准成立戏剧小组，或者阅览室，或者茶馆时，他总是摇着头小声说：

"这个嘛，当然也对，这都很好，但愿可别出什么乱子啊！"（契诃夫《套中人》）

"但愿可别出什么乱子啊！"乃是别里科夫的口头禅。不过，他可不是简单的保守主义者。同事中有好事者给他介绍个对象，他却被那位姑娘骑自行车的举动吓破了胆，并就这一"伤风败俗"的行为正式向姑娘的弟弟发出了警告。当他的无端干涉遭到拒绝时，他说道："我请您注意，往后在我面前千万别这样谈论上司。对当局您应当尊敬才是。"即使被赶出门去，他还是不甘心，继续发挥自己的威严，"我必须把这次谈话内容的要点向校长报告。我有责任这样做。"

他从那位年轻人的家里出来滚下楼梯时，被年轻人的姐姐——别人介绍给他的对象——看到了，招致了一场哄笑。他的婚事吹了，而且他还吓得躺倒在床，再也没有起来。

小说的结尾，作者说了这样两段话，一段是关于套子的，另一段是关于套子的由来的：

我们住在空气污浊、拥挤不堪的城市里，写些没用的公文，玩"文特"牌戏——难道这不是套子？至于我们在游手好闲的懒汉、图谋私利的讼棍和愚蠢无聊的女人们中间消磨了我们的一生，说着并听着各种各样的

废话——难道这不是套子？

……

如若你容忍这种虚伪，别人就管你叫傻瓜。你只好忍气吞声，任人侮辱，不敢公开声称你站在正直自由的人们一边，你只好说谎，赔笑，凡此种种只是为了混口饭吃，有个温暖的小窝，捞个分文不值的一官半职！不，再也不能这样生活下去了！

关于别里科夫的社会角色和社会作用，许多人发出过谴责，也有人为之辩护。究竟该如何评价这一形象？沙皇统治下的旧俄国是个充斥着病毒的社会，契诃夫发扬俄国优秀批判现实主义传统，以锋利的解剖刀揭发出了这些病毒，廓清了人们的头脑；别里科夫代表的，既是可怕的庸俗和可鄙的自私，又是残忍的帮凶和无耻的犹大，为了维护自己的私利，这种人会不惜一切地损害他人的合理生存。因此，他像毒气一样让周围的人感到窒息。当然，这种貌似老实本分的人有着极大的欺骗性，甚至会引起人们的某种同情，但那却是表面功夫，如果说这种分子真的很孱弱，也需要有契诃夫这样的作家才能让他们真正寿终正寝。

契诃夫在他的小说与戏剧中创造了一种风格独特、言简意赅、含蓄精湛的"契诃夫风格"。他善于截取日常平凡生活的片段，凭借精巧的艺术细节对生活和人物作真实的描绘和刻画，从中展示重要的艺术意义。他的作品抒情浓郁，抨击丑恶现实含蓄辛辣，同时包含对美好未来的憧憬。特别是他所善用的简练艺术，给人以积极地想象和理解的空间，极大地扩展了作品的内涵张力。作为沙皇时代最后一位短篇小说大师，契诃夫在他短促的生命中，以其勤勉的观察和创作，贡献给世人数百部短篇小说以及若干戏剧、诗歌等作品，将俄国短篇小说艺术推向了高峰。

高尔基的足迹

阿列克塞·马克西莫维奇·高尔基（1868～1936）是俄国著名作家，1892年他发表处女作《马卡尔·楚德拉》，开始了浪漫主义风格的创作。

1901年他创作了著名的散文诗《海燕之歌》，塑造了象征革命志士的海燕形象，通篇都在预告革命风暴即将到来，并鼓舞人们迎接伟大的社会革命。

自1900年前后与契诃夫相识后，契诃夫将他介绍给了莫斯科艺术剧院，高尔基由此创作了几部戏剧，在舞台上发起了一场揭发社会的运动，作品包括《小市民》(1901)，《在底层》(1902)，《消夏客》(1904)，《太阳的孩子们》与《野蛮人》(1905)。高尔基的反政府立场使他虽被选为俄国艺术院成员，但最终却被权威机构排除在外。他积极参与了1905年革命，发表了反沙皇统治的宣言，并因此再度被捕，在猛烈的舆论抗议下，才获得释放。

1906年高尔基写成长篇小说《母亲》，标志着其创作开辟转入了新的方向。他在1905和1917年两次革命之间的创作成果十分丰富，如《奥古洛夫镇》（1909）、《夏天》（1909）、《马特维·柯热米亚金的一生》（1911）、《意大利童话》（1913）、《俄罗斯童话》（1917），以及广泛流传的自传体长篇小说三部曲的前两部《童年》和《在人间》（1916）。长篇小说《马特维·科热米亚金的一生》被作者本人认为是具有民族意义的作品。

在小说主人公的身上折射出民族性格中的消极特征：个人没有把握自己生活的能力，对沦为庸碌无为的悲剧性生活的现实采取消极的态度。这个主题在20年代到30年代成为高尔基创作的主导主题。

十月革命以后至1936年高尔基去世，是高尔基思想和创作发展的最后一个阶段。在社会主义建设时期，高尔基的主要活动除了参与文化工作并担任领导职务，主要是在创作上回顾历史，探索结论，写了一系列反映资本主义灭亡、无产阶级社会主义必然胜利的作品。如长篇小说《阿尔达莫诺夫家的事业》（1925）通过阿尔塔莫诺夫一家三代人的生活，概括了俄国资本主义发展的兴衰史。未完成的史诗性巨著《克里姆·萨姆金的一生）（1925-1936）表现了十月革命前40年间俄国思想领域的斗争，以及资产阶级知识分子和个人主义者的没落。作为最后一部长篇作品，作家原计划从19世纪70年代写到十月革命前夜，但最终只写到1917年二月革命。尽管如此，作家的基本构思已经实现，他在4卷本中展现了近半个世纪来俄国社会变迁的全景，描写了民粹派的瓦解、马克思主义的传播、1905年革命、一次大战、二月革命等重大事件，写出了各种社会思潮的尖锐冲突，反映了俄国知识分子对国家历史命运的思考，也记录了工人阶级的革命历程。

高尔基一生经历了从无产阶级革命运动兴起到社会主义建设的整个历史时代，通过他的创作，无产阶级的革命过程在世界文学史上第一次得到了比较广泛而热情的反映。高尔基的《母亲》历来被社会主义国家推为代表作，被当作社会主义现实主义的奠基作，因此，对这部作品的认识具有重要意义。

小说描写到，钳工米洽依尔·符拉索夫在工厂里当熟练工人，他力气大，脾气也大，结果挣的钱也最少。他为此常喝得醉醺醺地回家。气阀无处发泄，便打老婆，骂儿子。最后，他患疝气病默默地死去了。他的儿子巴威尔也是个钳工。开始，他走着父亲的老路，喝得酩酊大醉回家，跌跌撞撞地走到门旁的角落里，像他父亲一样捏着拳头敲桌子，吆喝母亲"拿饭！"。当母亲责备他时，他回答说："大家都喝酒"。随着年龄的增长，巴威尔似乎具有了年轻人该有的一切：漂亮的领带、手风琴、套鞋、手杖等。他和朋友一道参加聚会，学跳舞，每逢假日喝得烂醉，第二天起来，总是"头痛、胃痛、脸色苍白、没有精神"。

母亲尼洛芙娜把这一切看在眼里，心中无奈，只得一个人暗自流泪。她是一个胆怯的，老是提心吊胆的妇女，已经习惯于逆来顺受，忍耐生活的打击。但不久，母亲发觉儿子开始拿书籍回家，暗暗在地用功。当母亲问他在看什么书时，他回答说："我在看禁书，因为这些书把生活真理告诉我们工人。"而且，他把书本上学来的道理试图说给母亲听。尼洛芙娜听了不禁发问："真的吗，巴沙？"在他们家里，常有些青年人来聚会，工人安德烈，小学教师娜塔莎等，都是朝气勃勃的高尚青年。母亲听了他们的谈话很感动，她的心里感受到了快乐，也由衷地赞佩这些年轻人。

工人区第一次出现了革命的传单。晚上宪兵来巴威尔家搜查。母亲十分害怕，但宪兵的粗暴无礼，使她想起了年轻人的英勇精神，于是她立刻压制下了怯懦，愤怒地叱责了他们。当工厂经理要克扣工人工钱用来填平沼地时，工人的不满迸发出来。巴威尔被工人推举为向厂方交涉的代表。但由于工人心不齐，罢工失败了，巴威尔也遭到了逮捕，但这时母亲的恐怖情绪已被憎恨所代替。她握住自己儿子的手，鼓励他坚定意志。为了营救巴威尔和同志们，也为了打击敌人，母亲主动要求到工厂散发传单。她以一个母亲的勇气和智慧，把传单带进工厂，散发到工人群众中，迷惑了敌人，使安德烈和巴威尔先后获释。

五一节游行时，巴威尔举旗走在队伍前面，他以坚定的声音，号召人们"永远向前进！"人们像铁粉被磁石吸引那样，团结在他的周围，汇成

了壮烈的洪流。警察的镇压，巴威尔等领袖的被逮捕，以及宪兵再次到母亲家搜查，这一切都已不再使母亲惊诧或害怕，她认识到：为了下一代美好的前程，她应当去斗争。她更加积极地到处奔走，把禁书、传单带给工人农民。

当法庭审判巴威尔等被捕工人时，母亲深为巴威尔大义凛然的辩护而感动。革命者把巴威尔在法庭上的演说印成传单。母亲亲自承担了送传单的任务。在一个小车站上，她被暗探发现了。起初她想逃走，忽然她想到这是给儿子丢脸的可耻行为。于是，她当众把箱子打开，把传单散发给群众，并高声地向群众说道："昨天审判了一批政治犯，里面有个叫符拉索夫的，是我的儿子！他在法庭上讲了话，这就是他演说的稿子！……请你们相信母亲的心，和她的白发，我们可以告诉你们：因为他们要向你们诸位传达真理，所以昨天被判了罪！……这种真理……没人能反抗！……我们一辈子都在劳动里，在污泥里，在欺骗里，一天一天地葬送自己的生命！可是别人却利用我们的血汗来享乐，坐享其成……我们的生活就是黑夜，墨黑的黑夜！""对啊！"人们低声地附和起来。这时宪兵冲进来，用拳头来阻止母亲的演讲。母亲用尽气力高声喊道："复活了的心，是不会被杀死的！""真理是用血的海洋也不能扑灭的！""诸位，团结起来！"母亲被捕了，但她的话语仍在人们的心里回响。

这部小说试图反映社会主义思想和工人运动在俄国相结合的过程。这一主题主要是通过小说中的两个代表人物——巴威尔和母亲尼洛芙娜的成长，以及群众的觉醒来表现的。这部作品是高尔基用社会主义现实主义方法写作的典范作品。它一方面从现实原型出发，描写无产阶级革命运动，揭示了工人阶级从自发到自觉的思想发展过程。另一方面又把对未来的浪漫主义理想熔铸进了对现实生活的描写，是一部既揭示现实冲突和时代问题，又相对简单地处理这些题材，在很大程度上以主观意志取代了现实逻辑的作品。因此，尽管它在世界文学史上第一次塑造了无产阶级英雄的形象，也开创了无产阶级文学的方向，但其观念色彩毕竟遮掩了现实主义的严谨风格。

综观高尔基的一生事迹，他正如自己笔名的含义（劳苦人）那样度过艰苦生活，而且像海燕那样投身于激荡的社会生活。他对布尔什维克革命的心态长久处于矛盾状态。在他真诚地相信必须变革社会的同时，又担心人道主义理想在这个农业国家会受到歪曲。他认为，农民因循守旧，没有前进与发展的能力，所以就其本性而言，不是革命的生力军。这些疑虑反映在1917年至1918年间《新生活报》上的一组文章《不合时宜的思想》中。但是我们不能不承认，他的艺术才华和社会理想由于触及时代生活的焦点，受到了激励，也蒙受了打击，给后来者带来启示和鼓舞的同时，也带来了沉重的叹息。

伟大的意识流小说家詹姆斯·乔伊斯

　　意识流本是一个心理学和哲学术语，大体上指人处在自然状态，特别是下意识状态的意识活动。20世纪20年代，欧美一些作家把这种理论与文学创作相结合，认为文学应表现人的意识流动，尤其是潜意识的活动。随着英国的詹姆斯·乔伊斯和弗吉尼亚·伍尔芙、法国的普鲁斯特、美国的福克纳等人的意识流小说的问世，形成了意识流小说颇为新奇和壮观的面貌，40年代后，纯粹的意识流小说已很少出现，但它所锤炼出的各种技巧，对此后崛起的现代主义诸多流派和现实主义文学都产生了深远影响。

　　1916年发表的半自传体长篇小说《一个青年艺术家的画像》是作者从现实主义向现代主义转折的标志，也是世界文学中第一部用典型的意识流手法创作的小说。

　　小说主人公斯蒂芬自幼生活在虔诚的天主教氛围中，在学校接受严格的宗教教育。随着年龄的增长，他的生理、心理上的自然要求跟所受的教育发生了激烈冲突。终于，这位具有艺术气质的青年毅然与庸俗、市侩的爱尔兰社会生活决裂，远离祖国，漂泊异域，决心投身于艺术事业。

　　小说开篇是斯蒂芬幼年的模糊记忆和经历，虽然模糊，却远比后来的经验更为重要。斯蒂芬的最初儿时记忆，是童话般的幼年的开端，似乎暗示了他后来对美的追求。这一意象所以重要，是因为它的变幻性。那萦耳的曲调随着心理的演化将幻境变成了真实经历的记忆，现实不见了，在想象的加工下，意象化的记忆成了第一现实。它被赋予心灵活动的倾向性和巨大价值，对后来的生命追求产生无与伦比的作用。

在接下来的意象化描写中，孩子从尿床的感觉记忆中习得了对于水、热、味等感官的经验，从妈妈的弹琴声习得了节奏感，从丹特大娘的恐吓中——那些山鹰会飞过来啄掉他的眼睛——习得了危险甚至受到阉割一样的感觉……这一切都潜移默化地影响着斯蒂芬的后来成长。

斯蒂芬的成长，充满艰难与冲突。因而，其对立的意象描写贯穿作品始终。斯蒂芬要运动，要学习，可他的荏弱给他带来了灾难。同学把他推入水池，害他得了一场大病，他想到了校园里的墓碑和死，感受了活的死亡；教士的野蛮体罚使他第一次品尝了压迫的滋味；斯蒂芬要想象，要色彩。可是算术课上只讲求竞争。污水意象的不断出现表示它无处不在，玷污了一切，过去的纯洁不复存在；教导主任和校长的白皙肥胖的手又凉又潮又软，阴险残忍，扼杀生命；而枯燥乏味并且无情的功利竞争使他越来越对生存感到厌倦。

随着年龄的增长，主人公的官能渐渐让位给理性，心中的意识内容和意象也发生了变化。通过阅读，斯蒂芬结识了拜伦、雪莱等反叛英雄；通过家庭变故，他了解了社会；他在心理和智力方面逐渐趋向成熟，在肉体的方面也随之产生了欲望和要求。这种肉体的、情欲的要求绝非单纯受制于生理的成长，其中包含着对宗教的压制进行反叛的意味。

现在，伴随着主人公对人生前途的抉择，他所面临的冲突也在加剧并趋向高潮。斯蒂芬在痛苦和孤独中前往妓院，触犯了"不可奸淫"的罪行。他在接下来的宗教训诫中受到了触及灵魂的打击，他屈服了，忏悔了，他痛下决心，强迫自己禁欲，坚守操行，他也一度自以为恢复了洁净。但他最后还是失败了，或者说被合理的生命意志征服了。他由(自以

为)本能的反抗进而产生了对神学教条的怀疑，由身心的分裂到最终放弃了不值得为之殉葬的堡垒，最后解放了自己。

斯蒂芬在教会学校这段"炼狱"生活中，经历了挑战也实现了凯旋，他的成长证明，对人的感性生活和健康理性的剥夺必然要遭到反抗。

斯蒂芬的经历中最严重的挑战除了包括从家庭中独立出来，还包括从所处的社会环境特别是文化环境中独立出来。在实现两者的过程中，他抛弃了世代相传、视为正途的宗教生活，但同时又心怀忐忑，难以摆脱地狱的阴影。在这部小说中，主人公承受的最大压力，来自社会、宗教方面的存在，他的内在抗争显示了真正的悲壮。

尖锐对立的意象和主人公的行动相呼应，意象的对抗反映出主人公的心理和行动的对抗。斯蒂芬在痛苦中由隐忍、痛苦到反抗、叛逆，他在无端受罚后与校长说理，他抵制教会的拉拢、拒绝教士职位，他放弃心灵的虚伪选择了自由的真实。他的一切努力都在宣示一种新的生命哲学，宣示一种叛逆传统的成年礼，宣示人的尊严。他的成长在爱尔兰的民族压迫背景下有着独特的解放意义。

爱尔兰是个因循传统的社会。因而，斯蒂芬是在成年礼文化传统笼罩下长大的，因而他的成年礼具有一种传承的意义。他的父亲有意识地把他当大人看待，同时也为把人生角色让给儿子而感到悲哀。同时，在现代，可悲的是这种悲哀还延伸到了更少小的心灵中，《一个青年艺术家的画像》描写了澡堂里赤裸的少年人在尽力掩饰自己的瘦弱、羞涩和可怜无助，也描写了斯蒂芬在家里和弟妹们连绵不绝地歌唱的情景——

他静听着等了一会儿，然后也跟着他们一起唱起来。他怀着极大的精神上的痛苦听出，在他们的脆弱清新的天真的歌声里实际隐藏着一种疲惫不堪的情调。甚至在他们走上生活的道路以前，他们对那条路似乎就已经感到非常厌倦了。

（詹姆斯·乔伊斯《一个青年艺术家的画像》）

这不能不说是真正的现代悲剧，代表着文明进步的代价，潜伏着现代文明的危机。

乔伊斯发明了一种可以称为"心灵的语言"的意识流表现方法。用心灵感受的形式重新组织外在世界并形之于语言。

除了艺术的意义外，意识流的人道主义特点还表现在，从人的主体角度审视历史生活，有别于传统的机械唯物论的环境决定论的角度，意识流创作有利于展示和人的发展相悖的生活中的荒谬和舛误，因此产生了新的批判，特别是对主体自身的批判，它促进人更深入地触及自己的灵魂。总之，意识流文学打开人的心灵以沟通作者和读者间的心灵，因而也流露着意识流作家的意识流，它建立人的意识深处的联系和个人同国家民族生活的联系，寻求现代人的心灵出路，在这个重大的贡献中乔伊斯占有不容忽视的地位。

乔伊斯的创作深深根植于爱尔兰民族的肥沃土壤之中。当时爱尔兰处于半殖民地以及腐败的专制统治历史时期，爱尔兰庸俗卑琐的社会习气，使乔伊斯深恶痛绝。面对现代人被传统压抑、窒息，甚至人性扭曲堕落的困境，乔伊斯试图通过文学来反思历史，反思人生，揭示造成爱尔兰平庸现实的现代都市人的心理真实。他笔下的主人公都是芸芸众生的小市民，具有善良纯朴的素质，但内心都充满忧郁孤独，悲观失望，生活于无聊庸俗，沉溺于自甘堕落与情欲之中。他的作品表现了资本主义社会中人的孤独绝望与无可救药，揭示爱尔兰国家民族衰败和无能的历史原因，暴露资产阶级文明走向衰亡与毁灭的趋势，进而展示已进入最后混乱的当代世界。

学生必知的西方文学常识

　　作为独树一帜的意识流小说经典作家，乔伊斯注重表现人物内心真实，展示人物的主观感觉、印象和各种意识流过程，尤其注重显示人物的潜意识。作者用大量的内心独白、自由联想、时序颠倒等手法，将过去、现在与未来融合在一起，表现异化人性、变态心理和扭曲性格。使意识流成为现代文学创作独特的思维模式和不可或缺的艺术手法，在世界文学史上具有划时代的意义。

哲学与梦幻的感性显现

弗兰茨·卡夫卡(1883-1924)出生于奥匈帝国属下波希米亚(捷克)首府布拉格的一个犹太人家庭。他的父母都是犹太人。父亲赫尔曼·卡夫卡，原是住在犹太小村镇的一个走街串巷的小商贩，后来，到布拉格开了一个妇女时装店。在白手起家的创业过程中，形成了他精明强干、坚韧不拔、刚愎自用的性格。犹太人对生存的危机感使他坚信，作为一家之主，在家庭里实行家长制统治属绝对必要。长子的身份使卡夫卡自然成了父亲家长制大棒下首当其冲的目标。卡夫卡的性格特征——缺乏自信、胆怯怕事、过分敏感、优柔寡断、自怨自艾，以及好作自我分析等等，其形成多有其暴君式"家教"的影子，这种心理创伤，卡夫卡一生也未能平复。

1912年，卡夫卡在极度孤独和与外界隔绝的状态下，写出了他的第一批主要作品：长篇小说《美国》的大部分(前7章)；以及短篇小说《判决》和《变形记》。卡夫卡的作品在30年代出过6卷集，50年代出过9卷集，其中包括仅有的3部长篇：《美国》《审判》《城堡》，以及几个短篇集和书信、日记等。

卡夫卡第一部保存下来的作品是《一场斗争的描写》。其后是《乡间婚礼》、短篇小说《判决》和《变形记》。

1922年，卡夫卡写了他的《孤独三部曲》的最后一部——《城堡》。小说通过一个自称土地测量员的外乡人要进城堡而不得的荒诞故事，表现了作

者的这样一种思想：人永远也达不到自己追求的或设定的目标；他的通往目标的行动，不过是一种遥遥无期的彷徨而已。终点只能是虚无或死亡。

《城堡》的主要情节是，K孤身一人，踏着雪路向城堡——统治阶级衙门所在地——走去，为了请求当局批准他在附近一个村子里安家落户。城堡就矗立在前面的小山丘上，看起来近在咫尺，但道路迂回曲折，怎么也走不到。于是他就冒称是城堡的土地测量员，先进村子找个客栈住一晚再说。在那里他要求一个名叫巴纳巴斯的旅客充当他去城堡的向导，结果一直走到天黑，到达的却不是城堡，而是巴纳巴斯的家。城堡方面明明知道它根本没有招聘过土地测量员，但并不否认K是这一职务的承担者，并给他派来了两名助手。K想见城堡的长官CC伯爵，但此人虽人人皆知，却谁也没有看见过。K就一心想找有关当局的负责人克拉姆面谈，但找不到联系的途径。为此他在一家客店勾引了克拉姆的情妇弗里达，企图通过她与克拉姆取得联系。他因此得罪了客店的女店主，这更成了K与克拉姆晤面的障碍。K在弗里达的坚持下，不得不离开客店，屈尊去给学校当门房。然而K看不惯教员们的习气，终于被他们轰了出来。他又回到名为"贵宾招待所"的客店。听说那里正住着一位大老爷，K怀疑是克拉姆。侍女告诉他，克拉姆正准备驾车出门，K立即转身去找那辆车，好不容易等到"大老爷"出现了，原来这位"大老爷"并不是克拉姆本人，而是他的一个秘书。此人以克拉姆的名义向K提问，K拒绝回答，他认为他是有资格见克拉姆的人。

K离开旅店后，又碰见了巴纳巴斯，原来他就是克拉姆的通讯员，他给K带来了一封克拉姆的信。信中对K的土地测量工作表彰一番，并鼓励他继续努力。K被弄得莫名其妙，因为他根本没有进行过土地测量工作。原来这是从档案柜里翻出来的多年前的旧指示。但K不死心，仍要巴纳巴斯给他带口信，要见克拉姆。

日子一久，弗里达对K渐渐产生了疑忌，由于客店女店主告诉了她与

K同居的动机，她埋怨K向她隐瞒实情，以致她始终不知道K究竟从哪儿来，将向哪里去。这时候，K的一个助手朱雷玛乘虚而入，他嫌K对待他们太刻薄，扬言要把弗里达从K手中"解救"出来，"解救"的手段就是与弗里达调情。

但K的房东巴纳巴斯一家始终是同情K的。巴纳巴斯的大妹妹阿玛丽亚向K透露她妹妹奥尔嘉对他有爱情。K拒不接受，说他已经有了未婚妻。他仍死心塌地等巴纳巴斯带消息回来。在这种情况下，奥尔嘉不得不向K透露她哥哥巴纳巴斯给城堡的克拉姆当信差的苦衷：原来这位信差自己也从来没有见到过克拉姆，也不知道谁是真正的克拉姆。因此他每次去城堡几乎都是空跑。所以指望巴纳巴斯取回信件是根本不可能的。她还认为，K已经卷进他们的漩涡了。

K与奥尔嘉姐妹的这种友情，引起弗里达的醋意，她干脆向K宣布，她已与她少年时期的伙伴同居了。这时K谴责他的助手朱雷玛奉别人的旨意存心破坏他与弗里达的关系。最后克拉姆的一个秘书艾蓝格尔召见K，命令他立即把弗里达送回客店，还给克拉姆。至此，K与城堡联系的一切可能性都断绝了……

小说写到第二十章为止。作者计划写的结局是：K在弥留之际，终于接到城堡来的通知：可以住在村里，但不许进城堡。

小说没有写完，但结局很明显，K永远走不进城堡。为什么？小说在大量的恍惚迷离的雪村生活描写之外，在第五章开头，大段议论了其中的原委。归结起来就是，跟当局若隐若现的联系似乎表明一种信任，又隐伏危险；同村长之类当局接触使他意识到，他们要做的就是维护那些遥远而不可望见的老爷们的遥远而不可望见的利益，而K却得为自己，为迫在眉睫的事情而奋斗。当局在无关紧要的事情上立即充分满足了K的愿望，但也立即夺去了他轻易赢得胜利的可能性，夺去了与胜利同在的满足感，夺

去了他对胜利的信心，他们让K随意行动——但只在村子里。就这样纵容他，消磨他，"把他陷进一种非官方的、根本没有得到承认的、狼狈的、异乡陌路的处境。"K从来没有见过什么地方像此地这样把职业跟生活纠缠在一起的，纠缠得简直使人有时以为这两者调换了位置。就是说，职业的权力关系倒不如生活的权力关系来得更严酷。

这是建立在物质王国的霸权基础上的现代西方社会的梦魇，应该说，也是卡夫卡的梦魇。首先，卡夫卡的生活本身，他的经历及其感受，本身就如同一场梦魇。他是多病多疑多思的，梦魇应该对他并不陌生；他是犹太人，他的犹太祖先应该早已为他准备了各种磨难中招之即来的梦魇，他的犹太前辈弗洛伊德也早已对梦魇做了大量研究阐释。可是，如果梦魇如果不是真实生活的影子，如果没有卡夫卡在小说中似真似梦的描绘和恍惚，如果卡夫卡不是生活在奥匈帝国时代的痛苦压迫之中，那么任何将其创作比附梦魇的说法都可能是牵强的。

卡夫卡作品的主题是孤独、受挫，是一个被无法理解也无法控制的莫名力量所威胁着的个人难以承受的负罪感。在哲学方面，卡夫卡深受丹麦哲学家克尔凯郭尔和20世纪存在主义哲学家们的影响，在文学方法上，他兼备表现主义和超现实主义精髓，明晰、现实与幻想的结合、夹着反讽的幽默，这一切造成了他的作品的梦魇和幽闭症般的效果。他从自己亲身的经验出发，写尽了现代人"被疯狂的时代鞭打"而扭曲变形的内心感受。他只描写人类的普遍弱点，是一个把这些弱点当做时代的消极面紧握在手中并加以最有力的表现的"弱的天才"。在艺术上，卡夫卡是现代荒诞文学和迷宫小说的先驱者。他把总体的荒诞与象征同现实主义的真实细节描写结合起来，创造出一种以芝诺式的悖论思维为基础的，把生活非现实化和把梦境现实化的佯谬文体。他叙述可怕现象犹如讲述司空见惯的事情的那种安详平静的语调，使传统的叙事艺术焕发了生机。

马克·吐温的传奇

马克·吐温（1835-1910）原名萨缪尔·朗荷恩·克莱门斯，马克·吐温是其笔名，他出生在密苏里州一个地方法官家庭里，由于家境贫寒，他没有受过正式的学校教育。12岁时，父亲去世，马克·吐温独自外出谋生，先后当过学徒、领航员、矿工和新闻记者。丰富的生活经历使他熟悉了各种各样的人物和社会现实，并接触到了美国西部幽默滑稽的乡土文学。所有这些不仅为他的日后的创作提供了素材和风格上的准备，而且逐渐形成了他民主主义思想。1867年他的第一部短篇小说集《卡拉韦拉斯县驰名的跳蛙》问世，从此开始了文学创作生涯。

马克·吐温一生创作了长篇小说、中短篇小说、政论、杂文、游记等多种体裁的作品。他的近50年的创作生涯大体可分为三个时期：早期（60-70年代）；中期（70-90年代）；晚期（90年代末-20世纪初）。

马克·吐温的早期创作是从南北战争以后开始的。他在西部幽默传统的基础上，运用极度夸张的手法，勾勒出一幅幅社会政治讽刺画。他在有力地揭露和批判资本主义民主制度的虚伪与丑恶的同时，仍然对整个资本主义制度持乐观态度。这种乐观精神决定了马克·吐温的早期作品尽管泼辣，但却充满了轻松、欢乐的基调。

《竞选州长》（1870年）是马克·吐温早期的一篇优秀短篇小说。作品主人公作为候选人参加州长竞选，没想到被裁赃了五花八门的罪名，什么

伪证犯、小偷、盗尸犯、酒疯子、舞弊分子和讹诈专家。而这些无中生有的罪名统统是由各报纸以极为庄重的外交辞令公开披露的，最后主人公不得不退出竞选。和《竞选州长》同年发表的短篇小说《哥尔斯密的朋友再度出洋》也是一篇有着讽刺内容的作品。作品通过一个华工的遭遇，有力地揭穿了"民主美国"的真相。

19世纪70-90年代是马克·吐温创作的中期和黄金时代。这时他开始探索更为深刻的社会问题，作品中批判的因素大大加强，思想内容更加深刻，早期的轻松幽默转变为尖锐的讽刺和无情的揭露。重要作品有：《镀金时代》（1873）、《汤姆·索亚历险记》（1876）、《王子与贫儿》（1881）、《哈克贝利·费恩历险记》（1884）等。

《镀金时代》是马克·吐温的第一部长篇小说。小说的情节围绕着资本主义经济中出现的投机、诈骗等事件展开，不但揭露了政界、司法界和新闻界的肮脏腐败，还写出了整个社会风气的败坏。美国资产阶级标榜南北战争之后的美国是"黄金时代"，而马克·吐温通过这部小说证明了那只是一个"镀金时代"。

《汤姆·索亚历险记》是马克·吐温这一时期的作品。小说通过顽童汤姆的眼睛和经历表现了美国沉闷、刻板、庸俗的社会现实，对美国虚伪庸俗的社会风气、迷信落后的宗教和陈腐呆板的学校教育制度，都进行了无情的揭露和批判。但是，这部作品社会批判的主题未能充分展开，8年之后，马克·吐温在他的代表作《哈克贝利·费恩历险记》中则深化了这一主题。

90年代末20世纪初，随着美国进入帝国主义阶段，马克·吐温的创作转入第三时期。这一时期，他对美国民主制度的希望逐渐变为失望，早期作品中的那种幽默诙谐的乐观气氛荡然无存，深恶痛绝的悲愤情绪闪动在字里行间。他写了大量的政论和杂文，也继续创作小说，中篇小说《败坏了的哈德莱堡的人》是这个时期的重要作品。小说以一个外乡人用一袋假金币引诱哈德莱堡的19位头面人物上当的故事，淋漓尽致地表现了资产阶级道德的虚伪。一个小小的哈德莱堡就是虚伪的美国世界的缩影。这部作品在深化社会批判主题的同时，也透露出马克·吐温民主主义理想破灭和对人类本性、人类未来的看法。这种悲观情绪成为他晚年思想的一部分。1910年4月21日，马克·吐温去世。

《哈克贝利·费恩历险记》是马克·吐温最重要的作品。故事发生在19世纪40年代前后。小说叙述汤姆·索亚的朋友哈克被道格拉斯寡妇收养。哈克对在她家过"体面"、"规矩"的生活感到厌倦，对学校的死板教育极为不满，一心向往自由自在的生活。在树林里，他过起以渔猎为生的生活。父亲常发酒疯，毒打哈克。哈克与吉姆结伴乘木筏同行，准备逃到不买卖黑奴的自由州去。逃亡中，他们历尽艰难险阻，结下了深厚的友谊。有两个江湖骗子登上他们的木筏，一路上大搞诈骗活动，后来竟至偷偷卖掉了吉姆。哈克和汤姆搞了一场营救吉姆的活动，但实际上他已经是自由人了，因为他的主人临死前，已经给他自由了。

小说的中心主题是反对种族压迫。蓄奴制是美国社会中最残酷而野蛮的现象之一，是阶级压迫的一种形式，也是当时美国现实中最迫切的社会问题。南北战争以前，南方的种植园主把黑奴当牲口使用，任意买卖和打杀。南北战争以后，蓄奴制在法律形式上是取消了，但是对黑人的种族压迫并未消失。小说是在南北战争以后创作的，但小说的内容写的却是南北战争前的年代。作品通过对奴隶制盛行年代的回顾，引起人们对仍然存在种族压迫的现实的反思。在《哈克贝利·费恩历险记》中，马克·吐温通过黑人吉姆逃亡的故事，表现了他对压迫黑人的制度的否定。

吉姆是一个具有丰富的思想感情和优秀品质的人物。他不能忍受奴役和压迫，渴望自由幸福的生活，要求成为自己命运的主宰。为了不让主人

把自己卖到南方去，他从华森小姐家逃跑了。他幻想逃到自由州去，将来赚了钱赎出老婆孩子，过自由幸福的生活。这种淳朴的理想，不过是生存的最低权利，但却面临着破灭的危险。吉姆的品格也证明他不该承受非人的压迫。他淳朴善良，忠于友谊和富有同情心。与白人相比，他具有同样的智慧，更不乏细腻的感情。马克·吐温在小说中对吉姆的描写不啻对流行的种族歧视的有力打击。尽管作家从现实主义态度出发描写了吉姆身上存在的迷信和无知，但这并不是黑人固有的，而是由于阶级压迫和缺乏教育的结果。吉姆的形象是美国文学史上的重要收获，比起斯托夫人笔下汤姆叔叔的形象，不仅在精神面貌上更为丰满，更重要的是他身上已经没有汤姆叔叔身上那种逆来顺受的奴性。

哈克的形象在这部作品中占了中心的地位。哈克不愿意过"体面的"资产阶级生活的虐待。为了追求自由生活，他逃跑了。哈克的逃跑意味着他活泼而敢于斗争的性格。他不仅自己追求自由，而且帮助吉姆争取解放。他是甘愿冒着违犯法律和社会传统道德来帮助吉姆的。但是，作家在描写哈克形象时，并没有简单化地把他写成一个出淤泥而不染的人物。他也真实地描写了哈克克服种族成见的过程。哈克是经过了艰巨的思想斗争才从偏见中解放出来的。书中曾写道哈克一方面帮助吉姆逃跑，另一方面却受着良心的谴责，因为社会上的一切都教育他：奴隶是不能反抗主人的，而帮助黑人逃跑是卑鄙下流的犯罪行为。但是经过思想斗争之后，正确的观念取得了胜利，他决定和吉姆共同奋斗到底。他的这一抉择，显然是吉姆的淳朴高尚品质影响的结果。

《哈克贝利·费恩历险记》在表层的历险情节和意义之下，还隐伏着一个强有力的原型结构，这是它受到海明威和托·斯·艾略特等大作家们交口称赞的主要原因。作为艺术构图的一部分，小说中成功地塑造了大河意象。《哈克贝利·费恩历险记》这部小说中的大河有着丰厚的象征意蕴，这种意蕴根植于人类从古至今普遍的感知经验，并在现代思想理论的理解下，显示为完整、生动、合乎逻辑的原始文化内涵，这使我们有充分理由将其视为作家创造出的原始意象。

首先，这是一条人格化的大河。在哈克带有自然神论倾向的感知体验中，她是一个富于神秘色彩和永恒魅力的母体，哈克和吉姆就是她的孩子，或者是合为一体的健全的男性，从而与她构成相互依存的亲缘或相互包容的和谐整体。我们从作者笔下看到过她的宁静、温情和慈爱，那就是她在夜色中传来的蛙声，她在黎明雾散后现出的赧红，她那摇篮般的波动，以及她与赤身裸体的漂泊者的水乳交融。她无尽无休，亘古如斯，像孕育原初生命的原初的水流，涌着原始的生命律动。时间消失了，浮现的只是原始的生命；尘世远遁了，存在的只是自然和人的本性。人同自然联结为一个凌驾于现实之上的新天地。

其次，这是一条性格化的大河。她的喜怒哀乐与主人公的际遇臧否息息相关，绝无分离。哈克和吉姆登上木筏，初享自由时，大河是温柔宽厚的怀抱；哈克用诈死来戏弄吉姆时大河上水急浪险，满是迷雾鬼影；哈克从贵族械斗中逃回时，大河又成为充满灵性的朋友，尘世邪恶之外的净土；当两个骗子上了木筏，大河则像受了玷污，雷霆爆发，狂啸怒吼。由此可见，大河已非自然中的无情之物，亦非现实中的实有之物，而是作家艺术创造的产物，是理想的长河。

最后，这也是一条神话化的大河。她与主人公历险生活的神异联系产生出现代神话的意义，与远古创世神话中神的诞生历险故事相暗合。众所周知，在世界许多民族的创世神话中，最初的存在便是"无底的水的深渊"，而化生万物的开辟神、宇宙胚胎或蛋则处在水中或浮在水上，以后便有了神的诞生、成长、历险……远古各主要的，傍河而居的民族——埃及、印度、巴比伦等都相似地留下了这样的神话。这表明水的孕育和神的

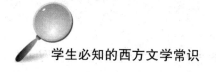

历险是不可分割地连在一起的。它构成了原始文化的核心表象，并相沿而下，终于演化再生为马克·吐温笔下的核心意象。很显然，这是马克·吐温用心灵体验民族生活(这是他一贯的主张)的结果，密西西比河在他的体验中化作了所有热爱自由，追求真善美的人们心中不朽的神，从自然转化成了意象，一个凝聚着无限丰富的民族生活内涵的意象。

与河上生活相呼应的，这部小说还成功地刻画了英雄意象。哈克是小说的中心人物，他同伙伴吉姆在河上的生活和相互关系的微妙变化、他在岸上的遭遇和表现，特别是他思想性格的前后变化，都使他截然区别于普通的流浪儿形象。

在漂泊中，最初哈克还总想用白人资产阶级的"常识"教化吉姆，可结果总是被吉姆头脑中的"原始智慧"所征服，吉姆反倒成了他的心灵导师，这里不无文明从自然中接受教训的意味。哈克在智慧长者的指引下深入自然奥秘，经历身心考验，学习生活技能，皈依自然信仰，使自己脱离旧我成为新人，这一完整过程与原始群体中普遍存在的"濡化"过程极为相似。

马克·吐温在他创作的峰巅时期完成了两个最为卓越的艺术意象——密西西比河和哈克。在这大河(不是客观实存那条河，而是马克·吐温心中和人类文化中的"大河")的"上游"，我们看到的是原始时代普遍存在的创世神话和与之相伴随的原始自然生活；在这大河的"下游"，我们看到的是20世纪乃至未来的人类不懈追求和平自由和幸福家园的帆影；而在哈克身上，我们同样可以看到远古的英雄传说和部落成年礼，看到现代人类的主体意识和人文主义理想。

风吹草叶遍地芳

惠特曼（1819—1892）在他的诗集《草叶集》中用来解题的一段诗。从中不难看出诗人创作的情怀。草叶最是稀松平常，可它覆盖大地，孕育生命，改变世界的容颜。"草叶"一名，涵盖了这部诗集全部基本的思想和风格。草叶，它的顽强的生命力，蓬勃向上的精神，象征着美国的民族精神，因为美国是劳动者的双手建造起来的；草叶，既是象征，也是礼赞，讴歌的是人民而不是贵族；草叶不避风雨，不畏践踏，在宽广的原野和狭窄的角落同样生长，在白人和黑人中间一样发芽。可见草叶也是诗人民主平等思想的体现，是美国民族熔炉的表征。

惠特曼何以立下如此志向？他的生活为我们提供了重要线索。他生于美国长岛一个海滨小村庄。父亲是个农民。惠特曼5岁时随家迁到布鲁克林，父亲做木工，承建房屋，惠特曼在那儿上小学。由于生活穷困，惠特曼只读了5年小学。辍学后，他当过信差，学过排字，当过乡村教师、印刷工、记者、编辑。他的丰富经历使他广泛地接触到各种人，感受到各种大自然的气象和社会的风俗，这对的诗歌创作产生了巨大影响。他在报业工作时开始写作，他的文章反对奴隶制，反对雇主剥削，具有强烈的现实精神。1848年的欧洲民族民主革命给他以极大影响，他发表文章宣传欧洲革命精神，并写下不少表达自己激越心情的诗歌，如《欧洲》《法兰西》《近代的岁月》等。

1850年起，他脱离新闻界，继承了父亲的木匠和建筑师职业。在此期间，他创作了他的代表作诗集《草叶集》（1855）。1861年美国南北战争爆发。内战结束后他自费发表了反映内战的诗篇《桴鼓集》(1865)。几个月后他又出版了一本续集，其中有悼念林肯的名篇《最近紫丁香在庭院里开放的时候》，《哦，船长！我的船长》等。1873，惠特曼身患半身不遂症，此后委身病榻近20年。1892年3月26日，惠特曼在卡姆登病逝。

作为美国19世纪浪漫主义文学的杰出代表，惠特曼的创作体现出了两个重要的思想倾向，一个是民主主义思想，另一个是美利坚民族情感。少年时代，他曾多次聆听来家中做客的民主主义思想家托马斯·潘恩的谈话，深受后者激进的民主倾向和空想社会主义思想的影响，使他形成了献身民主事业的理想。成年以后，适逢超验主义运动兴起，他深为爱默生的学说所折服，不由纵情放歌大自然和接近自然的普通劳动者，因而更加丰富了自己的民主立场。事实上，如果说惠特曼的民主主义思想来自美国的民主进程和移民们的自由传统的话，那么他的民族情感显然和他的广泛游历有着不可分割的联系。

惠特曼的丰富经历使他对民族生活有着超乎寻常的感受。美国自独立战争(1754—1783)结束后，便开始了独立自主的发展进程。这是一个在欧洲资产阶级革命基础上进一步在崭新的历史起点上建设新文明的进程。三权分立的制度，丰饶多样的资源，自由广阔的世界联系，汇聚成巨大的创造力，使美国社会在半个世纪里发生了天翻地覆的变化。惠特曼的创作正值西部开发的火热时代，朝气勃勃的创业者们络绎不绝地向苍凉的西部挺进，他们克服各种危难险阻，筚路蓝缕，在处女地上建设起各种设施和家园。在年南北战争爆发之前，西部开发构成了美国社会生活的重大内容。至1860年时，美国已将大西洋西岸至太平洋东岸贯通起来。惠特曼的诗歌创作就是在这一历史背景下达到其顶峰的。自由、平等、博爱，这个古老的欧洲资产阶级革命理想在惠特曼这里以更具体的自由、民主、创造，特别是以人的尊严和自豪的声音发扬出来。

正是在这种19世纪上半的精神解放形势下，美国的浪漫主义文学升腾而起。开拓者勇敢、勤奋的创造力激励着诗人。随着政治、经济的进步，这个年轻国家的审美想象与情感也迸发出来，形成了生动活泼的文学环境。报纸杂志如雨后春笋般出现，培养了大批读者，形成了十九世纪上半叶蓬勃的浪漫主义的文学思潮。惠特曼本人就投身于出版业，许多作品就是在报刊上发表的。

惠特曼的浪漫主义代表作是《草叶集》，诗集于1855年在纽约出版时只有94页，12首诗。由于诗人在每次印刷时都加进新诗，因此诗人晚年时，已增至383首诗。

1861年美国南北战争爆发，是美国乃至整个西方社会的重大事件。浪漫主义的诗人艺术家纷纷用笔声援北方的正义之举。惠特曼在这个时期写下了真实记录这场革命战争的《桴鼓集》；林肯被刺后，他为正义事业的受挫和人类的邪恶而悲哀，写下了寄托沉痛哀思的《啊，船长！我的船长》、《今天的军营静悄悄》等诗篇；而在《神秘的号手》等诗中，他则乐观地描绘了未来的自由世界理想。总之，惠特曼的诗歌主题是多样的，创作风格也是独特的，他的真诚热烈的诗篇最为集中地表现出了美利坚积极向上、生气勃勃的创造精神。

我们且打破惠特曼加在下述诗句上的标题，把他显示着诗歌主题的诗句摘出若干，做个见证，来表明他的观念基础和诗歌艺术：

关于自由，他写道——
一旦无条件地服从，就彻底被奴役喽，
一旦被彻底奴役，这个地球上就再没有哪个民

族、国家、城市，还能恢复它的自由。

关于时代，他写道——
我听见美洲在歌唱，我听见各种不同的颂歌，
机器匠在歌唱着，他们每人歌唱着他的愉快而强健的歌，
木匠在歌唱着，一边比量着他的木板或梁木，
泥瓦匠在歌唱着，当他准备工作或停止工作的时候，
船家歌唱着他船里所有的一切，水手在汽艇的甲板上歌唱着，
鞋匠坐在他的工作凳上歌唱，帽匠歌唱着，站在那里工作，
伐木者、犁田青年们歌唱着，当他们每天早晨走在路上，或者午问歇
息，
或到了日落的时候，
我更听到母亲的美妙的歌，正在操作的年轻的妻子们的或缝衣或洗衣
的
女孩子们的歌，
每人歌唱属于他或她而不是属于任何别人的一切。

关于现实与物质，他写道——
我要写出物质的诗歌，因为我认为它们正是最有精神意义的诗歌，
我要写出我的肉体的和不能永生的常人的诗歌，
因为我认为那时我才可以有我的灵魂的和永生的诗歌。

关于自然，他写道——
栗色马的一瞥，也使我羞愧于自己的愚拙。

关于尊严，他写道——

朗费罗《在人生的营帐里》

万岁！一切遭受失败的人！

万岁！你们那些有战船沉没在大海里的人！

万岁！你们那些自己沉没在大海里的人！

万岁！一切失败的将领，一切被征服了的英雄！

万岁！你们那些与知名的最伟大的英雄们同样伟大的无数的无名英雄
们！

关于革命，他写道——

我的语言涉及已经说过的物的属性比较少，

而是更多地涉及没有说出的生命、自由和解脱，

所贬的是中性的或被阉割的东西，所褒的是充分发育的男人和女人，

它为反叛活动鸣锣助威，与流亡者和图谋叛逆的人厮守在一起。

关于世界主义，他写道——

任何人贬损别人也就是贬损我，

一切人的一言一行最后都归结到我。

论人体，他写道——及尊严的来源，及人类

男子的肉体是圣洁的，女人的肉体也是圣洁的，

无论这个肉体是谁，它都是圣洁的——它是奴隶当中的最卑下的一个
么？

它是才上了码头的呆头呆脑的移民中的一个么？

每一个人都正如有钱的人一样，正如你一样，属于此地或属于彼地。

每一个人在行列中都有着他或她的地位。

（一切都是一个行列，宇宙便是用整齐完美的步伐前进的一个行列。）

关于民族根基，他写道——

哦，我忽然发觉这个美国只不过就是你和我，

它的权力、武器、证据，就是你和我，

它的罪行、谎言、偷窃、缺点，就是你和我，

它的国会就是你和我，那些军官、州议会大厦、军队、船只，

就是你和我，

它不断地孕育的新的州，就是你和我，

战争，（那场如此残忍和可怖的战争，我愿意从此忘却的战争，）

就是你和我，

那些自然的和人工的东西，就是你和我，

自由，语言，诗歌，职业，就是你和我，

过去，现在，将来，就是你和我。

最后，关于世界和人类文明，他总结性地写道——

那些神话是伟大的……

自由是伟大的……

青年是伟大的——老年也同样伟大——白天和黑夜都伟大；

财富是伟大的——贫穷也伟大——表现是伟大的——沉默也伟大。

……

地球是伟大的……

人类身上的真理的性质是伟大的……

语言是伟大的……

法律是伟大的……

正义是伟大的……

生命是伟大的。

从这些诗歌可以看出，惠特曼是一个完全和民族融合为一体，以自我的形象歌唱民族和人类的诗人。他的大量歌唱自我的诗歌实际上歌唱的乃是民族和人类，甚至是在歌唱哺育生命的大自然。他之所以具备这个特点，是由于他是土生土长的美国诗人，是从民族的血液里生长出来的。

在艺术风格上，他创造了一种新型诗体——自由体诗，即不受格律、韵脚的限制和束缚，惟求思想和语言自由自在的发挥，于表达民主自由理想，表达美国人民对新生活的渴望和对自身创造力的礼赞。他这种出自民间、如草叶般顽强不羁的风格也奠定了美国大众化诗歌的基础，为美国文学的健康发展做出了贡献。

拯救西方信仰的海明威

海明威（1899-1961）出生在伊利诺伊州的橡树园镇，父亲是位爱好户外活动的医生。母亲在上流社会的乡村俱乐部文化氛围中长大，擅长音乐，重视孩子的文化修养。在他们的影响下，海明威从小形成喜爱户外运动，尤爱渔猎的习性，对他的后来经历和创作产生了重要影响。1918年，海明威中学毕业后参加志愿救护队，赴第一次世界大战中的意大利前线，不久身负重伤。医生从他身上先后取出二百余块弹片。战后，他作为驻欧洲记者长期居住巴黎，与众多参战并旅居巴黎的美英青年活跃于文坛。1923年夏季，他的第一部作品集《三个短篇和十首诗》在巴黎出版，因多为习作，不为世人所注意。1925年，海明威发表第二部作品《我们的时代》，初获文名。这部小说集内含18个短篇，组成主人公尼克·亚当斯青少年时期的生活史，因此，也常被看成描写人物际遇与命运的"长篇小说"。人们普遍认为，《我们的时代》是海明威创作的真正开始，透露出他作为"迷惘的一代"代表作家的思想基础和心理素质。

长篇小说《永别了，武器》（1929）是海明威"迷惘的一代"创作的最高成就。小说以第一人称自叙方式展开，以第一次世界大战后期意大利—奥地利前线作为背景。主人公弗雷德里克·亨利是个美国青年，参战驻扎在前线小镇。经意大利军医雷那蒂介绍，他结识了英国女护士凯瑟琳。不久，亨利在执行任务时负伤，被转送到一所英国红十字医院，凑巧与调到这里的凯瑟琳相遇，两人坠入爱河。数月后，亨利伤愈返回前线，恰遇意大利军队全线崩溃，目睹了死亡大撤退的惨景。一天夜晚，当他随着人流通过一座木桥时，被意大利宪兵当做弃职军官逮捕，在等待处决时，他跳河潜逃，决意从此退出战争。经过一番周折，他找到凯瑟琳，两人一起流亡到中立国瑞士，开始了远离残杀和纷争的愉快生活，可是就在冬天即将结束之际，凯瑟琳因难产死于医院。亨利走进病房，赶走了护士，关了门，灭了灯，向凯瑟琳的遗体告别，然后冒雨默默走回旅馆。

《永别了，武器》是继《我们的时代》《太阳照常升起》之后，海明威对战争与人生进一步思考的结果。小说以巨大的张力显示战争与人性的冲突，特别是爱情的温馨与战争暴力的对立，战争像一个笼罩一切的巨大阴影，成了捉弄人、折磨人、摧残人的恶的化身。在战争摧毁下，爱情成了死亡的殉葬品。美好的东西得而复失，痛苦是毁灭性的。海明威以深藏憎恨的冷峻笔触，揭示了帝国主义战争的反人道性质，进而否定了资本主义社会的政治宣传及其精神价值。他借用作品中人物之口谴责道："什么神圣、光荣和牺牲，我一听到这些空洞的词语就感到害臊。"

作者时常将主人公的遭遇视为暴力世界中孤独个人的必然命运。亨利在医院的走廊里等候卡瑟琳分娩的消息时，思考着人生，将人的命运比喻成扔进篝火中的干柴上的蚂蚁，无论如何躲避，也无法摆脱被烧死的厄运。这也正是海明威对人生的理解。他在《永别了，武器》插图版序言中说，"这本书是一部悲剧，也知道人生只能有一个结局"。他把战争看成无法抗拒的灾难，人"生活在这个真实的世界上，好像炼狱里的游魂"，致使小说字里行间渗透着悲观迷惘的情绪。

《永别了，武器》标志着海明威在艺术上的完全成熟。它以简洁冷静的叙述，客观精炼的动作刻画，电报式的对话，真切不隔的环境描写，以及从感觉、视觉和触觉等方面进行的表达方式，构成了作者独特的风格。

全书描述若干独立的场景，最后在生者与死者的诀别中戛然而止。作者用跳跃性的组织结构，将战争中日常生活片断联结成具有立体感和动态感的组合画面，同时以明晰、疏朗的叙述和描绘语言，将光与色、明与暗、远与近、线条与轮廓精致地组合一处，深刻地表达了伟大的悲哀。

30年代前期海明威在一系列短篇小说中描写西班牙斗牛、非洲猎场、古巴拳击赛，更多地去发现人类在危难中的生命和精神价值的对应场景。在《午后之死》《非洲青山》(1935)、《没有斗败的人》(1935)中惊心动魄的斗牛和猎兽的场面，表现了敢于冒险犯难、临危不惧、蔑视死亡的"硬汉"精神。作者把这种精神扩展为具有普遍意义的人类优秀品质，认为这是不幸者用来对抗邪恶和厄运的本质力量。这固然反映了海明威对"强者"的推崇和个人奋斗精神，但也表明了他不甘在迷惘中沉沦，竭力在思考和行动中自拔的强烈意识。

从30年代中期开始海明威的创作增加了深度。1936年写的短篇小说《乞力马扎罗之雪》（The Snowsof Kilimanjaro，1938）采用回忆、联想、幻觉与梦境交织的意识流和象征手法，描写作家哈里与恋人海伦赴非洲狩猎，受伤后未得及时治疗而染绝症，临终回首往事的情景。恍惚的回忆愈向儿时上溯，垂危的哈里愈接近生命的终点，构成了巧妙的结构，有力地表达了对生命价值的体验。哈里经历丰富，参加过一战，憎恨战争，战后寄居巴黎，以笔耕为业。在战争中受创的心灵逐渐滋生颓伤情绪，借酒消愁，看重金钱，追逐女人，沉醉逸乐，艺术才华付之东流，最后在悔恨中悄然离去。哈里的悲剧，揭示了现实社会对一个有才华的青年的精神摧残。在某种意义上，哈里的经历是作者描写一系列带有自传性主人公命运的续篇。

1937-1940年，是海明威的"西班牙时期"，他在参加西班牙内战期间写出了剧本《第五纵队》，剧中塑造了一个放弃金钱与爱情，为社会正义献身的形象，表明作者已从不加区分地反对一切战争的迷惘状态转向对战争和正义事业的思考。

两年后，海明威发表了西班牙内战题材的长篇小说《丧钟为谁而鸣》(1940)，作品主要叙述美国青年罗伯特·乔丹奉命在游击队的配合下在敌后炸桥的故事。在撤出战斗时，受伤的乔丹留下来掩护，手中紧握机枪，等着法西斯分子走近。他心里想着："我为了自己的信念已经战斗一年了，如果我们能在这儿打赢，在任何别的地方也一定能取得胜利。"小说歌颂了为正义事业勇于牺牲的献身精神。《丧钟为谁而鸣》表明了海明威对西班牙人民和正义事业的热爱。小说标题借用了17世纪英国诗人约翰·邓恩的布道词，"因为我同整个人类是一体的，因此任何时候你也不要问，丧钟为谁而鸣，它是为你而鸣"。这种世界主义、人道关怀和小说中浓郁的爱情描写融合一处，表达了作者对战争、人类关系和生命价值的多层思考。

第二次世界大战期间，对"硬汉性格"的追求和日益增强的社会意识结合起来，变成海明威有目标的正义行动。他以反法西斯斗士的姿态活跃在欧、亚战场，频繁的参战行动使他基本上中断了创作，但战争期间的经历却成了他战后创作的重要素材。

战后16年间，除了旅行和渔猎，海明威写下了大量的文稿，其中尤以《老人与海》(1952)为最成功。这部中篇小说是作者1936年写的一篇通讯《蓝色的海上》的艺术扩展。当时海明威报道一个古巴渔夫出海捕到一条马林鱼，那条鱼很大，"把小船拖到很远的海上"，两天两夜后，老渔夫才把它制服，后来"遭到鲨鱼的袭击，马林鱼的肉被吃掉一半多"。当人们找到那个渔夫时，"他快气疯了，鲨鱼还在他船边打转"。这是小说的胚胎。经过十几年的酝酿，它发育成巨著。

小说描绘了古巴渔民桑提亚哥在海上三天三夜的捕鱼经历。在这之前，他接连84天出海劳而无获，一度伴随他出海的小男孩曼诺林也被父母叫走，剩下他孤零零一人。但是桑提亚哥并没有丧气和倦怠，在第85天，

他继续独驾舟出海。翌日，他在远离海岸的深海里钓到一条比自己的船还大的马林鱼。他使出全部力量，经过两天两夜的奋战，终于捕获了大鱼，可是在归途中，他遭到鲨鱼的袭击。老人意识到这是一场打不赢的战斗，但，"一个人并不是生来要被打败的，你尽可以把他消灭掉，可就是打不败他"。凭着这种精神，虽精疲力竭，手臂受伤，仍与鲨鱼搏斗到底。回到海港，人们看到的是一副庞大的马林鱼空骨架。老人疲劳过度，回到家里倒下就睡着了，在梦中他又见到了海滩上的狮子。

作为生前发表的最后一部小说，《老人与海》比较集中地体现了海明威独特的艺术风格。他曾把文学创作比做飘浮在大海上的"冰山"，认为用文字直接写出来的部分仅仅是"露出水面的八分之一"，隐藏在水下的部分却占冰山的"八分之七"。在作者看来，冰山之所以威严可畏，正由于这种含蓄。艺术亦当如此。一个优秀的作家，就是要以简洁笔法描绘出意蕴深厚的画面，促使读者根据自身感受和想象力开掘隐藏在"水下"的"八分之七"。从一千多页变为完成时的几十页，高度的简约有效地表现了崇高的主题。

桑提亚哥形象显然发展了20、30年代作者笔下的"硬汉形象"，孤傲、倔强的"老人"和无穷尽的大海、无敌的鲨鱼的冲突更加鲜明。而且，这里的对立已经不再是决然不可调和的，而是大自然和生命本身规定内的对立，老人和自然是既对立又一体的，自然配得上老人，老人也配得上自然，它们都配得上存在的尊严。因此，尽管老人的遭遇是悲剧性的，但却充满了真正属于人的生存的哲学意义，那就是虽然不断遭遇失败，但却因自由而居于造物之巅。

海明威的文学创作伴随着一生的思想发展和变化，一生的思想发展变化又不断地追求人类尊严和进取意志，为西方社会在世界性的劫难和倾轧后重振精神生活的动力发挥了重大作用。

人类命运的当代诘问者索尔·贝娄

索尔·贝娄(1915-2005)生于加拿大魁北克的莱基内。他的父母是俄国犹太人，1913年举家迁往加拿大。贝娄的幼年是在蒙特利尔的犹太贫民区中度过的。贫苦的生活在他的童心中留下了深刻烙印，也磨练了他的生活能力和意志。9岁时，贝娄随父母移民到美国的芝加哥和伊利诺斯。他们居住的地区，英语、法语和希伯来语兼通并用，而正统的犹太文化传统最为盛行。犹太民族的宗教、文化、传统深深地影响着贝娄童年的思想，犹太民族内在的凝聚力也在时刻熏陶着贝娄童年的性格。交错繁杂的文化传统以及对这些文化传统的深刻体验，为贝娄后来的创作提供了丰富充实的素材和经验。

1933年，贝娄中学毕业后来到芝加哥大学攻读人类学和社会学。在贝娄所创作的大部分作品中，都可见到贝娄所受到的人类学和社会学的深刻影响。1935年，贝娄转入西北大学学习，获得学士学位后又继续深造；两年后，获得文学博士学位。同年，贝娄被送到威斯康星大学深造。尔后，贝娄曾在芝加哥师范学院教学4年。二战期间，贝娄在一艘商船上工作过一个时期。战后他在纽约大学、普林斯顿大学任教，后定居巴黎。1962年返回芝加哥，此后一直在芝加哥大学任教。曾任芝加哥大学教授和社会思想委员会主席。

贝娄的第一部长篇小说《晃来晃去的人》于1944年出版。1947年，他

完成了第二部小说《受害者》。两部小说出版后均获好评。贝娄的成名作是长篇小说《奥吉·玛奇历险记》(1953)，这是一部描写美国犹太青年遭遇成长苦恼的作品。1959年发表的长篇小说《雨王汉德森》则提出了"丰裕社会"的精神危机问题。继之而来的长篇小说《赫索格》(1964)一改先前的创作思路，集中表现了中产阶级和知识分子在60年代动乱中的苦闷与迷惘，描绘了资产阶级人道主义的危机，是他的作品中涉及社会问题最多的一部小说。1970年，贝娄的《赛姆勒先生的行星》出版，书中谴责了法西斯主义对犹太人的迫害，再一次提出了人道主义的危机和资本主义文明前途的问题。他的重要小说《洪堡的礼物》于1975年发表时获该年度普利策奖。这部小说描写了两代作家洪堡与西特林的成功与失败，反映了当代美国社会中物质生活富足之下精神生活的空虚。

贝娄的重要作品，还有50年代发表的短篇讽刺小说《只争朝夕》，60年代发表的剧本《最后的分析》，游记《耶路撒冷去来》和短篇小说集《莫斯比的回忆》。

在这些作品中，贝娄形成了自己独具特色的创作风格。他精心描绘了美国犹太社会中男男女女的喜怒哀乐与困惑彷徨：有的光辉灿烂，有的苦苦探索，有的发人深省，也有的从崇高走向了颓唐。贝娄笔下重现了那些真实的、具有充沛精力而又固守陈规陋习的犹太社会的灵魂，同时也重现了犹太知识分子不懈地寻求生存意义的探求和努力，描述了他们物质上的富足和精神上的空虚。

《赫索格》的情节很简单。赫索格是一位学识渊博的大学历史教授，他一向崇拜理性，关心人类文明和人的尊严，然而在个人生活的道路上却障碍重重。他最初与戴茜———一个纯朴的大学生生活在一起，后来离了婚，娶了风流的玛德琳为妻。后来，玛德琳与他的好朋友瓦伦丁产生私情，并把赫索格撵出了家门。从此，赫索格失去了职务、房子、财产和女儿。这使他受到沉重的打击，精神处于崩溃的边缘。

从此他行为变得怪诞，整天紧张地思考，不停地给人写信，但一封也未寄出。与此同时，赫索格还通过联想和回忆，叙述了家庭、父母、兄弟姊妹、妻儿朋友的情况以及自己大半辈子的经历和遭遇。离婚后，赫索格与花店女主人雷梦娜保持着若即若离的关系。雷梦娜非常渴望和赫索格建立一个宁静的家庭，可是赫索格对婚姻已经害怕了，有意摆脱雷梦娜的追求。一天，赫索格忽然心血来潮，乘飞机去芝加哥，一方面是为看望女儿琼妮，一方面是想以暴力来对付玛德琳和瓦伦丁。他潜入玛德琳的住所。他想用枪杀死情敌瓦伦丁，但无意中从窗外看到瓦伦丁正在细心地替他女儿琼妮洗澡，目光里充满了慈爱，他感动得热泪盈眶，立刻打消了杀人的念头，积郁了许久的恨一刹那间都消失了。后来，赫索格托朋友接来女儿，准备父女俩好好玩上一天，不巧中途遇上交通事故，被撞断了一根肋骨。他谢绝了住院的建议，独自一人回到了那间空荡荡的乡间古屋里。他打开了更多的窗户，阳光和乡间空气立刻进入屋中。赫索格真没有想到回到旧居会使自己感到如此的满意，也许这是他第一次感到完全摆脱了玛德琳而获得自由，以往她在这里给他留下了太多的痛苦和不快。

如今，还是在这里，赫索格萌发了一种宁静的真情，他开始认真地回顾几年来的经历，而且又构思起另外一系列的书信来。谁知几天后，雷蒙娜闻讯也赶到这里。他发现雷蒙娜非常吸引人，他为雷蒙娜打扫房间，安排饭菜，甚至为她准备了一大束鲜花。他知道自己再也不会去写那种信了，不管过去几个月发生什么事，这种写信的冲动似乎真的在过去，真的在消失。

《赫索格》真实表现了中产阶级知识分子在现代社会中的苦闷与迷惘以及资产阶级人道主义面临的危机。赫索格的危机是面对现实的无能为力和不可理解，还有他作为一名最具思考能力的关心社会、关心人类的这样

一个学者对现实、对传统、对知识、对宗教、对人类的情感的全方位的推翻和困惑。可以说赫索格正是一个在混乱的社会环境，在所有的价值观都遭到背弃的环境下极度混乱困苦的一个学者。

尽管造成赫索格发疯的原因是多方面的，但说到底，赫索格是世界中一个不被人理解不被人关怀的孤独学者。赫索格经历了一个由生病到治愈的过程，而治好他病的不是什么灵丹妙药而是宣泄，对于孤独的宣泄，对于社会的宣泄，对于人类自身最真实的世界的宣泄。他把自己的灵魂囚禁起来，使它沉入形而上学的思索，同时以自己盲目的生活选择，无聊的虚荣，褊狭的情绪和不时产生的浅陋的自得，证明着潜伏的卑怯和无能，这是一个现代畸形社会造成的受虐狂形象。它展示自己，又否定自己，但是直到最后，他所面临的自由和自主选择生活的问题依旧没有得到解决。这是贝娄始终紧握不放的创作主题，也是人类自身在相当长的历史时期无法摆脱的尴尬处境。在跨越时空的心灵生活描写中，小说有力地向读者展示了无可救药的社会生活场景，揭示了美国自私可怕的现实世界同人们的恐慌不安的内心世界之间的矛盾冲突。